飯桶小醫女 4

風文創 281

蘇芫 著

目錄

第八十一章　自有原則

那丫鬟一聽阿秀不過去救鳶草，頓時瞪大眼睛愣在了原地，就是眼淚，都是掛在臉頰上，好似忘了往下掉。

「您不是大夫嗎？」不是說大夫救死扶傷是天性嗎？為什麼她會拒絕？

「我是大夫，但是大夫也有權力選擇自己的病人，我並不願意插手你們的事情。」阿秀說道，她絲毫不覺得，自己這樣做，有什麼不對的。

再加上如今她算是站在周敏嫻這邊的，若是那邊出了什麼事情，結果卻推到了這邊來，那到時候她真的要呵呵了。

「既然如此，妳就去回了我二姊，那鳶草我瞧著弱不禁風的，妳還是快點去外面請大夫吧。」周敏嫻衝著那丫鬟擺擺手，心中忍不住鬆了一口氣。

她心裡也是不希望阿秀參與這樣的事情的，自己那姊姊，人不聰明，但是心腸可不軟，說不定現在是找大夫開藥救人，過一天，就是在藥裡下些別的東西，來害人性命了。

到時候吃虧的，還不是阿秀?!

「三、三小姐。」那丫鬟已經不知道說什麼了，只是一味地跪著。

「妳求我也沒有用，我又不是大夫，而且這阿秀也不過是我請來的，妳還不如去外面，叫其他的大夫更加快，不然這鳶草要是熬不過去，妳就是殺人凶手了。」周敏嫻手指輕輕捻著衣袖，話語中帶著一絲涼薄。二姊身邊的人，是死是活又和她有什麼關係？

那丫鬟一聽，渾身都哆嗦了起來，她一下子清醒了不少。

自家小姐那個性子，她是再清楚不過了，說不定為了保全自己，就把她推出去，以前這樣的事情也不是沒有發生過，只是當時倒楣的是另外一個丫鬟，聽說是直接被賣給了那些不乾不淨的地方，她不想自己也變成那樣。

難怪剛剛小姐會那麼說，要不就不要請大夫了，要不就把那三小姐那邊的大夫請過來，不是說來頭很了不得嗎？這麼說來，小姐原本就沒有打算讓鳶草活下去嗎？

她想起了剛剛小姐看鳶草的眼神，深惡痛絕……就是看她也是惡狠狠的，現在回想起來，她的身上都忍不住出了一身冷汗。

「阿秀大夫，求求您，求求您去看看吧！」那丫鬟好似想到了什麼可怕的事情，對著阿秀使勁地磕頭。

阿秀直接往後面一閃，她可受不住這麼大的禮，而且那邊明顯是有些不懷好意的，她自然不會傻傻地自投羅網。這丫鬟想必也是想到了這層，所以表情才會越發的驚恐了。

「這周家二小姐身邊的丫鬟怎麼這麼不識趣，我們家姑娘都已經拒絕了，妳這麼磕頭有什麼用，還不如到外頭請別的大夫，要不我找人幫妳把那薛家藥鋪的坐堂大夫給請過來，據說是個德高望重的。」路嬤嬤在一旁有些惱怒地說道，她之前倒是小瞧了她們的心思，現在再看這丫鬟，只覺得她和那周家二小姐一般，都是狠心自私的。

可是這心思，打到阿秀身上來，路嬤嬤就不爽快了。

「阿秀大夫，求求您，救救奴婢！」那丫鬟見阿秀完全沒有動搖，頓時就慌了，她才十五歲，她不想被自家小姐陷害丟了性命，要說她之前是為了鳶草求阿秀，現在就是為了自己了。

「救妳？妳身上可沒有病，我不過是一個小大夫，只會看些小毛病。」阿秀又往後退了一步。

所以說她討厭這些鬥來鬥去、心思過於複雜的人家啊！給一般的人瞧病，瞧好了，人家就是真真切切地感激，哪像這裡，讓妳看病的時候還不忘算計妳。

「周夫人，這方子也給三小姐了，那我們就先回去了。」路嬤嬤的眼中閃過一絲不耐煩，捺著性子和周夫人說道。

周家原配留下的孩子，小小年紀，竟然是這麼心狠手辣的，也難怪，這周家夫人鬥不過他們了。在大宅院裡面，你沒有手段，就只能講心狠了！

「麻煩你們了，敏嫻，妳替我送送阿秀大夫。」周夫人說這話的時候，還是有些吃力，畢竟病還沒有完全好。

「是，娘。」周敏嫻點點頭，直接忽略了那丫鬟，帶著阿秀他們往外頭走。

說實話，今天讓他們遇到這樣的事情，周敏嫻也覺得有些過意不去，她沒有想到，自己那二姊，算計人都算計到自己請來的大夫身上了。

「麻煩三小姐了。」

阿秀一隻腳邁過門檻，身子頓了頓說道：「若是妳還想補救的話，就照著剛剛嬤嬤講的去做吧。」

就像剛剛路嬤嬤說的，去找一個德高望重的大夫，想必那周家二小姐也不敢太過於放肆。特別是這薛家，在京城是有那麼深的根基在的，周家二小姐只要腦子沒有病，應該不會故意得罪。而這個丫鬟，頂多就是挨頓打，至少不會沒了性命，這其中的利弊，還要靠她自己來衡量。她這麼一個提醒，也已經算仁至義盡了。

那丫鬟微微一愣，她本身就不傻，回過神來以後，對著阿秀連連磕頭。「多謝阿秀大夫，多謝阿秀大夫！」

她也忍不住為自己剛剛那些齷齪的小心思感到羞愧。

她下定了決心，這次她要是能挨過去，她就請夫人將她隨便找個人嫁了，就算嫁的人不那麼如意，也總比留在小姐身邊強。這次出了鳶草的事情，她的處境……

等告別了周敏嫻，上了馬車，路嬤嬤才說道：「妳就是太好心了。」

要是路嬤嬤的話，她才不會專門提這個醒。

「那丫鬟，也不算是太壞，至少一開始的時候，她是真的為那個鳶草來求的。」阿秀笑笑，那丫鬟身上還是有可取之處。

「妳呀。」路嬤嬤好似恨鐵不成鋼，但是眼神中卻是滿滿的溺愛，不管阿秀是什麼樣的，她都是真心歡喜。

若是阿秀沒有宅鬥的心，那自己就給她培養幾個得力的丫鬟，到時候，保准誰都欺負不了她。

「阿秀，您剛剛為什麼不願意去給那個鳶草看病啊？」王川兒到現在都還沒有想明白，明明以往在家的時候，那些病人只要上門，阿秀都會看的，為什麼獨獨今天，人家專門來請了，她卻直接拒絕了？這和她平日裡的作風完全不符合啊！

「妳個傻姑娘！」路嬤嬤直接戳了一下王川兒的腦袋，心中微微嘆了一口氣。這王川兒的腦子比阿秀還要直，自己是完全不指望她以後能幫上什麼忙了，只希望她不要扯後腿就好了。

這丫鬟啊，還是得再調教起來。至於那芍藥，雖說乖巧懂事，但是畢竟是薛家出來的，路嬤嬤對她還是有一定的防備心在。

三日之後，阿秀再登門拜訪，周夫人臉上已經多了一絲淡淡的笑意，氣色較之前也好了不少。

她原本的抽風、口噤、煩躁等症狀都已經痊癒，精神和食慾也已經恢復，排泄方面也已經恢復到正常。

阿秀又檢查了她的舌頭，舌苔白薄，脈象和緩，病情已經算是差不多痊癒了。

臉上的笑容深了些，阿秀說道：「恭喜周夫人，妳這病已經差不多好了，只要好好休養就好了。」

周夫人也覺得自己最近這幾天，身子都輕了，好似一下子就活過來了一般。

這說來也奇特，不過短短十餘日，她原本都不大行了的身子，現在已經恢復得差不多了；若不是還有些氣虛，周夫人都以為之前那些噩夢般的日子，真的只是一場夢。

「還得謝謝妳啊。」周夫人手輕輕握住阿秀的手，單單只是說感激完全不能形容她現在的心情，好似新生了一般。而且經歷了這樣的波折，她覺得以前看不開的事情，也都想明白了，整個人都豁然開朗了。

「我只是盡了一個大夫應盡的責任。」她是自己接下的病人，她自然有這個責任和義務將人給醫好。

「不管怎麼樣，妳都是我們的大恩人。」周敏嫻在一旁說道。她剛開始找阿秀，更多的是死馬當活馬醫，沒有想到，她小小的年紀，還真有這樣的能力；這是老天在說，她娘是命不該絕！

「妳救了我的命，本來我該用真金白銀來回報妳，可是現在想來，那未免也太俗氣了，我也不知道送什麼好，就擅作主張讓人做了一些注射器。」周夫人笑著說道。

原本阿秀作為她的大夫，她給銀錢是最為恰當的，但是偏偏這路嬤嬤在一旁，阿秀作為太后喜愛的後輩，金銀肯定是不少見的。她是自己的大恩人，自己要是連這些心思都不願意多花，那未免也太沒有誠意了。

周夫人又聽說自己最開始的時候，就是用那個玩意兒喝下去藥的，就讓周敏嫻去專門訂製了幾十個，打算這個時候送給阿秀。

阿秀原本聽到周夫人要報答她，心裡還隱隱期待了一下。雖說太后賞賜的值錢玩意兒不少，但是這賞賜下來的東西，頂多只能把玩一下，肯定不如真金白銀實在。

而且阿秀這一路上，要花的錢可不少，還得一下子養七個人，能多賺點錢自然是再好不過了，但是她萬萬沒有想到，這周夫人還有這麼大的一個轉折。

注射器雖然不錯，但是價格太高，而且又易碎。

阿秀自己隨身帶著一個就差不多了，她送自己幾十個，且不說沒有地方放，她也根本就用不上啊！在那一刻，阿秀的表情就顯得有些微妙了。

「阿秀大夫，您這是不喜歡？」周敏嫻在一旁小心地問道，她的表情看起來，好像不是很開心。

這個畢竟是病人的心意，阿秀雖然心裡憂傷，也不好表現出來。

「沒有的事情，我只是在想，該怎麼帶走它們罷了，畢竟這個特別容易碎掉。」

「這樣啊！」周敏嫻一聽這話，頓時就釋然了。「這個妳就不用擔心了，娘之前就考慮到了這個問題，特地準備了合適的錦盒，只要放在馬車上，就是馬車翻了，那注射器也不會有事的。」

阿秀聞言，一臉的黑線，果然是考慮得很周到啊！

「周夫人果然是考慮周到。」路嬤嬤聽到她們送的是注射器，心裡還真是歡喜。她之前就打算，等回了京城，就專門找工匠做這個注射器，這樣以後就能作為阿秀的標誌性工具了，沒有想到這個周夫人在她之前就準備好了。

「我不過是想著能給阿秀大夫一些小驚喜，畢竟這錢財太沒有新意了。」見路嬤嬤是真的滿意，周夫人臉上的笑容也真切了不少。

阿秀在心裡默默地嘆了一口氣，她能說，她最喜歡的就是俗，最期待的就是沒有新意嗎？

為什麼這些大宅子裡面的夫人，就是喜歡送些虛的？送錢不是更加直接，這樣她就可以想要什麼就買什麼了啊！

帶著有些低落的心情，最後又留下了一副調理身子的方子，阿秀就和她們徹底告辭了。她在津州也待了一個月了，是時候離開了。

「阿秀。」周敏嫻將他們送到門口，看著阿秀欲言又止。

「怎麼了？」

「鳶草死掉了。」

阿秀微微一愣，然後才意識到，她說的是之前那個小產的丫鬟。

「是嗎。」雖然稍微有些可惜，但是別的，也就不剩下什麼了。

「我那二姊是下了狠手了。」周敏嫻嘆了一口氣，自己這個二姊，怎麼會變成現在這副模樣？

「也許死掉比活著會更加輕鬆。」阿秀說道。

那鳶草，即使沒有死掉，她就算生下了孩子，但是上面有周敏慧壓著，日子也不會好過的。她實在是不大能理解鳶草的心思，為什麼願意花這麼大的代價，去懷這個孩子。

「說的也是。」周敏嫻自然懂阿秀說這話是什麼意思，面上多了一絲悵然。

「妳明天就離開了嗎？」之前她就聽阿秀說過，等她娘的病情穩定了，她就要離開了。

「嗯，這津州不過是第一站，我就已經逗留了一個月了，之後的地方，怕是時間會不夠。」阿秀說道，她之前有和周敏嫻說過她來這裡的原因。

「那妳自己路上當心，以後有機會……」周敏嫻心裡猶豫了一下以後，才繼續說道：「再見。」

不管是她去江南，還是回京城，兩個人基本上就沒有機會能見面了，圈子不同，自然是沒有什麼碰面的可能；若是她那天，沒有一時衝動……

「有機會再見。」阿秀衝周敏嫻淡淡地笑了一笑，便扶著路嬤嬤上了馬車。

「阿秀！」正當顧十九打算趕馬車，就聽到周敏嫻有些急切的聲音從外面傳來。

「怎麼了？」阿秀將頭探出去，該說的話，應該都已經說完了吧……

「我那次，不是存心的，對不住！」周敏嫻的眼睛微微泛著紅。

「我已經都忘記了，妳快回去吧，夫人也該用藥了。」阿秀衝她揮揮手，臉上帶著善意的笑容。

等馬車跑遠了，周敏嫻原本揚起的嘴角一下子就耷拉了下來，眼眶裡有那麼一絲晶瑩，她知道，阿秀並沒有真的忘記，只是如果時間再倒流一次的話，她還是會選擇這樣做。她重視阿秀這個朋友，但是她更加在乎自己的娘親，她見不得自己的娘親被人家這麼欺辱！

阿秀其實也一樣，她雖然覺得周敏嫻有自己的苦衷，但是她絕對不會真的原諒，一個人利用自己和她身邊在意的人，她能理解，但是並不代表就能當作沒有發生過，她有自己的原則！

「那周家三小姐，倒是個能結交的。」路嬤嬤在一旁說道，雖說她之前的行為，讓她也很是不悅，但是相比較另外的那些貴女夫人們，這周敏嫻已經算很不錯了。

「她人確實不壞。」阿秀點點頭，的確是可以結交，但是不能深交。

「妳呀。」路嬤嬤自然懂阿秀沒有說出來的話，心中微微搖頭，她這性子和小姐像極了，認準了一件事，就不願意再改變了。

「好啦，嬤嬤，不要提這個了，咱們下一站是去哪裡啊？」阿秀撒嬌著岔開話題。

「下一站是瓊州，中間要路過一個小鎮，叫狀元鎮，據說這個鎮上出過不少的狀元。」路嬤嬤見阿秀不願意再談那個話題，也就不勉強了。

「那那個鎮上，豈不是都是讀書人？」王川兒在一旁插嘴道，那邊得出過多少的狀元，才有這樣的本錢自稱狀元鎮啊！

「聽說是出了三十多個，這次有幾個上榜的進士都是出自這個鎮，雖然最近這些年沒有出真正的狀元，但是能有進士，那也是很不錯了。」路嬤嬤在一旁給她們講解道，她在來之前，就將阿秀的路線都仔仔細細地研究了一遍。

「那的確是挺厲害的。」阿秀點點頭。

現在的狀元就好比現代的全國狀元，現代至少每年有一個，這裡可是三年才有一個，相比之下更是矜貴。

這樣一個小小的城鎮，竟然能出那麼多的狀元，說起來都有些不可思議，也難怪會有這樣的名字了。

第八十二章　又起疑心

雖說在津州待了有一個月，但是行李並沒有很多，將東西全部打包好，裝進馬車裡，阿秀抱上自己的醫藥箱，就打算要離開了。

這裡不過是一個暫住的地方，所以離開也不會有什麼不捨。

因為之前周夫人的「好心」，隊伍中原本用來放棉被的那輛馬車，硬是騰出了一些位置，來放那些注射器。每個注射器外頭都墊了不少的棉花，最外面又是用一個不小的精緻錦盒裝著，全部放進去，空間一下子就變得擁擠了。

路嬤嬤也是真的在乎，千叮嚀，萬囑咐了，一定不能弄壞了。

阿秀看著，真不知道說什麼好。

「阿秀大夫！」剛一打開門，就看到站在門外的幾十人，開門的車伕都被嚇了一大跳，有些無措地回頭看向阿秀乘的那輛馬車。

「怎麼了？」聽到動靜，阿秀和唐大夫幾人都下了馬車。

看到站在最前面的大溪，阿秀似乎明白了什麼。

「阿秀大夫。」大溪抱著一個大南瓜，往阿秀那邊走了兩步。

「之前您給我阿爹治病，我一直沒有錢還您，這個是我家自己種的南瓜，我藏在地窖裡好久了，您要走了，我也沒有別的，只有它，謝謝您救了我阿爹。」大溪將大南瓜往阿秀那邊一遞，又朝她鞠了一個躬。

那大南瓜，大約是放的時間比較久，表面都有些乾了。

「你之前已經還清了。」阿秀並沒有接那個南瓜，倒不是說她看不上，而是她知道，這個對於她來講不算什麼的南瓜，對於大溪家來講，可能就是好幾天的口糧。他阿爹身子剛好，很難出去賺錢，他們家要吃飽飯都難，她怎麼好拿他們的東西。

「這個只是感激！」大溪固執地將南瓜往阿秀那邊送，要不是有她，他現在說不定都死掉了。沒有爹的孩子，在銀錢胡同很難生存下去！

「那好吧，既然你這麼說，東西我就收了，我交給你的任務，你完成得很好，我也要獎勵你一件東西。」阿秀拍拍大溪的腦袋，將他的大南瓜接到手裡，讓王川兒拿著。

「你以後要好好努力，孝敬你阿爹。」阿秀從兜裡掏出一個帶著紅穗子的小墜子，將它掛在大溪的脖子上。

「嗯！」大溪看了一眼那個墜子，是一個透明的玻璃珠子，在陽光下，煞是好看。

芍藥在一旁看著，想要上前提醒阿秀一些什麼，偏偏路嬤嬤就站在一旁，她動了好幾次嘴巴，最終什麼話也沒有說出來，她很明顯地能夠感覺到，阿秀對王川兒和路嬤嬤更加親近些。

芍藥心裡很是委屈，明明是她先伺候阿秀的，為什麼她卻更加喜歡旁人，她難道還不夠用心嗎？

剩下的人見大溪退下來了，連忙都擁了上去，他們都是被阿秀醫治好的人，或者是她醫治好的人的家屬。

銀錢胡同的人都沒有什麼錢，所以他們能夠表示感謝的東西也很是簡陋，最好的，也不過是一隻母雞。

他們都以為，自己這輩子是沒有什麼指望了，那些大夫都是要給了錢才給瞧病的，而且還不保證能瞧好，他們自然都不願意白白浪費錢。幸好阿秀過來了，她解救的不光是一個人，而是一個家庭。

要是往日的話，路嬤嬤是絕對瞧不上這些玩意兒的，但是如今這些都是給阿秀的謝禮，都是對她的一種認可。

路嬤嬤笑呵呵地叫那些車伕全部收下了，都塞進了一個馬車裡，拉車的馬感受到了重量的變化，很是不愉快地嘶吼了一聲。

「謝謝你們對我們阿秀的信任，我們要離開了也沒有什麼東西好回贈你們的，就特地和那薛家藥鋪的掌櫃的說好了，你們藥方上但凡是有阿秀印章的人，以後去買藥，都是現在這個價格。」路嬤嬤笑得很是和藹。

至於那薛家藥鋪的掌櫃，都不知道在背地裡默默哭泣了多少回了，他哪裡是路嬤嬤的對手，不過幾句話，就被路嬤嬤給繞進去了。

「多謝阿秀大夫！」那些銀錢胡同的人齊齊喊道。

「好了好了，大夥兒都回吧，咱們得趕緊趕路了，不然晚上可就沒有地方住了。」路嬤嬤說道，和他們說話，她顯得很是親切。

原本在宮裡待久了，路嬤嬤也老早習慣了戴著一張面具生活；要是在京城，這麼落魄的人群，路嬤嬤是一眼都不會多看的。但是現在不同，這些都是阿秀的病人，都是她成功的見證者，她看他們都是相當順眼。

「阿秀大夫，一路平安。」人群中有人這麼喊了一句，頓時，大家都齊齊地喊了起來。

「一路平安！」

阿秀眼眶微微一熱，她做了這麼久的大夫，從來沒有見過這樣的陣勢。有那麼一瞬間，她覺得，就為了他們這分心，自己也得繼續加油！

等馬車走遠了，路嬤嬤還透著簾布一直在往後面瞧。

「嬤嬤，您在瞧什麼？」王川兒抱著那個大南瓜，歪著腦袋有些茫然。

「唉。」路嬤嬤見那些人是完全看不到了，這才擦擦眼睛轉過身子來。「川兒，這就是做大夫最為成功的時刻啊！」

她以前在書裡不是沒有瞧見過這樣的描述，但是這樣的場景還真真是第一次見，特別是主角還是她的小小姐，這怎麼能讓她不感動。這事等一下一定要寫信跟小姐說說，這小小姐真的是太厲害了！

想到太后，路嬤嬤的表情慢慢淡了下來。

明明兩母女已經這麼近了，偏偏不能相認……

路嬤嬤想到這，心裡就難受得緊。

「嬤嬤，可是怎麼了？」阿秀見路嬤嬤表情越來越低落，忍不住問道，剛剛不是還很開心的嗎？

「沒有，就是想到我早夭的女兒了。」路嬤嬤嘆了一口氣。

「嬤嬤的家人也在京城？」阿秀忍不住問道。在她看來，能在宮裡當值那麼多年的，應該是沒有成親、沒有自己孩子的，但是這路嬤嬤好似不是，只是相處的這段時間裡，也沒有聽到她說起來過。

「他們都在老家呢，我那孫子都有妳這麼大了。」路嬤嬤有些感慨地說道。

自從十年前進宮，她基本上沒有出過宮，孫子長什麼樣都不大記得了。之前太后也和她提過，如今先皇仙逝，可以將她的孩子請到京城來；可是她曉得，這人心最是貪婪，特別是自己那兒媳婦。她怕因為他們，當年的有些事情會暴露出來，為了阿秀他們的安全，他們是萬萬不能過來的。

小姐是她從小看著，又是喝她的奶水長大的，比自己的親生子都要親近，在路嬤嬤看來，小姐就是她的女兒。雖說心中有些愧疚，但是她不後悔，自己自小捧在手心的人兒，她有生之年，一定會繼續保護著她的。

「那嬤嬤這次要回去看看嗎？」阿秀說，她知道一旦進了宮，就不能隨便出來了，這次難得有機會出來，倒是可以去看看。

路嬤嬤微微搖頭。「時間隔得太久了，他們都未必認識我了。」這是一個原因，還有一個更重要的原因，她也怕他們認出阿秀他們來。

阿秀和當年唐家的主母長得跟一個模子裡刻出來一般，而唐大夫，也只不過是蒼老了些，仔細看還是能認出來的，當年他們可都是跟著自己去喝過喜酒的人。

阿秀覺得有些不大能理解，路嬤嬤為什麼會為了一份工作拋棄自己的家庭。在阿秀看來，進宮做嬤嬤，的確不過是一份工作罷了，作為一個現代人，她完全不能理解他們這種忠誠度，甚至可以為對方去死。

「阿秀，妳有想過，妳的娘嗎？」既然講到了親人這個話題，路嬤嬤就索性問起了自己關心的問題。

「娘？」阿秀聽到這個字眼，歪著腦袋很是認真地回想了一番以後，才說道：「我自小就沒有娘，想要想的話，也沒有可以想的東西。」

路嬤嬤聞言，頓時覺得嘴巴一陣苦澀，卻又不知道說什麼話。

「不過我相信我娘應該是個很美好的女子。」阿秀突然笑道：「至少我阿爹這麼多年了也沒有忘記她。」自家阿爹性格有些奇葩，但是審美觀還是滿正常的。

「妳娘，的確是個很美好的女子。」路嬤嬤點點頭，她這輩子沒有見過比小姐更加美好的女子，只是這麼美好的女子，卻要遭受這些……

「嬤嬤認識我娘嗎？」阿秀聽到路嬤嬤這麼講，心中頓時閃過一絲懷疑。她最近已經很久沒有考慮這個話題了，現在冷不防這麼聽到，難不成她的娘和路嬤嬤還是有什麼連繫的？

路嬤嬤一聽，頓時一驚，連忙掩飾好心情，解釋道：「我自然是不認識的，只是看著妳這麼好，妳的娘肯定也不會差到哪裡去的。」

阿秀心中並不大相信這樣的說辭，將自己的想法默默藏在心裡，她堅信，總有一天，這個真相會被自己找出來！

大約走了快三天，阿秀他們才到了那個傳說中的狀元鎮。

不過讓阿秀比較意外的是，這個狀元鎮，沒有她想像的有生氣，整個鎮透著一股壓抑，總讓人覺得不自在。

走在街上的人身上都有一股說不出來的迂腐味道，阿秀是第一次見到這樣的人群。

「這真的是狀元鎮？」阿秀有些難以置信地問道。

他們剛剛到這兒，她和路嬤嬤先出來隨便看看，瞭解一下鎮上的民風，剩餘的人則在家中整理行李。

只要有錢，租房子還是很容易、很方便的，只不過這裡租房的錢，比京城都便宜不到哪裡去，讓阿秀一陣心疼。價格這麼高，聽說是因為有不少的學子慕名而來，專門在這裡買屋子，或者租，就為了備考。這一路走過來，她的確見到了不少外地口音的人。

「我也只是聽說，倒還真的沒有來過。」路嬤嬤對他們的狀態也有些詫異，這樣的生活態度，真的能出狀元？

「妳們是新來的？」有人看到阿秀和路嬤嬤兩張生面孔，就湊了上來。

「你是？」阿秀看來人，長得很路人甲，但是眼珠子亂轉，一看就是一個心思活絡的人。

「我是這邊書鋪子的掌櫃的，妳們這第一次來想必有很多東西需要添置，不知是您父親還是兄長要參加科舉，或是一起？」來人問道。

阿秀因為年齡的增長，五官也慢慢長開了，再加上她身上自有一種歲月沈澱過後的氣質，走在路上，也很少有人會覺得她是一個小丫鬟。

「沒人要參加科舉。」阿秀搖搖頭，說道。

那掌櫃的微微一愣，覺得有些難以置信，這來狀元鎮的，竟然不是來備考的，她們圖什麼？這裡吃穿住行都比別的地方的價格高上不少，若不是為求得一個好彩頭，誰會專門跑到這裡來？

「那妳們這是？」那掌櫃的忍不住問道，每年來這裡的外鄉人還真不少，但是來來去去的，常駐的都是那些不中舉就不回家的人，純粹路過的，還真沒有幾個。

他一開始就是瞧阿秀她們面生，所以才故意湊上來，指望今兒能做成一樁大的，一般應屆考生的家人在這方面花錢，可比本人要爽快得多，沒想到他今天竟然瞧走了眼。

「不過是中途路過罷了。」阿秀說道，她自然不可能將自己的目的隨便和一個陌生人講。

「原來如此，那是我剛剛唐突了，失禮失禮。」掌櫃的衝著阿秀微微作揖道。

「掌櫃的，你多禮了，我多嘴問一句，這狀元鎮如此多的人，大半可都是外來的？」阿秀問道。

「都是要上京準備趕考的學子。」掌櫃笑著說道。

「想必都是慕名而來的吧，聽說這狀元鎮，可是出過三十多位的狀元呢！」路嬤嬤在一旁說道。

「是啊。」這掌櫃的雖然嘴上這麼說，但是眼中卻閃過一絲不以為然。路嬤嬤沒有錯過他這絲變化，乘機問道：「掌櫃的可是狀元鎮的人？」

「算是吧。」掌櫃的撇撇嘴，態度讓人有些捉摸不透。

「那不知這狀元鎮上可有薛家藥鋪？」阿秀沒有深入思考，畢竟這是別人家的事情，和她也沒有什麼直接關係。

「薛家藥鋪？」掌櫃的仔細想了一番，才搖搖頭。「這裡只有一家藥鋪，叫狀元藥鋪，妳們可是求醫？」

「只是隨口一問，麻煩掌櫃的了。」阿秀擺擺手，她一直以為，薛家的藥鋪那是遍天下的，這狀元鎮雖然地方不大，但是意義比較特殊，她就下意識地以為，薛家不會漏下這個地方。

「不客氣，我這兒正好有狀元鎮的鎮志，您要不要買一本看看，就一錢銀子。」那掌櫃的乘機推銷，作為一個商人，他自然是不會放棄任何一個機會。

「那就來一份吧。」路嬤嬤掏出銀錢買了一份。

拿著鎮志回到家中，就看到家裡幾個人正行為詭異地在收拾東西。

阿秀看了一會兒，終於忍不住出聲問道：「你們這是在幹麼？」在自己屋子裡，有必要跟小偷一般躡手躡腳的嗎？

聽到阿秀突然發出來的聲音，他們一下子就被嚇了一大跳。

看到是阿秀，酒老爹將手中的東西往旁邊一放，壓著聲音，一臉的神秘，很是緊張地說道：「妳聲音小點。」
阿秀就不懂了，這大白天的，說話還得放輕聲音？
「阿爹，你們在玩什麼嗎？」這是阿秀唯一能夠想到的理由，說不定是他們心血來潮，在玩什麼遊戲。
自家阿爹是個童心未泯的，王川兒和顧十九本身年紀就小，最是容易玩在一塊兒。
「什麼都沒有玩，剛剛我們被隔壁幾家人敲門了，叫我們聲音小點，他們在準備恩科呢。」酒老爹說話的時候聲音還是壓得低低的，就怕隔壁的人又找上門來。
他們剛剛的動靜也不是很大，怎麼這幾家人就同時找上門來了呢？
說也奇怪，旁邊四周都住滿了人，但是這大白天的，裡面竟然都沒有什麼動靜，要不是剛剛他們自己找上門來了，他還以為人都出去了呢！
「恩科，不是去年秋天才舉行過嗎，下一期是要再兩年了吧。」這科舉都是三年一次，上次才剛剛舉辦，下一次還要那麼久。
中午就不讓人有動靜，那到了晚上，豈不是連呼吸重了點都不准許了。
阿秀聽說車伕中有人晚上睡覺是會打呼嚕的，到了晚上，他們該不會就因為這個原因，都來敲門了吧。
「聽說他們都是準備去考狀元的。」酒老爹說起來還有些後怕，雖然來的都是一些讀書人，但是滿口的之乎者也，讓他腦子都發脹了。
不管是惹不起還是躲不起，酒老爹是極其不願意再和他們打交道，寧可委屈了自己，反正只是小聲點而已，也不是什麼大不了的事情。

「這地盤又不是他們買下的，哪能管著人家說話的。」阿秀沒有好氣地說道。

「算了算了，反正我們就住一段時間，還是不要和鄰里鬧什麼矛盾了，人家這十幾二十年的，致力於科舉，也不容易啊！」酒老爹擺擺手，一副深明大義的模樣。

阿秀心中忍不住懷疑，就她對自家阿爹的瞭解，他不該是這麼好說話的人啊！想想當年在村子裡的時候，那些頂著滿臉疙瘩的村民，都是自己收拾過的爛攤子！

阿秀下意識地問道：「阿爹，您不會在他們身上下了什麼奇怪的東西吧？」這樣好像才更加符合阿爹的性子嘛！

「怎麼可能。」酒老爹呵呵一笑，以前過得如此隨性，是頭上沒有人管著，如今唐大夫就在身邊，這路嬤嬤也是在一旁瞧著的，他哪裡好再做以前那樣的事情啊，就算要做，也要等人走了啊！

「沒有最好，我們是馬上就要走的人，您不要再惹麻煩了。」阿秀囑咐道。

原本她以為這狀元鎮上會有薛家藥鋪，就想著多停留幾日，可惜她想的太理所當然了；而且這裡的氛圍讓她特別的不喜歡，雖說東西剛剛搬出來，但是阿秀還是決定盡快離開了。

「我知道的啦，這還用妳提醒！」酒老爹有些心虛地看了路嬤嬤一眼，這些事情，她該不會也和阿晚說吧？他知道兩個人沒有機會再續前緣了，但是他也不想破壞自己在阿晚心目中的形象。

「好了好了，這路上馬車坐得也怪累的，阿秀妳先去休息吧，等煮好飯了妳再起來，到時候東西肯定都收拾好了。」酒老爹說道。催促阿秀去休息，免得她在一旁當著路嬤嬤的面，讓他下不了臺，他還想多維持一下自己英明睿智的形象呢！

「知道啦！」阿秀本來就有些累了，自然不會拒絕這樣的要求。

只是她看了一會兒醫書，還沒有睡多久，就聽到屋子裡面有人在爭執些什麼，這聲音很是陌生，直覺告訴她，肯定是自己現在的鄰居之一。

穿好衣服，阿秀出門，就瞧見兩個穿著長袍的男子，正在和自家阿爹說什麼。

看表情，他們兩個的神色雖然帶著一絲憤慨，但是神色還算柔和，反倒是自家阿爹，面目猙獰，好似正在禁受極大的折磨。

「阿爹，這兩位是？」阿秀慢悠悠地走過去，之前他們因為聲音響上門，那這次呢？

「這兩位是住在隔壁的高秀才和林秀才。」酒老爹看到阿秀來了，頓時鬆了一口氣，天知道他正在經歷多大的煎熬。

之前他們上門，酒老爹就想將事情交給芍藥，讓她處理，可惜這些個死腦筋的，一定要和家裡能當家作主的人說話。

這家裡，唐大夫不管事，阿秀不在，能作主的，不就只剩下他了嗎？

「你們這是？」阿秀說話間將人暗暗打量了一番，都是典型的書生裝扮，長相也是平淡無奇，不過兩人年紀估摸都是超過了三十歲的。

「妳是？」那個被酒老爹稱作高秀才的男子將阿秀掃了一眼，並沒有太將她放在眼裡。

阿秀指指自己，又指指酒老爹，說道：「我是他的女兒，你們如果有什麼事情的話，可以和我講。」雖說她是女兒，但是下決定，還是得靠她。
「妳作主？」那林秀才懷疑地看了阿秀一眼，看她年紀不過十二、三歲。
「嗯，你們這次過來，可是對我們有什麼不滿之處？」阿秀問道。若是沒有不滿意，也不會一天之內兩次登門了。
阿秀話音剛落，就聽到那林秀才很是氣憤地斥責道：「這家中怎可女子作主，真是太不像話了！」
酒老爹原本因為阿秀的到來，心中默默鬆了一口氣，現在又被這林秀才的怒斥聲驚了一驚。
「女子為何作不得主？」酒老爹一臉無辜地看著兩位秀才。「誰有能力，自然是誰作主。」
「你真是！」那林秀才指著酒老爹，手指都是隱隱發顫。「真真是男人的恥辱！」
之前他們有些瞧不起人的行為舉止，阿秀看著已經很不爽了，現在又見他們這麼說自家阿爹，她頓時就惱了。
什麼玩意兒嘛！
「這是我們家的事情，還輪不到兩位來指手畫腳，如果沒有別的事情，請兩位回去吧，我們家不歡迎你們！」阿秀做了一個送客的手勢。
「妳這個刁婦！」那林秀才怒道，女子就該依附男子，天下怎麼會有這樣粗俗的女子？這真是天下男人的不幸！

「這個你可說錯了，我還沒有成親呢，可不能稱為婦人。」阿秀呵呵一笑，但是眼底卻沒有絲毫的笑意。

以前就聽說有些讀書人最是迂腐，但是以往她都沒有怎麼接觸過，唯一比較瞭解的就是沈東籬。小菊花雖說剛開始的時候腦袋有些木，說話有些文謅謅，但是也沒有像他們這樣的。

「真是，真是不可理喻！」那高秀才明顯也是被阿秀的態度嚇了一跳。

「既然覺得我不可理喻，那你們就快走吧，我們家要吃飯了，沒打算請你們一起！」阿秀沒好氣地說道。一開始以為這狀元鎮只是氛圍有些奇怪，現在看來，這人也有很大的毛病。

她琢磨著休整一下，就可以走人了。

「哼！」兩人一甩袖子，白了阿秀好幾眼，這才不高興地走了。

阿秀全當沒看見。

第八十三章　將軍來了

等兩人出了門，阿秀才和酒老爹說道：「以後這種腦子有問題的人，阿爹您就不要讓他們進門了，免得惹得自己不高興。」

「阿秀。」酒老爹兩眼亮晶晶地看著她。「妳剛剛是為了我才罵人的嗎？」自己的閨女這麼護著他，他真是覺得太感人了。

「您好歹也是我爹，被我說幾句也就算了，被他們這些不相關的人說算什麼，您以後也長點心眼兒。」阿秀囑咐道，從小為他操心慣了，阿秀都忘記了，酒老爹是一個年紀比她多了快二十歲的成年男子。

「好嘛。」酒老爹藏在鬍子下面的臉龐露出一個笑容，隱隱間還有一個小酒窩，可惜鬍子太多，旁人根本就看不到。

「剛剛他們過來是為的什麼事情？」阿秀隨口問道。

「就是說我們這邊做飯動靜太大，影響到他們讀書了。」酒老爹剛聽到的時候就覺得有些不可思議，這搬家的話，收拾東西動靜大，他還是能理解的；但是這做飯，頂多有點煙罷了，能有什麼可以影響人的。

阿秀動動鼻子，突然間明白了什麼。

「那兩個窮酸秀才想必是平日裡只能吃點饅頭解饑，說不定好幾年沒有聞到肉的香味了呢，也難怪撓心撓肺地坐不住。」阿秀心中冷笑，怪不得剛剛她說不請他們吃飯了，兩個人的臉色有些變化，她一開始以為只是自己的錯覺呢！

酒老爹第一次覺得，自家閨女說起刻薄話來，一點兒也不遜色啊！

吃飯的時候，阿秀又將這事提了一下，囑咐了他們，以後不要讓這種人進門了。

因為之前舟車勞頓，吃完了飯，大家就各自去休息了。

路嬤嬤和阿秀一個屋子，兩個人又小聲閒聊了一會兒，就睡下了。

睡到半夜，阿秀就聞到一股焦味，她還作夢夢到是王川兒將飯給燒糊了，正在被路嬤嬤教育，但是馬上她就察覺到不對，這個焦味未免過於真實了。

阿秀一下子就坐了起來，不用開窗，她就瞧見不遠處一片紅光，她登時被驚出了一頭的冷汗，披上外套，就跑去將路嬤嬤叫醒。

「嬤嬤，您快醒醒，走水了。」阿秀一邊推著路嬤嬤，一邊不忘將鞋子、衣服都穿好，免得到時候反而成了累贅。

路嬤嬤原本睡得就比較淺，阿秀一推就醒了，她看到外面的場景，一下子就坐了起來。

「您快去別的屋子將人叫醒了，我去外面瞧瞧。」

「不行，還是我們一塊兒去叫人吧，外面還不知道是什麼情景呢，嬤嬤您不要急。」阿秀連忙將人拉住，路嬤嬤年紀可不小了，雖說平時很是硬朗，但是這火勢看著可不小，她可不想路嬤嬤被熏著嗆著了。

「阿秀，阿秀，妳們醒了嗎？」

她們正說話間，就聽到顧十九在外面拚命地敲門，想來他們也是發現了。

「醒了，我們馬上出來。」阿秀幫著路嬤嬤穿好衣服、鞋子，扶著她走了出去。

剛剛太急，都沒有點蠟燭，不過就外面的火勢，不用點，也能看得差不多了。

「十九，發生什麼事情了嗎？」阿秀問道。到這裡才第一天，怎麼就發生了這樣的事情？

「是隔壁的林家燒起來了，妳阿爹和唐大夫去救人了。」顧十九說道。又招呼了阿秀她們趕緊和他出去，現在火勢還沒有變小的趨勢，說不定到時候就牽連到他們住的這間屋子了，王川兒和芍藥已經去收拾東西了。

「林家，是之前來過的那個林秀才嗎？」阿秀問道。

「想必是的，也沒有聽說這附近還有別的姓林的人家。」顧十九一邊給她們帶路，一邊頭也不回地回答著阿秀的問題。

雖說阿秀覺得那林秀才為人比較迂腐刻薄，但是這也不算太大的罪過。

「嬤嬤，您怎麼了，身子不舒服嗎？」阿秀察覺到路嬤嬤抓著自己的手越發地收緊，忍不住問道。

「沒什麼。」路嬤嬤努力讓自己表現得自然些，她不過是想起了那年的事情，當年唐家就是在這樣一場大火裡面消失的。

路嬤嬤現在比較慶幸的是，還好當年阿秀年紀還小，若是記事了，肯定會留下陰影。

跟著顧十九走到了胡同口，沒有一會兒，王川兒和芍藥也過來了，那兩位車伕還將馬車都牽過來，除了一般的生活用品，別的都收拾了。

「妳們都沒事吧？」阿秀問道。見兩個人除了頭髮有些凌亂，別的倒也沒有什麼。她們都搖搖頭。

「看樣子，這火還得燒一陣子。」路嬤嬤有些擔憂地說道。她隱隱間瞧見那火苗，已經往他們的屋子竄去了，還好他們醒得及時……

「唐大夫他們怎麼還沒有出來？」阿秀踮著腳往著火的地方望去，可惜煙太大，完全看不出什麼來。

「要不我進去看看？」顧十九提議道。雖然他的主要任務是保護阿秀，但是這酒老爹是阿秀的親爹，要是沒有保護好的話，自家將軍會不會就此懲罰自己啊？

「再等等吧。」阿秀努力讓自己鎮定下來，現在火那麼大，顧十九要是也進去的話，只會讓她再多擔心一個人，這大火裡面，能見度太低了，要找到人的機率太小。

可是，她心裡又有些不安，她知道自家阿爹和唐大夫都是經歷過火災的人，有些人會因此對火產生陰影，她實在不能想像……

「會沒事的，會沒事的。」路嬤嬤在一旁寬慰道。她也希望他們都平平安安的，不管是誰傷了，都是她不願意見到的。

「這裡這麼多的屋子，怎麼都沒有人出來啊？」芍藥看了半天，就等著大夥兒都出來了，好一起滅火，結果等到現在，也不見有屋子打開門。要不是他們今兒搬進來的時候，還看見裡面都住著人的，都要懷疑這些是不是都是空房子。

「大約是睡得比較死吧。」阿秀說，並沒有將這事放在心上，現在當務之急是救人。

「是唐大夫！」王川兒突然指著遠處某一點驚叫了起來。

阿秀連忙往那邊看去，煙霧繚繞間，她隱隱好似看到了一個高大的身影。

「是顧將軍？」路嬤嬤瞧著那身影，越是走近，越是不像酒老爹和唐大夫兩人之中的任何一人，那挺拔的身姿，反倒是像極了遠在京城的顧靖翎。

顧十九也驚呆了，自家將軍怎麼會出現在這裡，他不是應該在京城嗎？

而且他昨兒還收到了將軍的回信，讓他好好做事，如今不過一天的工夫，他就出現在了這裡，這實在是令人太難以置信了。

「顧將軍？」阿秀微微瞇了一下眼睛，那人的確像極了顧靖翎。

正當他們各自細想的時候，來人已經走近了，果真是顧靖翎。

「嬤嬤。」顧靖翎先是衝著路嬤嬤抱抱拳，然後轉頭不動聲色地將阿秀細細打量了一番，她又長高了些，皮膚白白的，臉上多了一些肉，這段時間應該過得不錯，相比較在京城，這裡的確自在不少，枉費他還在京城擔心了她好一陣子。

「顧小將軍，您怎麼過來了？」他畢竟是京官，要是沒有皇帝的允許，不可能到這裡來的，而且她之前和太后之間的書信往來中，也沒有聽說這件事情。

「前幾日臨時被皇上委派下來，過來調查一件事情。」顧靖翎有些籠統地說道。

路嬤嬤自然不會追問，他既然這麼說，肯定是比較隱秘的事情，越少人知道越好，這樣差不多也能解釋了，為什麼她沒有提前接到消息。

「將軍來此怎麼都沒有和我說一聲啊？」顧十九在一旁說道。怎麼說他也是近衛軍啊，和別人一樣現在才知道這件事情，總覺得自己受到了忽視。

「因為我是將軍。」顧靖翎淡淡地掃了顧十九一眼，他還沒有說他呢，這寫信越寫越嘮叨，還半天沒有重點，都不知道讓他跟著阿秀是對還是不對。

顧十九頓時覺得眼前一黑，為什麼他覺得將軍的態度有些奇怪，自己是被嫌棄了嗎？可是明明自己每天都那麼認真地在寫信啊，發生的事情，不管大小都寫了。

「顧將軍，你怎麼是從那邊出來的，你剛剛有看到我阿爹嗎？」阿秀問道。她一開始以為，他們是一起出來的，但是現在只看到了顧靖翎。

「酒老爹？」顧靖翎微微皺了一下眉頭。「他在裡面？」

他之前聽顧十九說阿秀他們住在這裡，就想著到時候過來看看，誰知剛躺下，就看到一陣火光，那方向還是阿秀他們這邊，他就趕了過來，還好他過來的時候，屋子已經空了。

「你沒有看到嗎？」阿秀心中微微發冷，那他們去了哪裡？時間已經過去好一陣子了，可是他們連個身影都還沒有見到，再加上兩個人都是經歷過那樣的事情的，她實在是有些難以想像……

「我是從那邊過來的，並沒有見到有人影。」顧靖翎指著一個方向說道。不光是沒有人影，他根本就沒有感受到附近有人，不然他不可能不過去看一眼；只是看著阿秀臉色發白的模樣，後面的話，他實在不知道怎麼說出口。

「不……」阿秀喃喃道，自家阿爹武藝那麼好，不可能有事情的。

雖然心裡一直這麼對自己說，但是因為是自己在乎的人，阿秀止不住的一陣害怕，她甚至覺得自己的腦袋根本無法再思考。

「阿秀。」顧靖翎用手拍了一下阿秀的肩膀，讓她鎮定下來。

「十九，你保護好他們，我再過去看看。」

路嬤嬤原本還有些不滿這顧靖翎怎麼動手動腳的，但是聽到他後面的半句話，她一下子就說不出話來了。她知道裡面危險重重，但是和阿秀一樣，她私心也希望那兩個男人沒事，那是小姐的寄託和愧疚所在，若是他們出了什麼事情，小姐會崩潰的。

「將軍！」顧十九聞言，連忙站了出來。「還是我進去吧！」

他皮糙肉厚的，要是真的受點傷也沒事，但是將軍不一樣啊，他要是受傷了，他回去可是要被那十幾位哥哥剝了皮的。剝皮和受傷，他寧可選擇受傷，說出去的話，還能說是為主獻身呢，怎麼說也比較光榮，到時候自己在近衛軍裡面也能揚眉吐氣一次了。

「就你那三腳貓的功夫，就不要瞎折騰了，把人都保護好了，要是等一下有什麼意外，看我出來怎麼收拾你。」顧靖翎說完，又扭頭看了一眼阿秀。「妳等著，妳阿爹很快就出來了。」說完頭也不回地走了。

顧靖翎不知道，自己是從什麼時候開始，對阿秀那種厭惡的心情慢慢變成了一種彆扭的牽掛。也許從一開始，他對她的關注超過了別的女子，他就該預料到有這麼一天了……看著她一點點成長，一點點變得優秀，他心中也有一種淡淡的複雜。

「顧靖翎！」阿秀一開始並沒有聽到那些話，她的注意力根本無法集中，是顧靖翎拍了她一下以後，才慢慢回過神來，就聽到了他說要進去的話，現在火勢那麼大，他這麼進去肯定會出問題！

「你等一下！」阿秀見顧靖翎停住了腳步，扭頭正好看到旁邊有一個水桶，裡面有大半桶井水，她拎起水桶衝到顧靖翎的身旁，直接往他身上倒了下去，在場的人都被她的動作驚嚇到了。

「等一下記得用這個捂住口鼻。」阿秀將已經被水浸濕了的手絹交給顧靖翎，然後很是鄭重地說道：「我阿爹和唐大夫，就拜託你了！」

「好。」顧靖翎點點頭。

阿秀又乘機和他講了一些火災的時候要注意的地方，只希望他們都能平平安安地出來。她知道讓顧靖翎進去，有些自私，但是她真的不願意失去自己的親人，她想要和他們長長久久地生活在一起。

「定不負所托。」顧靖翎深深地看了阿秀一眼，再次大步往前面走去，沒一會兒，就瞧不見人影了。

路嬤嬤在一旁瞧著，微微嘆了一口氣。若是那顧小將軍命沒有那麼差就好了，兩個人站在一塊兒，倒是相配得很。

「放寬心，都會沒事的。」路嬤嬤輕輕拉住阿秀的手，讓她放寬心。她阿爹雖說瞧著不靠譜，其實優秀得很，不光是醫術，還有武功，不然也不會讓小姐這麼中意他。還有那唐大夫，別看年紀大了，但身子好著呢！只不過，這種話想得再多，也不過是安慰自己的心裡話。

「嗯。」阿秀雖然在點頭，但是手卻是冰涼冰涼的，眼睛一動不動地看著那邊，她就等著，那裡會出現那兩個熟悉的身影。

至於別的人，現在根本就不敢出聲，王川兒平日裡雖然鬧騰，但是這個時候，也不敢說話了。

她小時候雖然力氣大，但是吃的也多，她阿娘老是因為她偷吃東西而揍她；雖然這樣，但是她被送到王家的時候，她還是大大地哭了一場。阿秀和她阿爹平日裡感情就那麼好，現在肯定比自己那個時候要難過得多。

王川兒有些後悔，最早的時候，她就該衝進去，這樣，阿秀就不會像現在這樣，這麼的擔心焦慮了。她平日裡也沒幹成什麼事情，王川兒心裡想著，要是以後還發生這樣的事情，她就第一個衝進去，她力氣大，肯定能馬上將人救出來！

也總比現在等著，一邊難過，一邊愧疚，還一邊急切得好。

第八十四章　倒打一耙

「好像有人出來了！」芍藥眼尖，一下子就看到遠處有幾個黑影出現，馬上就喊了出來。她一直關注著那邊，自己雖然沒有別的本事，卻希望能第一眼就看到他們出來，讓阿秀不要再擔心了。

果然她話音剛落，那邊就有人快速跑了出來，阿秀連忙往前跑了幾步。

不過再要往前，就被顧十九攔住了，他神色嚴肅地道：「不要再往前了。」將軍讓他保護好所有的人，他自然要做到。

阿秀也知道自己現在不能讓別人擔心，默默停下了步伐，但是身子還是忍不住往前傾著，眼巴巴地望著那邊。

「妳不要再往前了啊，我去瞧瞧。」顧十九又囑咐了一番，自己就躥了出去，他就腳程快，沒一會兒就和他們碰上了。

阿秀看到顧十九揹著一個人過來，心裡微微一驚，整顆心都懸到半空中，還好，沒一會兒，她發現那個人穿的衣服不是阿爹的，也不是唐大夫的，她下意識地就鬆了一口氣。

「這個是高秀才，林秀才還在後面。」顧十九和阿秀說了一聲，便繼續揹著人到了馬車那邊才停了下來。

不一會兒，剩下的人也陸續出來了，阿秀看到自家阿爹和唐大夫互相攙扶著，心裡頓時又不安起來，他們是受傷了嗎？

「阿爹！」阿秀衝著酒老爹揮著手喊道，見顧十九現在沒工夫管著她，她一下子就跑了過去。

「阿秀。」酒老爹聲音有些發虛，臉上又有些羞愧。他沒有想到，自己一進去腿就發軟了，當年那些記憶一下子就湧上腦海，若不是自家老爹，說不定自己也得死在裡頭。

唐大夫看了一眼身後，說道：「先不說了，先走遠些，這火還得燒！」

這周圍的人都是只管自己的，到時候火真的蔓延過來了，那可怎麼辦！

一行人帶著還昏迷著的高秀才和林秀才，拖著一大批的行李，開始去找客棧，還好這狀元鎮雖然不大，但是客棧還是有幾家的。

不過這個時辰，又看到他們這一行人都比較狼狽，掌櫃的態度就不大友善了，一邊打著哈欠，一邊用眼神審視著他們。

阿秀估摸著，要不是後面的顧靖翎帶著武器，路嬤嬤的態度又那麼強勢，他可能就要直接關門了。

好不容易在掌櫃的有些嫌棄的眼神下訂到了房間，將兩個傷患都放到床上，阿秀他們才有空閒鬆口氣。

見幾人的臉色都不大好看，阿秀連忙叫王川兒幾人陪著路嬤嬤先去休息，她則打算和酒老爹再聊一聊。

「阿爹，你們怎麼進去了那麼久？」阿秀現在回想起來還覺得心有餘悸，她以前就見過很多救人反就義的報導，輪到自己身上的時候，心情就更加不用說了，她心跳從來沒有這麼快，情緒波動也沒有這麼大過。
「全怪這兩人！」酒老爹有些恨恨地說道。要不是兩個人現在還昏迷著，他真恨不得踹他們幾腳。
「裡面發生了什麼事情嗎？」阿秀忍不住問道。自家阿爹的性子其實還是挺軟的，能讓他這麼生氣的，肯定不是什麼小事了。
「原本老早就該出來了，這兩人死活要去收拾書，那書都著起火來了，要不是我和唐大夫拽著他們，他們說不定都被燒焦了。」酒老爹說到這，火氣就大。
原本他進去的時候，狀態就不是很好，但是他也不能讓自家老爹一個人進去，就強撐著。誰知道裡面不是只有一個人，那高秀才半夜不在自己家睡覺，竟然留宿在了林秀才家；更讓人覺得難以置信的是，這兩個人發現著火了，也沒有急著跑，都在拚命收拾書呢！這書再重要，能比人命重要?!
偏偏他們怎麼說，這兩人都聽不進，要不是想著打暈了揹出去難度比較大，他們真是恨不得將兩人打暈了。
不過事實證明，對於這樣死腦筋的人，最後也就只有打暈這一條路；可惜那個時候，火勢已經變得更加大了。當時他的身體已經開始忍不住冒虛汗，看到那麼大的火光都覺得有虛影出來了，要不是咬著牙，說不定自己也倒下去了；還好顧靖翎趕進來比較及時，不然自家老爹也會被自己拖累的。

想到這裡，酒老爹心裡就更加不痛快了，趁著沒人注意，伸手抽了他們幾下。不過他們最後敲的那一下有些重，兩個人昏得連哼唧一下都沒有，反正酒老爹現在對他們可是一點同情也無。

「幸好你們沒事。」阿秀聽了，對這兩個秀才的印象就更加差了，到時候方子裡放十倍的黃連，苦死他們。

「說到受傷，顧小將軍的肩膀剛剛被房樑砸到了，我現在過去瞧瞧吧。」酒老爹突然想到了這件事。

「阿爹，您確定您要去？」阿秀一個側身，將人攔住，自家阿爹都多少年沒有正正經經地治人了，他這樣去真的沒有問題嗎？

酒老爹一看阿秀的眼神，就知道她心裡在想什麼了。心裡雖說有些不服氣，但是也不大有底氣，他創新的方子用習慣了，讓他中規中矩開方子，還真的有些困難。這顧小將軍怎麼說也是他們的救命恩人，還是要稍微慎重點對待的。

「那要不妳找妳……妳找唐大夫去瞧瞧吧。」酒老爹連忙改口，剛剛一句「妳爺爺」就要脫口而出了，也怪他剛剛受到了一些刺激，說話都有些不經大腦了。

「我知道了。」阿秀倒是沒有太在意，畢竟有些事情她是心知肚明的。

「那等一下妳早點休息，這兩個人就明天再說吧。」酒老爹有些嫌棄地回頭看了那兩人一眼，反正除了腦袋那一下，也沒有什麼大問題。

要不是自家老爹見不得有人命喪火場，他之前才不會這麼積極呢！

他以前也沒有發現，自家老爹是一個這麼熱心腸的人啊？酒老爹大概是不知道，唐大夫當年經歷了那場火災之後，從此就見不得有人死在裡頭了。就好比酒老爹看到大火，身體會不舒服一般，都是當年那場火，留下來的後遺症。

「好，阿爹您也早點睡覺吧。」阿秀和酒老爹告了別，就打算去找唐大夫。

剛出了門口，她就看到匆匆走過來的顧十九。

看到阿秀，他眼睛頓時一亮。「正好，妳跟我去瞧瞧我們家將軍的傷吧，整個肩膀都焦掉了。」

顧十九講得很是誇張，若是以前的話，阿秀是絕對不信的，但是今天這次，她想到顧靖翎是為了自己的親人，而且自家阿爹也說起了這件事情，她便點點頭，應下了，燒傷不算太難的病症，沒有必要一定要找唐大夫。

推開顧靖翎的房門，阿秀就看到他正露著上半身，自己拿著布條在收拾傷口。

他注意到動靜回過頭來，就看到笑得賊兮兮的顧十九，微微一皺眉。「你怎麼把她找過來了？」都這個時辰了，剛剛又受了驚嚇，現在應該好好休息。

阿秀聽這話，心裡頓時有些不大愉快了，他這是瞧不上自己的醫術的意思嗎？

「唐大夫年紀大了，剛剛又花了大力氣，所以我就過來了，這燙傷，我還是能治的。」阿秀之前還覺得顧靖翎的性子好似比在京城的時候好了不少，沒有想到，這都是自己的錯覺！

「我……」顧靖翎並不是這個意思，但是阿秀已經轉過了頭，他只好在心裡嘆了一口氣，自己說的話，像是這個意思嗎？

至於顧十九，原本想著自家將軍為了阿秀還去了火場，難得開竅了一下，所以很是殷勤地將阿秀找了過來，但是這不過幾個呼吸間的工夫，兩個人之間的氣氛又變得僵硬了。

他忍不住懷疑是自己想多了，趁著顧靖翎還沒有空閒搭理自己，連忙灰溜溜地跑了。

看樣子，以後還是少做這樣自作聰明的事情比較好。

「剛剛謝謝你了。」雖然有些不爽顧靖翎瞧不起自己，但是一件歸一件，之前的事情，她還是要謝謝他，雖說他可能不是為了自己，但是結果是自己期待的就好了。

「無事。」顧靖翎轉頭看了她一眼，視線默默地放到了蠟燭那邊。

這客棧的蠟燭真細，光也暗得很，都看得不夠真切。

「這傷口得及時處理，你等我一下，我去拿藥箱。」阿秀說著，退出了房間。

她覺得剛剛那個氣氛怪怪的，但是哪裡奇怪又說不上來，不過現在主要的還是處理傷口，她將頭甩一甩，把多餘想法都先甩掉。

顧靖翎的傷勢雖然沒有顧十九說的誇張，但是也不輕，右邊的肩膀一大片黑色，上面是密密麻麻的水泡，還有一些破損的，首先還是得趕緊消毒。

阿秀仔細想了一下，往廚房走去。

顧靖翎等阿秀走了以後，臉上才多了一絲少見的尷尬，衝著門口輕喝一聲。「自己把帳記上。」

外面傳來顧十九一陣哀號，這次他是真的跑遠了。

又等了一會兒，阿秀就將東西都端了進來，還好她平時有空的時候會做些藥丸、藥膏放著，現在正好能派上用場。

「你等一下要是疼的話，記得和我說。」阿秀先用乾淨的布浸了水，開始擦他的肩膀。剛剛她進來的時候，他應該是才開始動作，再加上受傷的是右邊肩膀，自己弄的話，很不方便。

先是用清水大概清洗，緊接著是阿秀用自己調的百分之零點九的鹽水，這個比例正好是生理食鹽水的比例，不過她剛剛做得比較急，可能會有一些小誤差。

等阿秀的手指，沾著藥膏碰上去的時候，顧靖翎的身子微微一震。

這不是阿秀第一次給他看病，但是當初她給他縫合的時候，顧靖翎是恨不得將人打一頓，可是現在，他覺得自己的心跳好像跳得稍微有些快了。

「疼嗎？」阿秀察覺到他的異樣，便關切地問了一句。

她現在給顧靖翎看病的心情也有些不大一樣了，第一次的時候，她是被擄到軍營的，多少是有些心不甘情不願的，再加上他說話實在太不討人喜歡了，她心裡對他其實是有些厭惡的。但是如今，厭惡已經沒有了，倒是多了一些朋友的情誼在裡頭，可若是細說，又似乎和一般的朋友情誼不大一樣。

顧靖翎穩住心神，說道：「沒事。」

阿秀默默點頭，這個藥膏用的都是比較溫和的藥草，原理上來說也不會讓傷口造成疼痛，心想可能是她下手的時候力道有些重了，碰到了傷口。

想到這兒，阿秀用的力就更加小了。

只是這若有還無的觸碰，讓顧靖翎的耳垂開始慢慢變紅了起來，還好阿秀光顧著抹藥了，並沒有發現其中的異樣。

「等明日我再來給你換藥。」給他的傷口包上布條，阿秀囑咐道：「要是癢的話，你也不要用手撓。」

「嗯。」顧靖翎微微垂著眼，並沒有去看她。

阿秀只當他是疲憊了，將注意事項說完，就端著東西走了。

顧靖翎等人走遠了以後，才暗暗鬆了一口氣，還好自己現在的頭髮比較凌亂，正好遮住了耳朵……

阿秀覺得自己還沒有睡多久，就聽到兩聲慘叫，緊接著就是一陣鬼哭狼號。

昨兒經歷了那事，阿秀原本還打算多睡一會兒，大家也都累慘了，但誰知這一大早就有這麼一對不識相的，那聲音刺得她翻來覆去都沒辦法再入睡了。

沒一會兒，芍藥就來敲門了，還不忘端了水進來。

阿秀雖然腦袋一陣陣地抽痛著，但是也還是艱難地爬了起來。

等她收拾好，到的時候，所有人差不多都到齊了，就看著高秀才和林秀才兩個滿地打滾，哭得聲嘶力竭，卻沒有一個人，上前一步去阻攔，好似都在看他們的笑話。

那兩人哭了半天，見沒人搭理，後面就變成乾號了。

他們眼睛瞧見阿秀，林秀才一下子從地上躥了起來，衝到阿秀面前喊道：「妳不是能作主嗎，快把我們的書還給我們！」

阿秀原本因為睡眠不夠，心情已經很暴躁了，現在被他這麼一吼，心裡就更加不爽快了。什麼玩意兒，撿回了一條命不知道感激，反而還問他們要起書來了，那火又不是他們放的；而且要不是因為他們兩個，他們也不用半夜三更舉家遷移，這麼折騰一回！

「顧十九，你將這兩人都給我丟出去！」阿秀捏著腦袋，覺得腦子疼得更加厲害了些。

顧十九爽快地應了一聲，手腳很是麻利地將兩個人拎起來，瞬間就走了個來回，就連那慘叫聲，都被隔絕在了門外。

在那一刻，大家都覺得耳根子一下子就清靜了，心情都舒爽了。

「以後再遇到這種沒皮沒臉的，就不要帶進來了，救出來的話也直接丟路邊好了，阿爹，唐大夫，你們就是太心善了。」阿秀說道。看那兩人，剛剛哭起來中氣十足的，根本沒有任何的問題。

反倒是他們這邊，唐大夫因為吸入太多的煙，氣色還不大好，顧靖翎甚至還被燒傷了，再聯想他們的行為，真真是讓人心寒。

「唉。」唐大夫微微嘆了一口氣。要早知道這兩人是這樣的貨色，他昨天就直接將他們丟一邊了，反而讓阿秀遭了罪，看那小臉，煞白煞白的，一看就是沒有休息好。

「以後我會注意的。」唐大夫點頭，有時候人就是不能太心軟，昨兒他也是看到火光，下意識就衝了進去。

「大家都散了吧，繼續去睡一會兒，今兒咱們就在客棧裡隨便吃點吧。」阿秀說道。特別是幾個女孩子和路嬤嬤，昨兒多少受了驚嚇的。

「等一下吃了飯，大家可以出去走走，這狀元鎮咱們過幾天就離開吧。」阿秀想到那高秀才和林秀才的為人，以及走水的時候附近那些人的態度，她覺得這全是文人的地方真是太可怕了。

「謝謝小姐。」芍藥和王川兒都笑呵呵地應下了，雖說之前受了驚嚇，不過喜歡逛街是女孩子的天性。

而且就住幾天，那屋子也不用再找了。

阿秀打算再睡個回籠覺，可是生理時鐘在這裡，躺在床上也沒有了睡意，倒是腦袋，一陣陣的刺痛，她索性起來洗了一把冷水臉，拿起醫書看了起來。

看到中午時分，就聽到王川兒蹦蹦跳跳的聲音，讓她下去吃飯。

之前阿秀說了，今兒不用做飯，不過看到那菜色的時候，阿秀不用嚐，就知道是出自路嬤嬤的手。

「嬤嬤，您怎麼沒有休息啊？」這麼幾道菜，其中還有比較複雜的幾個宮廷菜色，沒有兩個時辰，很難做好。

「年紀大了，醒了就睡不著了，正好也沒有什麼事，就做了幾個小菜，妳快坐下來嚐嚐，看合不合胃口。」路嬤嬤笑著說道。只是她的面色，相較前幾日，還是蒼白了幾分。

阿秀頓時有些心疼，路嬤嬤年紀不小了，卻還要為自己做這做那的，她有時候真的有些不能理解，路嬤嬤為什麼會對自己這麼好？若說喜歡，阿秀心裡並不大相信那種沒有緣由的喜歡，可是若是說有緣由，那緣由又是什麼呢？

不過不管原因是什麼，阿秀知道，路嬤嬤是真心疼愛自己，她也是真心將她當作自己的長輩來對待的。

「嬤嬤。」阿秀難得有些撒嬌地拉住路嬤嬤的手，說道：「那等一下吃了飯，您快去睡個午覺，免得身體不舒服。」

「好好，就聽妳的。」路嬤嬤拍拍阿秀的手，臉上露出一絲笑容。

之前看見阿秀臉色很是難看，路嬤嬤就想著做點好吃的給阿秀補補，阿秀喜歡吃肉，她一直都知道，所以現在桌上，十道菜裡面，九道是肉菜，還有一道是湯；至於別人，誰管他們吃不吃呢！

路嬤嬤看見現在阿秀對她的心疼、憐惜，心中也是欣慰，她的努力沒有白費。她沒有忘記，最早她跟著他們的時候，阿秀那有些戒備的眼神，這說明她為阿秀做的，阿秀都是知道的。

酒老爹看著路嬤嬤，微微垂下眼，他知道路嬤嬤這麼用心地對阿秀好，是為了誰。

至於唐大夫，微微撇過頭去，對阿秀好的人，他自然沒有理由討厭。

倒是顧靖翎，看著路嬤嬤的態度，心中微微有些奇怪。

這路嬤嬤以前在宮中的時候，性子最是嚴謹，平日很少見她臉上有什麼笑容，但是她對阿秀的態度，就好像是對一個喜愛的晚輩，可隱隱間又有一種阿秀的地位比她高的感覺，這讓顧靖翎心中有些不解。路嬤嬤，那可是連老太君都要看重的人……

「顧小將軍，昨兒的事情真是太謝謝您了。」路嬤嬤親自給顧靖翎盛了一碗湯，笑得很是和善。「以後這上藥的事情，就麻煩小十九了吧，他跟了您那麼多年，肯定最是知冷知熱。」

顧靖翎聞言，接碗的手微微頓了頓，隨後才微微一笑。「嬤嬤說的是。」

雖然心裡有些小失望，不過顧靖翎想起昨天晚上的事情，若是白天再來這麼一遭，他可沒有把握阿秀不發現些什麼，這倒是要謝謝路嬤嬤了。

對於顧靖翎這麼識相，路嬤嬤還是比較滿意的。

她的阿秀，是要配天下最好的男子。

在路嬤嬤看來，這顧靖翎不光是命不大好，性子也不大好，常年在外帶兵打仗的人，性子都太強勢了，不是個會疼妻子的。這最好的男人，並不是說一定要最優秀的，但是一定要是最把阿秀放在心上的。她和太后的意見一樣，最為屬意的還是沈東籬，這次等阿秀回去後，就能開始撮合著看看了。

「來，阿秀，吃點這個，是妳喜歡的牛肉做的。」解決了顧靖翎，路嬤嬤繼續將全副心力都放在了阿秀身上。

「嗯嗯，嬤嬤手藝真好。」阿秀吃得眉開眼笑的，有路嬤嬤的日子實在是太幸福了，每天都有大魚大肉，而且還不帶重樣的。

就這麼一段時間，阿秀和王川兒兩個都胖了一圈，就是芍藥，那身材也比之前豐腴了不少。

只是這飯還沒有吃完，就跑進來一大批的人，幾下就將阿秀他們都圍了起來，一看這架勢，就知道來者不善。

只不過這在座的人，哪個是沒有見過世面的，就是王川兒，她也是從罪役所出來的姑娘，還怕這點小陣勢？一群人掃了他們幾眼，默默地繼續吃飯。

反倒是那些圍著他們的人，見他們一臉淡定地吃香的、喝辣的，有幾個意志力薄弱的，都忍不住嚥了一下口水。

第八十五章 形勢逆轉

等阿秀他們都吃了過半，正主終於來了。

他見阿秀幾人坦然地坐在位子上，頓時就衝著圍成圈的那些人吼道：「我讓你們把人抓起來，你們就這樣看著他們吃飯？」

那些人也很委屈，您難道沒有瞧見那兩把長劍嗎？他們不過是一些文弱書生啊，平時嚇唬嚇唬同樣是文弱書生的人，仗著人數多，勉強還可以，現在他們面對的，可能是武力強大的莽夫啊！

唐大夫輕咳一聲，率先站起來問道：「請問，你這是？」倒不是說他沈不住氣，而是被人這麼圍觀著，太耽誤時間了。

「有人舉報你們縱火。」那人有些趾高氣揚地說道。還特別不屑地看了一眼顧靖翎和顧十九，出門還帶劍，真是太粗魯了！

「是高秀才和林秀才嗎？」阿秀皺著眉頭問道。若真的是這樣，她還真的是低估了那兩人無恥的程度了。

「男子說話，什麼時候輪到女子能插話了？」那人很是不耐地看了阿秀一眼，女人就該乖乖待在後院。

「若真是那兩人的話，我倒是想要問問他們，昨日是誰冒著生命危險，去將他們救出來的。」唐大夫寒著一張臉說道。他活了這麼大把的年紀了，除了先帝，他還真沒有遇到過這麼不要臉的人。

「這個，就是我覺得有疑點的地方。」那男子背著手，挺著肚子看著唐大夫說道：「若是你們沒有做對不起人家的事情，何必花這麼大的力氣去救人，肯定是因為問心有愧！」

看著他說話如此信誓旦旦的模樣，唐大夫一行人頓時被氣樂了，這是什麼說法?!

「難不成還見死不救嗎？」唐大夫笑著問道，只是這笑容不帶一絲溫度。

這狀元鎮究竟住的都是些什麼人，竟然將這樣毫無道理的話，說得這麼的理直氣壯！

「哼，事不關己高高掛起，先人老早就說過這樣的話了。」那人輕哼一聲，一臉的不以為然，若是不關自己的事情，誰會願意冒那麼大的危險去救人？

「那倒是我們多管閒事了。」唐大夫冷哼一聲。

「是不是多管閒事我不知道，反正現在有人舉報你們縱火，你們都跟我走一趟吧。」那人衝著那十來個圍著的人使了一個眼色，示意他們可以動手了。

那十來個人對視了一眼，打算往前面動，但是沒有想到，這個時候，顧靖翎一下子站了起來。他本來個子就高，又常年帶兵，身上的氣勢豈是這些柔弱書生可以比的，不過這麼一個簡單的動作，那些人就齊齊往後面退了三步。

就是之前一直在虛張聲勢說話的男子，也是下意識地往後退了一步，神色很是緊張地看著顧靖翎，質問道：「你想幹什麼？」

顧靖翎只是淡淡地將他們掃了一遍，然後開口道：「我什麼也不想幹，只是我倒是不知道，你們一群沒有任何官職在身的人，怎麼敢隨便對朝廷命官動手？」

「你這話是什麼意思？」那男子聞言，說話都有些不索利了，難不成自己在無意之間惹到了什麼了不得的人物？

顧靖翎將一個牌子直接甩在那男子身上，那力道，讓他足足退了兩步才將東西接穩了。低頭一看，只見上面刻著一條五爪神龍，那精緻的雕工，傳神的模樣，他只一眼，就能看出其中的不同來。他身子一抖，差點就直接下跪了。

這天底下，只有皇上才能用這樣的玉珮，雖然這個男子的年紀和皇上不符合，但是能拿到這樣的玉珮，就說明他的職位絕對不低。他在心裡將那高秀才和林秀才罵了三百遍，早知道就不過來了！

「草民姓張，是這狀元鎮的鎮長。」那男子哆嗦著聲音說道：「不知大人貴姓？」

「免貴姓顧，張鎮長，那現在，還需要我們跟你過去走一趟嗎？」顧靖翎問道。

「不用，不用，是草民有眼不識泰山。」張鎮長連連搖頭。

別看狀元鎮只是一個小鎮，但是他們對於京城的事情都是很瞭解的，一聽是姓顧的，這張鎮長馬上就在腦子裡搜索起來了，首先浮現的人名就是鎮國大將軍，再連繫顧靖翎的年紀，以及拿在手裡的玉珮，他就越發確定了。

「小人不知是顧將軍，實在是該死。」張鎮長連連作揖。

不過這文官一向瞧不上武官，這文人也是這般，雖說顧靖翎職位不低，但是因為是武官，張鎮長雖然惶恐，言語中卻沒有多少敬意在裡頭。

顧靖翎雖然年紀不大，但是這張鎮長也不是太會掩飾的人，自然是瞧得清楚，他心中也是極其不屑。顧家是馬上戰出來的功勛，自然也瞧不起那些文謅謅，只會空口說白話，沒有一點真本事的文官們。

「現在，可以叫你這些屬下下去了嗎？這人來人往的，打擾到別人用膳就不好了。」顧靖翎說道，完全沒有將那十幾個人的戰鬥力放在眼裡，就他們那些小身板，就是再來十幾個，也起不到嚇人的作用。也不知道這張鎮長是哪裡來的底氣，帶著這麼一些人，就敢隨便找上門來了。

他哪裡曉得，這狀元鎮的人大多都是弱不禁風的，找這麼十幾個人來，已經是相當瞧得起他們了。

張鎮長連忙一揮手，讓他們趕緊散了。這些人也是臨時召集起來的，這狀元鎮的人，每個都是為考功名而奮鬥著，只有那些實在窮的，才會這麼來客串一下，賺點小錢，要是一般的讀書人，是絕對不願意做這些事情的，覺得太掉身分。

「小人也是一時糊塗，剛剛才如此大言不慚。」張鎮長想到自己剛剛說的話，頓時老臉都有些掛不住了，早知道應該先叫人將他們的身分調查一番。

顧靖翎一隻手微微敲著桌子，說道：「剛剛的事情先不說，我只是想問問張鎮長，你怎麼判定這火就是我們放的？」

「都是小人輕信了那兩人的一面之詞。」張鎮長感受到了一種無形的壓力，頓時冷汗都冒了出來，心裡再次將那兩人咒罵了一番。

「我瞧著張鎮長對京城的事情也挺清楚的，那我倒是想要問問，這隨便誣陷朝廷命官，是個什麼罪名？」顧靖翎說這話的時候，語氣很是溫和，但是張鎮長的汗，卻流得更加的多了。

阿秀這才發現，這顧靖翎還有笑面虎的潛質啊！他以前對自己還算溫柔呢，至少將不滿都表現在了臉上，不像現在，她覺得他態度越是溫和，這心裡越是不悅。

「打五十大板。」張鎮長說出來的時候，聲音都要哽咽了。

雖說顧靖翎問的是高秀才和林秀才的罪過，但是單說誣陷朝廷命官，他絕對也是其中一個！這打五十大板，不用打完，他們就直接一命嗚呼了。他如今不過四十有餘，還能再參加好幾次科舉呢，他還沒有見過當今聖上，他怎麼能死？

「小人，小人知罪！」張鎮長一下子跪倒在了地上，顧不得文人的氣節，也不在乎是不是有人在圍觀了，現在什麼都比不上命重要啊！

「張鎮長，你行這麼大禮是作甚？」顧靖翎笑著說道：「我剛剛不過是替昨日那兩人問問。」

張鎮長一聽，也不管這話是真是假，連忙說道：「小人這就將那兩個忘恩負義的人帶過來，被將軍您救了性命竟然不知足，還敢誣陷您。」

「那就麻煩張鎮長了。」顧靖翎自然是沒有打算放過高秀才和林秀才，既然張鎮長這麼識相，他自然就樂得輕鬆了。

聽顧靖翎這麼說，張鎮長一下子就躥了起來，衝了出去，那矯健的身姿，都不大像是剛剛那個文弱書生了。

而客棧的那些人，原本都是默默圍觀著，現在見張鎮長走了，裡面的氣氛稍微活了一些，不過基本上都是去添茶加菜的，這高潮還沒有到，他們怎麼忍心走？誰說讀書人不八卦?!

「阿秀，多吃點菜，免得到時候見了某些人就吃不下了。」路嬤嬤說著，快速挾了好幾筷子的菜放到阿秀碗裡。她以往在宮裡，見多了那些見風使舵的人，但是她沒有想到，這些自詡清高的讀書人，比那些宮人還要厲害。

路嬤嬤現在也算是明白了，為何如今的狀元鎮再也出不了狀元，在這樣的氛圍下，怎麼可能生出品德高尚的人，怎麼能做狀元?!

「嗯嗯。」阿秀點點頭，示意他們也多吃點，免得菜都涼了。剛剛因為那張鎮長的打擾，飯菜都只剩一些餘溫了，路嬤嬤親自做的飯菜，自然不能這麼糟蹋了。

沒有一會兒，張鎮長就帶著三、四個人，押解著高秀才和林秀才過來了。他們倆原本被阿秀讓顧十九丟出去的時候，身上就有些狼狽，如今再被這麼拽著，就更加不堪了。

特別是張鎮長回去以後，瞧著那兩人，越看越不順眼，直接對著他們一陣冷嘲熱諷，他們現在的面色也是十分的萎靡。

他們哪裡能想到，這新來的鄰居，有這麼大的來頭。之前去的時候，就覺得那個大鬍子十分懦弱，又沒有什麼主意，還得讓一個小姑娘作主，肯定是個好欺負的；誰知這一轉眼的工夫，他們就變成後臺如此強硬的人了。

「看見顧將軍，你們還不跪下！」張鎮長見兩人目光呆滯，直接一腳踹在他們腿上，真是兩個不會看眼色的蠢貨！

「草民參見顧將軍。」高秀才和林秀才被那麼一踹，直接一個踉蹌，就跪倒在了顧靖翎面前。他們原本有秀才的功名在身，其實是可以免除跪禮的，但是他們剛剛犯了大錯，自然不敢再裝清高了，說不定這麼一裝，命都直接裝沒了。

顧靖翎看著那兩人，問道：「我聽說你們和那張鎮長說，昨兒那火是我們放的，不知你們可是有什麼證據？」

這高秀才和林秀才樣貌普通，因為慌張，神色很是失措，眼睛左右亂轉，讓人一看就沒有什麼好感。

「我們兩人平常沒有得罪什麼人，只有昨日和那個小姑娘起了一些爭執，所以才會有這樣的推測。」高秀才說道，手指指的正好就是阿秀所在的位置。

「因為我不願意留你們用晚膳，你們就如此懷恨在心嗎？」阿秀開口說道。既然他們兩個可以睜著眼睛說瞎話，她自然也可以。

此話一出，在場的人紛紛用很鄙視的眼神看著高秀才和林秀才。

這兩人在狀元鎮並不出名，就是普通的兩個窮書生，但是經過這件事情，想必他們想要不出名都有些難了。讀書人最是講究的，就是不吃嗟來之食，可是他們還湊上去要，這和要飯的有什麼區別！這些人最是自命清高，從此往後，兩人想要再結交旁人，多半是不大可能了，他們恥於和這兩人為伍。

阿秀自己一開始也沒有料到，這句話的威力會有這樣的大！

兩人聽到阿秀這話，頓時臉色脹得通紅，眼睛瞪得如銅鈴般，裡面滿滿的都是惱怒。

「妳胡說些什麼！」他們是讀書人，怎麼會在意這些口腹之慾。

「是不是胡說，得問你們自己，若是沒有這個打算，你們為何在我們剛搬進去的時候登門一次，做飯的時候又專程登門一次！」阿秀說得很是理直氣壯。

這樣的行為本來就很奇怪不是?!

旁邊的王川兒一直沒有機會插嘴，聽到阿秀說這話，頓時附和道：「就是，而且他們老往我們廚房瞧，這不是想要蹭飯還能是什麼，不能因為嬤嬤做飯做得好吃，就湊上來！」

王川兒用的詞語更加的簡單直白，那些所謂的讀書人雖然聽得津津有味的，但是面上都是一副不忍直視的模樣。

至於高、林兩位秀才，已經被氣得說不出話來了，那臉色更是一陣紅、一陣白的。

「這真是，這真是！」那張鎮長也顧不得說女子不得插嘴這樣的話了，指著高秀才和林秀才，很是恨鐵不成鋼地說道：「真是有辱斯文！」就為了這麼兩個貨色，他剛剛才得罪了顧將軍。張鎮長心裡默默流淚，只希望現在好好表現，讓他們暫時忘記了自己之前的錯。

「鎮長，您一定要為我們做主啊！」那林秀才突然哀號一聲，往前一撲，頗有些破罐子破摔的意味。他知道現在最主要的就是讓人不要誤會他們，不然自己的名聲全部沒了，更不要說是前途了。這參加科舉，都是要人舉薦的，若是名聲壞了，自己這輩子就和科舉無緣了！

「做什麼主，幫著你誣陷好人嗎？」路嬤嬤在一旁冷哼一聲，還好這樣的人沒有什麼官職在身，不然倒楣的就是老百姓了。

張鎮長雖然不滿有人在一旁插嘴，但是現在有顧靖翎坐鎮，他只好努力掛著笑容，衝著阿秀他們點點頭，接著才厲聲說道：「你們有什麼要讓我做主的，這縱火之事，和顧將軍必然是沒有關係的，你們又稱沒有仇人，那豈不是自己犯了錯，一不小心走了水，反倒連累了顧將軍一行人！」

阿秀在一旁聽到張鎮長這麼說，心裡忍不住為他點了一個讚，這個設定合情合理，完全說得通啊，而且就那兩人的人品，很有這樣的可能啊！

「大人，這真的是冤枉啊，我和高兄正在秉燭達旦討論文章，是看到外面的火光，這才急著收拾書籍，可惜……」林秀才很是哀怨地看了唐大夫和酒老爹一眼，若不是因為他們倆，他們也不會一本書都救不出來。

他們就不想想，若不是有唐大夫和酒老爹，他們就和他們那些書籍永遠在一起了。

「書再重要，沒有了還能再買、再借，這人要是沒有了，還能怎麼辦！」張鎮長很是苦口婆心地說道。他想著他們也挺可憐的，語氣也好了不少，態度也溫和了些，他自己也是讀書人，自然清楚眼睜睜地看著自己心愛的書籍在自己面前被火燒沒的痛苦。

「鎮長說的是。」兩人也還算識時務，低著頭，算是服了軟。

張鎮長比較滿意地點點頭，然後看向顧靖翎。「顧將軍，這兩人現在已經認了錯，不知您……」他想著這兩人也算是比較倒楣了，屋子燒了，書也沒了，看著也怪可憐的。

「張鎮長你說呢？」顧靖翎掃了一眼張鎮長，態度較之前好了不少。

「草民聽將軍您的。」張鎮長見顧靖翎語氣變得和緩，心中微微一喜，便連忙恭維道：「將軍最是公道。」

「既然張鎮長你都這麼說了，那我便公道一回，這誣衊朝廷命官，應當打五十大板，不過看在你們兩人有功名在身，便破例不用脫褲。」顧靖翎說完還頗為遺憾地搖搖頭。「我原本不願多做計較，不過張鎮長說的是，本將軍自當公正行事。」

高秀才和林秀才在聽到五十大板的時候，原本就蒼白的面色已經完全沒有了血色，這五十大板下去，他們哪裡還有命在啊！

可是偏偏顧靖翎話這麼一講，好似全都是張鎮長的緣故。

阿秀在一旁聽著都忍不住失笑，他倒是想的好。

至於張鎮長，聽到顧靖翎這麼講，臉色也變得十分難看。他作為這狀元鎮的鎮長，雖說平日裡也沒有什麼大的作為，但是這鎮裡的百姓，他還是要稍微護短一下的。

而且這高秀才和林秀才不是從外面搬進來或者暫住在這裡的人，當年高家和林家也曾經輝煌過的；顧靖翎這麼講，不是陷他於不仁不義嗎？這以後，他可怎麼管理這個鎮？怕是走在路上，都是要被人丟石子的！

張鎮長哆嗦著嘴，忍不住求饒道：「顧將軍啊，這、這高秀才和林秀才不過是兩個柔弱書生，實在是禁不起五十大板啊，您就大人有大量，饒過他們吧。」

「可是，這不是張鎮長你讓我公事公辦的嗎？」顧靖翎故意裝傻道：「我原本想著這兩人也算是認識到錯誤，就打算這麼一筆勾銷了，畢竟我一向不愛計較這些小事。」

阿秀聽到這兒，忍不住在背後吐槽，這顧靖翎其實心眼兒小著呢，之前她那三兩銀子的事情，還被他計較了好長一段時間呢！這顧靖翎，可比他表現出來得要幼稚不少。

「我……」張鎮長聽到顧靖翎這麼說，一時間沒有了主意，這話的確是自己說的，但是他剛剛不過順口的一句恭維，他哪裡會料到，他真的就這麼順著自己的話講了。

張鎮長現在也是有苦說不出！

「都是我的錯，顧將軍，您就、您就……」張鎮長後面的話說不下去了，再說下去，這罪過可就全在他身上了，他雖然有心想幫他們一把，但是也沒有心善到讓自己去頂罪。

「唉，看在張鎮長如此求情的分上，我也不好太鐵石心腸了，這五十大板，便減為三十大板吧。」顧靖翎好似還很大方地退讓了一步。

他原本就沒有打算真的打他們五十大板，這可是真的會要了他們的命的，雖說他們的品性十分的惡劣，但是也沒有到要了他們命的地步。

這三十大板，只要下手懂點分寸，自然能讓他們老實一段時間，又不會留下比較嚴重的病根子；至於考取功名，他可不認為這樣的人適合當官！

「多、多謝顧將軍。」張鎮長雖然覺得三十大板也很是嚇人，但是相比較之前的五十大板，已經好了不少。他看顧靖翎的臉色，也知道自己不能太得寸進尺，免得他到時候反而不高興了。

「既然張鎮長也同意了，那我便就地行刑了，這樣也好讓在場的人都知道，話不能隨便亂說。」顧靖翎說完，手指放在嘴邊，輕輕吹了一下。

不過一瞬間的工夫，馬上就出現了兩個身穿勁裝的男子。

顧十九瞧見那兩人，臉上有些小激動，是二哥和七哥呢！

「顧二，顧七，這兩人便交由你們了。」顧靖翎還不忘在後面補充一句。「這兩位可都是讀書人，你們下手可得有點分寸！」

「是。」顧二和顧小七齊齊應下，只是他們微微抿起的嘴角，顯得很有深意。

高秀才和林秀才一聽這三十大板是免不了了，頓時就癱軟在了地上，面色土灰。

只是他們至少還知道留點最後的尊嚴，雖說心裡怕著，但是卻沒有過於失態，也沒有大喊大叫，這倒是讓旁人還能維持對他們的最後一絲尊重。

顧二一把拎起林秀才，率先出門，顧小七則是衝著站在一旁的顧十九一陣擠眉弄眼，然後拎起高秀才也閃了出去，沒一會兒，就聽到外面一陣鬼哭狼號。

他們畢竟只是讀書人，哪裡受過這樣的罪，第一下還能咬著牙忍住，但是後面，只覺得臀部要裂開來了，哪裡還忍得住！

而在屋子裡聽著的那些人，特別是張鎮長，臉色很是凝重，就是旁人，如今也沒有了心思說笑。他們以往都自命不凡，但是現在事實赤裸裸地告訴著他們，權力比他們認為的讀書或是清高更加重要。

至少在那一瞬間，他們的心靈深處都受到了極大的衝擊！

第八十六章 奇怪生物

狀元鎮的事情算是暫時告一段落了，阿秀幾人覺得這地方太壓抑，民眾的是非觀過於扭曲，都不願意多待，休整了一番以後，第三日就直接從客棧離開了。

至於那被打了三十大板的高秀才和林秀才，是死是活，又關他們何事。

阿秀他們下一站目的地是瓊州，瓊州近海，雖說還是偏北方，但是已經到了南北的交界地帶，這裡民風比較淳樸，最讓阿秀心動的，自然是這裡海鮮遍地。

去的一路上，阿秀顯得很是興奮，讓唐大夫幾人看著都有些不明所以了，她平日表現得都是比較穩重的，哪裡會如此。

而顧靖翎雖說是來辦公，但是這段日子一直跟著阿秀他們，路嬤嬤中途問了好幾次，他都幾句話圓了過去。

讓路嬤嬤心裡都不得不開始多想，難不成這顧靖翎是為了阿秀來的？可是那玉珮是做不得假的啊！路嬤嬤頓時就有些摸不透了。

酒老爹和唐大夫雖說是男子，沒有女子敏感，但是顧靖翎做得也不算隱晦，兩個人頓時都有了一些想法。

酒老爹神經粗得要命，只隱隱覺得這顧家的兒子是不是有些殷勤了。

而唐大夫，則是想的更加多些。他自然也是曉得顧靖翎以前的名聲，他對顧靖翎還是比較看好的，小小年紀，也算是不卑不亢，而且已經有了一番的成就，不管是放在哪裡，都是一個英雄好兒郎；至於那些傳言，他原本就是不當回事的。

只不過這要是涉及到了阿秀，他就忍不住迂腐一番，和路嬤嬤她們想到了一處；但他畢竟住在顧家那麼多年，多少還是有些情誼在裡頭的，覺得顧靖翎若是真的好，倒也不失為一個不錯的夫婿人選。現在嘛，還值得考究一番。

顧靖翎自然是不知道，自己這一路上已經被他們在馬車裡仔仔細細、上上下下都探究了一番了。

他只覺得這一路上的相處，他好像又瞭解到了一個不一樣的阿秀，原來她也會撒嬌，也會耍賴，看著她甜笑著和路嬤嬤說話的模樣，他只覺得心頭好似有羽毛劃過。

輕輕的，癢癢的……

沒有留下任何的痕跡，但是又讓人忘記不得。

一進入瓊州，阿秀就感覺到一種和狀元鎮完全不同的熱鬧和活力，大概是這個時候還算早，大街上好多攤子都還沒有收。

阿秀一探出頭去，就瞧見那魚都在盆子裡頭活蹦亂跳的，而且多半是海魚。

阿秀心中癢癢的，和路嬤嬤說道：「嬤嬤，我們下去買個菜再走吧。」

王川兒以往都沒有吃過海鮮，倒是不能體會這樣的誘惑。

「小饞貓，等將行李放下了再出來買也是來得及的。」路嬤嬤輕輕點點阿秀的鼻子。

阿秀雖然胃口好，但是已經很少會露出這樣渴望的眼神了，可能也是因為最近這大半年來，她吃穿不愁。

這個子都長了一大截了，特別是最近這段日子，路嬤嬤不遺餘力地給她各種補，身材發育已經和一般十三、四歲的女子相差無幾了。

這饞嘴啊，很多時候還真的是因為沒有得吃。

阿秀以前就是因為日子過得太緊巴巴了，才看見肉就兩眼放光，如今，那至少得是做得特別好吃的肉，才能得到她如此的待遇。

就是王川兒，如今看到吃的也不是跟餓死鬼投胎一般了，不過食量沒有減就是了。

酒老爹大概也有些意識到自己以前好像是有些虧待了阿秀，現在在她面前，越發的沒有底氣了；再加上他那大鬍子，這要不說，還真瞧不出酒老爹是阿秀的親爹。

「我這不是怕讓人給挑沒了嘛。」阿秀嘛了一下嘴，又忍不住往外面瞄了一眼，雖然品種沒有後世的多，但是她也不是貪心的人，有這些就已經很滿足了。

「都說那些魚吃起來都腥得慌，阿秀您為什麼喜歡吃那些啊？」王川兒在一旁問道，她聞到這些魚腥味，都恨不得把鼻子給捂住呢！

「妳別看牠們聞著腥氣，模樣也不好看，但是味道可是鮮美呢！」阿秀說著，那唾液都不自覺地分泌了不少。

「真的嗎？」王川兒還是有些懷疑，在她看來，還是肉最好吃，而且骨頭又少，前幾天她吃魚的時候還被魚刺梗住了喉嚨，要不是阿秀用東西幫她挾了出來，她還不知道要難受多久呢！

「那是自然，妳看我可有騙過妳？」阿秀笑著問道。

王川兒仔細回想了一下，如果和她講藥材味道很好，讓她每種都嚐了一遍這個不算騙她的話，那好像是真的沒有了。

想到這兒，王川兒的臉上頓時多了一個大大的笑容，眼睛亮閃閃地看著路嬤嬤。「嬤嬤，嬤嬤，要不您先把我放下，我買了菜，到時候去找你們？」

不知道也就算了，但是偏偏阿秀形容得這麼美味，就王川兒的性子，怎麼按捺得住。

路嬤嬤看兩個人都是一臉的意動，心中忍不住的好笑，她倒是不覺得那些魚有什麼好吃的，不過既然阿秀這麼想吃，她自然也不會反對。

「妳找芍藥陪妳一塊兒先去買些回來，這馬車就停在那胡同裡，妳們記得快些回來，最好不要超過一刻鐘。」路嬤嬤說道。先簡單地買些，讓她們解解饞就好，別的等安頓下來了再說，這瓊州可比津州要大得多，想必待的時間也不會太短。

特別是看阿秀對這裡的食材是這麼的熱愛，那就更加不可能短時間內就離開了。

「謝謝嬤嬤。」王川兒一看路嬤嬤鬆口了，一下子就躥了下去，到後面那輛馬車找芍藥去了。

顧靖翎原本就離得不遠，再加上耳聰目明的，自然是將裡面的對話聽得清清楚楚，他知道阿秀是哪裡人，只是那邊並不近海，倒是沒有想到，她竟然喜歡吃這些。

見王川兒已經將芍藥拉下了車，顧靖翎衝著顧十九使了個眼色，顧十九馬上就心領神會地笑著跟上了。

這芍藥自小在京城長大，雖說偶爾會見到一些海產，但是瞧見這麼多奇奇怪怪長相的玩意兒，也忍不住有些發怵，這些玩意兒真的好吃？真的能吃？

芍藥、王川兒加上顧十九都是土生土長的京城人士，根本就不知道要買什麼，在他們看來，這些都是沒有見過的。

在吃方面，王川兒的智商一向表現得比平時高上一大截，她知道自己都不認識，也不知道味道怎麼樣，她就特地看別人買什麼，買得多的，那味道多半是不錯的，她就跟著買，沒一會兒，就買了好幾簍子，她一人抱了三個簍子，便歡歡喜喜地打算和他們回去了，她可是一直記著時間的。

「欸，小姑娘，妳還要再來些這個嗎？」那個賣魚的見王川兒要走了，便從一個小簍子裡面掏出幾條小魚。

這麼小的魚，在她看來，那就是塞牙縫都不夠，她怎麼瞧得上眼，正打算拒絕，就想到路嬤嬤最是喜歡用精細的材料，頓時又止住了腳步，問道：「這個是什麼？」

那人見王川兒有些茫然，便笑得很是神秘地說道：「這個是吹肚魚，妳沒有見過吧？」這種魚不要說是王川兒了，就是瓊州的當地人，也未必都認識。

王川兒點點頭，她的確是沒有見過，只是這魚瞧著樣子不光奇怪，還挺醜的。怎麼說王川兒也是一個女孩子，又聽這名字說不上來的古怪，下意識地就是要拒絕了。

「妳可別看牠樣子醜，但是味道可是比大部分的魚都要鮮美呢。」那賣魚的說得一臉享受。「而且這是我送你們的，只要下次記得還來我這邊買魚就好。」那人原本就沒有打算用這個賺錢，揀出了四、五條，用一個小網裝好，遞給王川兒。

王川兒一聽是白送的，頓時就高興了，很是爽快地就應下了。

倒是芍藥心裡有些擔心，指著那吹肚魚說道：「川兒，妳說這魚都沒有別的攤子在賣，真的能吃嗎？」

而顧十九，一直覺得這吹肚魚的名字有些耳熟，好似在什麼地方聽說過，但是一時之間又想不起來。

「反正是白送的，先帶回去，阿秀和嬤嬤見多識廣，肯定認識的，說不定是難得的美味呢！」到了手的東西，王川兒可不願意隨隨便便就扔掉。

將東西都丟在了裝東西的那輛馬車上，王川兒便迫不及待地回了馬車，還不忘向路嬤嬤求誇獎。「嬤嬤，嬤嬤，我動作是不是很快！」

這王川兒不過十三歲，比阿秀還要小上幾個月，那性子更是天真爛漫。路嬤嬤對她也是比較寵愛，相比較懂事的芍藥，王川兒明顯在路嬤嬤這邊更加的討喜。

「差不多剛剛一刻鐘，若是再慢些，我就讓人把妳丟下了。」路嬤嬤故意說道。

「嘻嘻。」王川兒聞言，也只是有恃無恐地笑得歡快。

「我剛剛買了好多奇怪的魚呢！」王川兒一邊說著，一邊用手比劃著，她的聲音很是輕快，讓人聽著也忍不住會心一笑。

等下了車，阿秀也難得跑過去看他們買了什麼，雖說在車上的時候聽夠了王川兒的描述，但是畢竟還是眼見為實。她上輩子是江南人，吃的河鮮、海鮮也算是極多的，不過這王川兒買的東西裡頭，她也有不少是不認識的。

王川兒見阿秀不認識，還一一和她說了名字；不過中途阿秀因為有事先離開了，王川兒還頗有些遺憾，自己的戰利品還沒有介紹完呢！

將東西都放到廚房，路嬤嬤雖說擅長做菜，但是這海鮮，她並不常接觸，為了讓阿秀吃得盡興，她還特意叫人去這邊的大酒樓請了一位師傅過來，又花了大價錢，讓那師傅將一些拿手菜教給她。

見別的東西都有了歸屬，只有那四、五條吹肚魚一直無人問津，王川兒忍不住問道：「秦師傅，你看這個能做什麼嗎？」聽那個賣魚的人說，這個魚可好吃得緊呢！

「這個是什麼魚，我怎麼從來沒有見過？」那秦師傅看到小網裡面的魚，有些奇怪。他做了這麼多年的菜了，也從來沒有看過啊！忍不住問道：「妳是從哪裡買來的啊？」若是味道的確美味，沒有理由他不知道啊！

「就是在剛剛的集市上，秦師傅你說怎麼做比較好吃啊？」王川兒兩眼冒光地看著他。

「這魚我以前沒有見過，而且模樣也挺奇怪的，我覺得還是丟掉比較好。」秦師傅是瓊州當地人，他也是捕魚出身，知道這海裡不是每種魚都可以吃的。

「可是……」王川兒看了看那魚，很是不捨；若是不知道味道好也就罷了，現在讓她怎麼捨得。

「川兒，我瞧著這魚也怪怪的，妳就聽秦師傅的，丟了吧。」芍藥在一旁說道。她一開始就不贊同她把這種魚帶回來，這隨便送的，能會是什麼好東西？

「我……」王川兒看看那魚，又看看秦師傅，最後還是不捨得，讓她丟可以吃的東西，這也太難為人了。

「好了好了，要留就留著啊，妳先到一旁玩去，不要耽誤秦師傅做菜了。」路嬤嬤衝著王川兒揮揮手，讓她自己玩去。在她看來，王川兒就是小孩子心性，捨不得丟，那就留著唄，也不是什麼大不了的事情。

「嗯嗯。」王川兒點點頭，提著魚就跑了。

「芍藥，妳也下去吧，把糕點先收拾一些，看看阿秀回來沒，給她送過去。」

「是。」

這次的屋子是顧靖翎提前叫人選好的，屋子原本是一個地主家的，只不過被地主不成器的兒子敗完了。這屋子雖然大，外表看著也華麗，但是虛有其表，裡面很是空蕩蕩，不少家具都要添置起來。

顧靖翎看中這裡，是因為它的位置好，雖然在鬧市，但是也不算太中央，平時還算清靜，就是出門也方便，而且占地比較廣，若是阿秀要給人看病，來幾十個也完全站得下，甚至還能有獨立的屋子用來放藥材之類的。

因為缺的東西也不少，阿秀就和酒老爹以及唐大夫帶著人又出去了。

臨近正午，阿秀幾人終於回來了，大件的器具要等人專門送過來，小的玩意兒也是買了不少。

大約是在狀元鎮受了一點小小的刺激，阿秀走在瓊州的時候，覺得這裡的百姓各種和善，各種淳樸，和那狀元鎮，絕對是兩個極端。

大約是心情舒暢了，饒是阿秀，都逛了好久，買了不少女孩子的小物件，打算回來送給她們。

「阿秀啊，快過來吃飯了，就等著妳了。」路嬤嬤衝著阿秀揮揮手，一開始還催著那秦師傅趕快動手，誰知這菜都做完了，人卻還沒有回來，只好先等著。

「嬤嬤、嬤嬤，您看，我給您挑了一根簪子，是玳瑁打磨的。」阿秀從懷裡掏出一根簪子來，親自給路嬤嬤戴上。「嬤嬤戴著真好看！」

這路嬤嬤雖然年紀不小了，比唐大夫也年輕不了幾歲，但是她保養得不錯，皮膚又白，配這簪子的確很不錯。

路嬤嬤以往是瞧不上這些小玩意兒的，她那些簪子，哪個不是極好的玉石打磨出來的，但是這個是阿秀特地買來，親手插在她髮間的，自然和別的是不一樣的。

「真是個好孩子。」路嬤嬤用手摸摸玳瑁簪子，上面打磨得很光滑，想必她也是用了不少心思挑的；若是小姐能收到這樣的禮物，想必也會開心吧……

「川兒呢？」阿秀看了一下，這吃飯時間，王川兒一向最是積極，可今日，卻沒有見到她人，這實在是太奇怪了。

「剛剛還瞧見過，芍藥，妳去找找人吧，阿秀妳先坐下吃。」路嬤嬤一邊打發芍藥去找人，一邊拉著阿秀坐下，總不能因為王川兒，耽誤了阿秀吃飯。

「是，奴婢這就去。」

「這魚都是極新鮮的，也難怪妳剛剛一直念叨著，趁著還熱，快點多吃點。」路嬤嬤先用乾淨的筷子，幫阿秀將魚刺剔掉，然後放到一旁的小碟子上面。

那魚肉看著晶瑩透亮，聞著還有一股清香味，放在畫著蓮花的小碟子裡頭，配上一些簡單的蘸料，光是瞧著，都覺得食指大動。

「嬤嬤您也吃，這秦師傅的手藝很是不錯呢！」禮尚往來，阿秀也挾了一些放到路嬤嬤面前的碟子裡。

每當這種時候，路嬤嬤就想著，若是小姐在，該是有多麼的美好。唐大夫、酒老爹、阿秀，再加小姐，正好一家子都團聚了……

但是路嬤嬤也知道，這不過是想想。

而且還有那小皇帝的問題擺在中央，雖然現在看，這小皇帝性子並不大像先帝，但是皇家多出薄情郎，她們誰也不敢冒這個險。

「小姐，小姐！」正說話間，芍藥突然衝了進來，因為過於心急，差點被自己的裙子絆倒。芍藥是薛家教出來的大丫鬟，平日禮儀最是端莊有禮，難得見她如此失態。

「芍藥，發生什麼事情了？」阿秀站起來問道。心中隱隱有些不安，難道是川兒發生了什麼事？

「川兒、川兒倒在廚房了。」芍藥很是驚慌，因為事出突然，她臉上甚至還有些茫然，明明剛剛，她還是好好的啊！

「這是怎麼了？」路嬤嬤聽到這話，面色也是一變。

「我也不知道，我一進去就看到她倒在地上了，好像很難過的樣子，一直在說肚子疼。」芍藥畢竟也不過是一個十幾歲的少女，遇到這樣的狀況，難免會慌張。

「好了，不要急，我先去看看。」阿秀將筷子放下，快步走了出去。

唐大夫看了一眼酒老爹，也緊跟著出去了。

阿秀跑到廚房的時候，正好看到王川兒正艱難地往門口爬，連忙將人扶住。「妳這是怎麼了？」

「我要解手。」王川兒面色蒼白，偏偏還帶著一絲紅暈，說話很是艱難。

阿秀微微一愣，又見廚房地面上有不少嘔吐物的痕跡，心中微微一凜。

「妳剛剛吃了什麼？」如果不是吃錯了什麼，不會有這樣的症狀的。

「吹……魚。」王川兒很是艱難地說道。面色一下子變得潮紅，然後只聽見「噗，噗」兩聲，她身上就多了一股惡臭。

王川兒知道自己沒有忍住，頓時眼淚就掉下來了。她以前在罪役所的時候，也不是沒有做過比這個更加丟人的事情，當時她也沒有覺得有多難看；但是現在，當著阿秀的面，她竟然做了這樣的事情，她覺得自己的臉都丟完了，她心裡更加害怕的是，阿秀會因為這個嫌棄她。

「川兒是怎麼了？」路嬤嬤見王川兒面容蒼白地躺在門檻處，連忙快走了幾步，一下子超過了唐大夫。

「怕是吃錯了東西。」阿秀走進廚房，將東西翻動了一下，最有可能的就是放在桌子上的這碗湯。

阿秀將裡頭的東西倒出來，等看清楚以後，頓時一驚。

竟然是河豚?!這裡怎麼會出現這個玩意兒？

第八十七章　川兒中毒

「這個不是剛剛她拎在手裡玩的那幾條魚嗎？」路嬤嬤也看到了，她以為王川兒玩一會兒就該忘記牠們了，沒有想到她竟然自己將牠們煮了，甚至還吃了牠們……

「這是她買回來的？」阿秀心中大驚。「那其他的菜中可有放這種魚？」路嬤嬤見阿秀臉色大變，連忙安撫道：「沒，那秦師傅說這種魚他不認識，就沒有做。」

「阿秀，這魚身上可是有劇毒？」唐大夫如今也走到了，趁著阿秀在和路嬤嬤說話的時候，將王川兒的脈把了一下，狀況很不好。

但是那種魚，他也沒有見過，就是醫書裡也沒有看到過。

「這種魚叫肺魚，全身都是劇毒。」阿秀聲音有些沈重，再看王川兒，心中閃過一絲心疼。

若是在現代，她知道要注射哪些藥，但是在這裡……

她咬咬牙，說道：「唐大夫，麻煩您去拿羊蹄葉過來。」

這個是她以前見過的一個偏方。在唸大學的時候，她曾經好奇過河豚，還特地去圖書館找書看過，裡面就有提到過這麼一句，現在也不知道到底有沒有效果，只能死馬當活馬醫了。

「好。」唐大夫雖然不知道阿秀這個法子有沒有效果，卻還是果斷地轉身去拿藥了。

「嬤嬤，您幫我把川兒搬進來吧，把門關上。」王川兒畢竟是女孩子，這當眾失禁，就算人治好了，肯定也會留下陰影，她平時就是再大大咧咧，也不可能一點都不在乎。

「阿秀，阿秀，我會不會死掉？」王川兒聲音顯得很是虛弱。

阿秀的手被她拽得有些疼，但卻沒有躲開，用手摸摸她的腦袋，柔聲安撫道：「會沒事的。」

王川兒聽到這句話，眼淚卻掉得更加凶了，她覺得，這個不過是阿秀在安撫她，她就算再笨，這點也不會看不出來。

「嬤嬤，您扶著她，我得讓川兒將吃下去的東西都吐出來。」阿秀將王川兒往路嬤嬤那邊移了點過去。

這河豚毒來勢洶洶，必須得先讓她將胃裡的東西都吐乾淨了，免得還有東西殘留在身體裡。

阿秀拍拍王川兒的臉，說道：「川兒，把嘴巴張開。」

王川兒知道阿秀這是在救她，雖然覺得身體都有些不大聽她自己的想法了，但還是很努力地張大了嘴巴。

阿秀用手指壓住舌根，並觸碰她的扁桃腺，待她手一縮回來，王川兒只來得及將頭撇到一邊，就吐得昏天暗地的。

她一向吃得極多，剛剛在馬車上就沒有停過嘴巴，現在吐出來更是什麼雜七雜八的都有，甚至還有不少污穢濺到了阿秀和路嬤嬤的衣服上，只是兩個人瞧著，反而更覺得心疼。

王川兒一向都是活力滿滿的，哪裡見過她如此狼狽的模樣，就是最早的時候，在罪役所看到被打得那麼淒慘的她，身上也比現在有活力得多。

見她吐了一會兒停了下來，整個人的氣息又弱了些，阿秀雖然憐惜，但卻不能心軟，拿了香油又往她嘴巴裡灌去。

這個是她看過的另一個偏方，她哪一個都沒有試驗過，但是現在只能都嘗試一遍，她不願意失去川兒。

又是一輪的嘔吐，王川兒覺得自己的膽汁都要吐出來了，臉上更是眼淚鼻涕橫流。

「阿秀，羊蹄葉拿過來了。」唐大夫在外面敲門。

將人請進來，阿秀發現唐大夫的另一隻手上還拿著搗藥的杵臼，以及一些別的保命藥材，只是這河豚毒不同於往常，這些藥材想必是沒有多大的用處了。

大約是聽到了唐大夫的聲音，王川兒想起自己現在的模樣，嗚嗚嗚地哭得更加傷心了點。

王川兒身體底子一向好，而且剛剛那河豚她沒有全部吃下去，現在的症狀，讓阿秀慢慢有了一點信心。

阿秀快速將手中的羊蹄葉搗成汁，因為有些心急，一不小心還砸到了自己的手，幸好沒有流血，只是她現在也顧不了自己，用手隨便一抹，就繼續搗藥了。

倒是路嬤嬤在一旁瞧著，一陣心疼。

「川兒，來，把這個喝下去。」阿秀將搗出來的藥水放到王川兒面前。

王川兒雙眼無神地看了這藥水一眼，還是努力喝了兩口，雖然那味道實在難喝，但她一向惜命。

「這樣便可以了嗎？」唐大夫在一旁問道，這個羊蹄葉他是知道的，醫書中就有記載「治腸風下血，大便秘結不通」，因性味甘滑寒，不宜多食；但是他從來不知道這還能解毒，而且還是自己從來沒有見過的毒。

唐大夫看著阿秀，一面欣慰自豪，一面又有些自慚形穢。聖人說的果然是對的，三人行必有我師，他還要更加努力。

「還不清楚，現在也只能等了。」阿秀將頭轉向路嬤嬤。「嬤嬤，我們先帶川兒去洗漱一番吧。」不管最後結果如何，川兒總是不希望自己以這樣的情況面對外人的。

路嬤嬤神色凝重，微微點點頭。

王川兒雖然吃得多，但是人卻長得不胖，又不過十三歲的年紀，阿秀和路嬤嬤兩個人抬她起來，倒也不算太吃力。

唐大夫微微嘆了一口氣。

有時候，面對從來沒有見過的病症，大夫的無力感比旁人還要大得多。

這王川兒一向和阿秀玩得好，若是治好了也就罷了，若是沒有治好，不知道會對阿秀的心境產生什麼樣的影響。

阿秀、路嬤嬤再加上芍藥三個女子，一起幫王川兒換了乾淨的衣物，只不過擦身子的時候，她又失禁了幾次。

芍藥看著毫無血色的王川兒，又哭了出來。

阿秀雖然心裡難過，卻還是抱著希望的。

聽到芍藥哭得難過，低聲斥責道：「哭什麼！」旁人的情緒對病人的影響是很大的。

芍藥被阿秀一罵，愣了一下，用了好大的勁才把眼淚憋回去，雙眼濕漉漉地看著王川兒。雖然她老嫌棄王川兒和她在阿秀面前爭寵，但是兩個人平日裡都是住在一個屋子裡的，王川兒又是沒有什麼小心思的人，相處也算是愉快，芍藥實在是見不得她就這麼沒了。

早知道她剛剛就該直接將那魚給丟了，她已經知道罪魁禍首就是那幾條長相奇怪的小魚，等明日，她一定要去找那賣魚的，讓他給個說法！

「阿秀，我是不是要死掉了？」王川兒覺得自己渾身沒了力氣，就是注意力都有些集中不了。

「說什麼傻話呢，妳只是上吐下瀉得太厲害了。」阿秀拍拍她的肩膀，努力讓自己看起來很有底氣。

「是嗎？」王川兒努力扯扯嘴角，想讓自己笑起來，可是她現在就是做這個動作，都沒有什麼力氣了。

「傻姑娘，我什麼時候騙過妳。」阿秀說道。相較於芍藥，阿秀雖然心裡難過，但是卻將自己的情緒控制得很好。

「阿秀，您送我的那個小香囊裡面有三兩銀子，我悄悄藏在那件繡著桃花的裙子內襯裡。」王川兒小聲地對阿秀說道。那些碎銀都是她幫路嬤嬤幹點活兒，路嬤嬤隨手給她的，還有一些小玩意兒，她平日喜歡買吃的，花的也就剩下這些了。

王川兒覺得，自己要是死了的話，這家當得留給自己最為親近的人，雖然不多，但是也算是自己最後一點心意了。

「我知道了，妳既然告訴了我，那這三兩銀子以後就歸我了啊，妳要是想買吃的，可不能再來問我討回去。」阿秀故意這樣說，就是怕王川兒真的對自己失去了信心。

「好。」

見王川兒這樣，饒是阿秀，眼淚也有些止不住，鼻子一陣酸脹。

正好這個時候，芍藥端著碗過來了。「小姐，您要的鹽水。」

瞧她的眼睛紅得有些嚇人，想必在外頭又哭過一場了。

「嗯。」趁著接碗的時候，阿秀快速擦了一下眼睛，然後笑著和王川兒說道：「川兒，來，喝點東西。」她又是吐又是拉，折騰了這麼久，體內的水分流失肯定特別的嚴重。

阿秀特意和芍藥說了水和鹽的比例，讓她去廚房準備，也讓她好好去收拾一下心情。

王川兒覺得自己肯定活不了了，但是為了不讓阿秀他們太難過，還是乖乖聽話，將一大碗的鹽水都喝了下去。

阿秀這邊在努力，顧靖翎他們也沒有停下，知道王川兒命在旦夕。

顧靖翎首先就是帶著當時和她們一起去買魚的顧十九，去找那賣魚的，他甚至還懷疑，那賣魚的會不會是懷著目的來的。

只是這個時辰，那些攤子都收了，街上空蕩蕩的，大家都在家裡吃飯睡午覺，要不就是幹活去了。

找了半天也沒有找著人，之後便換了個法子，專門去捕魚的村子裡，找那邊的人問那種魚，可惜那種魚雖然模樣奇怪，但是見過的人很少。

難得有見過的人，都說這魚太小了，一般捕到都會丟回去的；畢竟這瓊州不是什麼貧瘠之地，大家有大魚吃，自然沒有必要吃小魚。

折騰回來的時候，這天都開始發黑了。

顧十九想著王川兒，之前又是他和她們一起買的魚，難過、愧疚、自責，一下子都要擊垮了他；說到底，他也不過是一個十四歲的少年！

「哭什麼，人家未必有事呢，等一下被你哭有事了！」顧二一個巴掌打在他腦袋上，這男子怎麼能動不動掉眼淚。

顧十九聞言，連忙吸鼻子，又用手使勁擦臉，有些倔強地反駁道：「我才沒哭呢！」

顧二心裡也是微微嘆了一口氣。

等到了屋裡，中午的飯菜已經撤走了，反正根本也沒有人動；到了晚上，也沒有請人來做飯，路嬤嬤又顧著阿秀那邊。

「顧七，你去把中午的那個秦師傅再請過來做飯吧，總不能大家都不吃飯了。」顧靖翎說道。

顧小七點點頭。

這樣跑了一天，其實他們一點兒也不比阿秀她們輕鬆。

顧十九趁著現在沒有他什麼事情，一下子就躥到了王川兒的房門外，還沒有敲門，就看見芍藥在門外抹眼淚。

她今天哭的次數太多了，眼睛腫得厲害，原本大大的眼睛，都快只剩下一條縫了。

「她人……」顧十九看到芍藥如此模樣，心中突然一陣膽怯，有些不敢問結果了。

「川兒、川兒她……」芍藥話還沒有說完，眼淚又掉了下來。

顧十九頓時面色一白，他好像已經猜到了結果……

「芍藥，妳不要哭了，川兒好不容易睡過去了，妳這是要把人給哭醒了啊？」阿秀從屋子裡出來，手裡還端著一個空碗。

這芍藥平日的時候看王川兒各種不順眼，冷嘲熱諷也不是沒有過，但是這個時候，也就數她哭得最為難過，從開始到現在，都沒有怎麼停過。

阿秀最開始還覺得這姑娘也挺好的，還安慰了好幾句，沒有想到這都幾個時辰了，她還在哭，阿秀只覺得很是無語，真的那麼難過，平日裡多對她好一些不就好了嗎？

「我、我……」芍藥一聽阿秀這麼講，連忙捂住了嘴巴，就怕自己的聲音真的將王川兒給吵醒了。

「好了好了，去梳洗一下，都該吃晚飯了。」阿秀看了看天，覺得自己餓得胃都有些疼了。剛剛因為情況比較緊急，所以一直沒有感覺，現在整個人都鬆懈下來了，就覺得渾身有些無力。

「川兒、川兒她，沒事？」顧十九原本眼淚都要飆出來了，誰知阿秀後面那一句話，直接讓他的眼淚停在了眼眶中。這是說，王川兒其實並沒有……

「怎麼可能會沒事，整個人都虛脫了，得好好調養一陣子。」阿秀沒好氣地看了顧十九一眼。不過她也知道他們也很努力地想幫忙，心裡有些感動，特別是看到他眼睛還透著一絲晶瑩。

「那就好、那就好。」聽到確切的答案，顧十九忍不住喃喃念叨著。顧十九不是沒有經歷過生離死別，但是那戰場上的死亡都是有心理準備的，不像現在，那麼的措不及防，讓人更加難以接受。

「你也去和顧將軍說一聲，辛苦你們了。」阿秀說道。

顧十九點點頭，立馬就跑遠了。

因為沒有找到人，大家都比較萎靡，如今知道她沒有事，那就再好不過了。

只是這到了吃飯的時候，一桌子的人面對著這些他們不認識的魚，都有些不敢動筷子了，畢竟有王川兒這個前車之鑒呢！

倒是阿秀，吃得那個叫爽利，一個人就吃了五碗飯，讓路嬤嬤看著又是好笑又是心疼，她實在是餓慘了。

第二日，阿秀一起來就聽到顧十九和芍藥在說要找那賣魚的要個說法，阿秀想了一下，覺得自己也應該去瞧瞧，畢竟那河豚實在不是一般人能夠吃的，若是他賣出去多的話，還希望能挽回一些。

只是等出門的時候，這隊伍從最初的兩個人，已經發展到了六、七個了，一大群人浩浩蕩蕩地往集市走去。

「昨兒就是在這個位置。」芍藥指著一個位置說道。可惜今天這裡是另外一個人在擺攤子。

這集市裡面的攤位並不固定，但是一般人沒有意外都喜歡在同一個地方賣，這樣好積攢回頭客。

「昨兒在這裡賣魚的人呢？」芍藥問旁邊賣魚的一個大嬸兒，她現在還為王川兒抱屈呢，說話都沒了平日的溫婉大氣，難得帶上了一絲尖酸。

「妳說老王家的啊，那個倒楣蛋昨兒半夜就死了，現在屍體還放家裡呢，過兩天就要埋了。」那個大嬸兒嘆了一口氣，言語之間帶著一絲淡淡的惋惜。

那老王家的現在也不過三十出頭，正是壯年呢，誰知昨兒就那麼去了，留下孤兒寡婦的，這日子以後要怎麼過呢！

「昨天不是還在擺攤嗎？」芍藥的聲音低了些，氣勢也弱了不少。

「他也是個倒楣的，聽說吃了自己捕的魚，在家裡難受了三、四個時辰就去了，今兒一大早就聽到他家婆娘哭得撕心裂肺的，他孩子最大的也才十歲呢！」那大嬸兒很是唏噓地說道。

阿秀一聽她的描述，就覺得他應該是和王川兒一樣，吃了河豚，只不過王川兒熬過來了，他沒能熬過來。雖說她之前心裡有些怪他，但是如今人都死了，還能說什麼呢！

阿秀微微嘆了一口氣，道：「大嬸兒，您可知道那老王家的住在哪兒？」

「這個可不好說，那路遠著呢！」那大嬸兒也有些為難，他們賣魚的大多數都是住在漁村裡的，離這兒最起碼得有一個時辰的路程。

他們每天天還沒有亮就得挑著魚到集市上來賣，雖然辛苦了些，但是至少家裡的孩子不會挨餓，相較於別的人家，已經算是很不錯了。

「那您這些魚我們都要了，麻煩您帶我們過去瞧瞧可好？」阿秀柔聲問道，這大嬸兒面前也不過是幾大盆子魚罷了，家裡這麼多人，兩天就能吃完了。

「這、這可怎麼好意思。」阿秀這麼說，那大嬸兒反而覺得不好意思了，她原本並沒有打算讓阿秀買走她的魚，自己這樣幫個忙好像顯得有所圖謀似的。

「芍藥，把錢給大嬸兒，將東西收拾了，妳先找人把這些魚都帶回去，我去看看再回來。」

「顧二，你和芍藥一起去。」顧靖翎輕咳一聲說道。原本這種小事都是顧十九做的，但是昨天那賣魚的只有他們三個見過，既然芍藥不去了，那顧十九就不能不去了。

「是。」

那大嬸兒原本還想著和阿秀說一下，不用她買那麼多的，但是她錢已經拿出來了，她搓了一下手，想著家裡的小兒子有些發燒，要是早點回去的話，還能給他做點好吃的，就沒有再繼續推辭了。

「大嬸兒您要是不嫌棄的話，就坐我的馬車去吧。」阿秀說道。看這個大嬸兒剛剛的語氣，那地方可不近。

「不用不用，我自己走就好，還有大盆子要挑著呢！」那大嬸兒笑得很是淳樸，這馬車可是有錢人家才能坐的，她哪裡好意思上去，要是一不小心弄髒了，她可沒有錢賠。

「沒事，都放馬車上吧。」阿秀現在急著想要去驗證一下，那個王家的是不是也是因為河豚毒才死去。

大嬸兒咬咬牙，點點頭道：「那……那就麻煩姑娘了。」她想著今天回去早，而且魚又賣完了，便有些為難地看著阿秀。「姑娘能不能等我一些工夫，我順便抓點藥回去。」

「家裡可是有人發燒了？」阿秀問道。

「姑娘您怎麼知道？」那大嬸兒一聽就覺得驚奇了，自己只說抓藥，可沒有說是抓的退燒藥。

「我聞到您身上有黃連、柴胡等幾味藥的味道，便隨便一猜。」阿秀笑笑，這個方子是退燒常用的，所以她一聞就聞出來了。

「姑娘是大夫？」那大嬸兒原本以為這阿秀不過是一般有錢人家的小姐，現在才意識到她竟然是大夫。

「是的。」阿秀很是直接地就承認了，和什麼樣的人說什麼樣的話，對待他們這種樸實的老百姓，只管實話實說，完全沒有必要再謙虛或者文謅謅一番。

有本事的人最是受人尊重，這大嬸兒一聽說阿秀是大夫，對她的態度立馬又是恭敬了不少。

「那到時候能不能麻煩姑娘給我家三娃瞧瞧？」大嬸兒有些忐忑地看著阿秀。她那孩子才不過一歲多，那邊又沒有大夫，之前好不容易帶到這裡來看大夫，可是這吃藥也沒有什麼大的效果，所以她聽到阿秀是大夫，才會這麼唐突地要求。

「好的。」阿秀微微一愣，便答應了。

「多謝姑娘了。」那大嬸兒見阿秀答應了，頓時一陣欣喜，藥也不抓了，打算等阿秀瞧過了以後再說。就衝著她剛剛一下子聞出她身上的藥材味，而且能猜出是發燒，她就相信這小姑娘雖然年紀小，但是醫術絕對是不會差的。

在路上的時候，阿秀才知道這大嬸兒姓何，丈夫半年前下海，但是一直沒有回來，想必回來的可能也不大了。

家裡一共三個孩子，兩個女兒，一個小兒子。她原本不過是一個普通的主婦，不過因為家裡沒了男人，她只好自己出來賣魚，賺點錢養家餬口，畢竟家裡的孩子最大也不過七歲。

雖然他們叫她大嬸兒，但是她其實不過二十七、八歲，因為住在海邊，每天被海風吹，皮膚極為粗糙，再加上這大半年早出晚歸的，才會看著顯老。

阿秀知道的時候，還尷尬了好一陣，倒是她自己，很是爽朗地笑開了，對她來講，容貌又算得了什麼，能養家餬口就可以了。

等下了馬車，阿秀已經改口叫人家何大姊了。

「那就是王家住的地方，不過不知道有沒有人，他婆娘今兒一大早就說要回娘家，找娘家兄弟來幫忙料理後事。」何大姊說到這兒，又是嘆了一口氣，這王家夫妻，感情一向好得很，誰知道現在發生這樣的事情。

「沒事，我現在先給您的孩子瞧瞧病，要是人在的話，等一下就過去。」阿秀說道。那邊人畢竟已經死了，還不如先瞧好這邊的。

「那，多謝阿秀大夫了。」何大姊聽到阿秀這麼說，很是感激。

她原本以為，她最好也不過是處理好了那邊的事情，再順便看看自家三娃，沒有想到，阿秀願意先幫自己的忙。

顧靖翎見阿秀跟著何大姊往她家走了，便衝著顧十九使了一個眼色。

顧十九立馬就躥了出去。

第八十八章　是百日咳

跟著何大姊一進門，阿秀就聞到了一股鹹魚乾的味道，她倒覺得還好，反倒是跟在她身後的顧靖翎，聞到這個氣味，直接就打了兩個噴嚏。

何大姊看他反應這麼激烈，頓時有些羞赧地衝著他們笑笑。「屋子比較髒亂，實在是不好意思。」

「沒事。」阿秀笑笑，再髒再亂的地方她也去過；而且這何大姊還是一個愛乾淨的，只不過平日裡比較忙碌，這屋子裡雖然看著有些亂，但是卻不髒，想來是時常在收拾的。

「阿娘，您今天咋這麼早就回來了啊？」聽到動靜，一個六、七歲的小女孩兒從屋子裡面跑了出來。

「今天遇到貴人了，把魚都買了，三娃怎麼樣了？」何大姊摸摸大女兒的腦袋，問道。大女兒正是貪玩的時候，但是因為家裡沒有大人，弟弟又生病，她就每天不出門，在家裡看著弟弟。想想懂事的女兒，何大姊覺得自己就是再苦、再累那都是值得的。

「弟弟身上還是熱熱的，不過我有聽阿娘的話，一直給他蓋著棉被。」大丫笑得很是燦爛，露出的牙齒中少了兩顆大門牙。

「大丫真乖，妳去給客人燒個水，阿娘先讓大夫給三娃看看病。」

「您是大夫嗎？」大丫頭仰得老高，一臉崇拜地看著顧靖翎，這個人長得真好看，沒有想到會是大夫，她一直以為大夫都是老頭子呢！

顧靖翎眼睛看向阿秀那邊，說：「這個才是大夫。」

大丫聽著他的話往阿秀那邊瞧去，發現對方是一個比自己大不了多少的小姊姊，頓時崇拜感更勝。

「姊姊妳是大夫啊！」

「對啊。」阿秀被她的星星眼瞧著，難得有些不大好意思了。

「好了好了，大丫，快去燒水吧。」何大姊看自家閨女這副模樣，連忙打發她去燒水了，這些都是貴人，要是一不小心得罪了可怎麼辦？

「好的。」大丫最後還不忘仰慕地看了阿秀幾眼，這才跑了出去。

「我家這丫頭就是好奇心重。」何大姊有些不好意思，她這女兒聰明得很，又懂事，要不是家裡沒有錢，她真想讓大丫多去學些東西，以後免得像她這樣。

「女孩子活潑些挺好的。」阿秀倒是覺得這個小丫頭眼神乾淨，又透著一股機靈勁，是個聰明的。

「就是太外向了，不知道以後嫁不嫁得出去呢！」何大姊眼中有些擔憂，她自己嫁給了一個漁民，她希望自己的女兒能嫁得好些，只是，唉……

阿秀只是笑笑，並不說話。

進了最裡頭那間屋子，阿秀就瞧見了躺在炕上的一個小娃娃。

之前聽何大姊說了，這個孩子已經快一歲半了，但是阿秀一眼看過去，他的個頭最多不過一歲整，小小的個子，又因為生病，面色顯得很是憔悴，就是這麼看著，都覺得怪可憐的。

「這樣的情況發生有多久了？」阿秀坐到炕邊，用手摸摸三娃的腦袋，果然在發燒。

這小孩子要是長時間發燒的話，很容易燒壞腦子的，要真是這樣，那這一輩子可就毀了；而且這何大姊家並不富裕，要是真傻了，這個家也要被拖累了。

「三、五日吧。」何大姊說道：「只不過之前咳嗽就有好一陣子了。」

「平日都給他吃些什麼？」

何大姊又一一回答了。她覺得這個大夫比之前的靠譜多了，她之前抱著孩子去藥鋪，那大夫就瞧了一眼，直接開了方子，哪像阿秀，各個方面都細細問了一遍。

正說話間，三娃又咳嗽了起來，阿秀發現他好像喉嚨中有痰，一咳嗽呼吸就困難。

「您家三娃並不是一般的發燒。」阿秀將三娃的手放進棉被裡，用手輕輕拍了拍他。

「不是一般的發燒，那是啥？」何大姊一臉緊張地看著阿秀。雖說自家男人不在了，但是這家裡的獨苗苗，她還是要護得好好的，不然以後她要是死了，怎麼去地下見自家那男人。

「這個病叫做百日咳。」阿秀說道。這病要是拖延下去的話，可以有兩、三個月，而且小孩子免疫力差，這一場病過去，命都去了大半條了。

一聽這名字，何大姊就覺得心撲通撲通一下子跳得飛快，她雖然沒有讀過書，但是就這個病的名字，她就能感覺到這個病可不好治啊！

「阿秀大夫，那有法子治不？」何大姊覺得鼻頭一酸，眼睛已經有淚水湧了上來。

「法子肯定是有的，您先不用急。」阿秀安慰道，語氣柔和，讓何大姊的情緒先慢慢放鬆下來。

「要怎麼治，您只管說，我砸鍋賣鐵都會想法子湊錢的。」何大姊第一個就是想到家裡的情況，家裡沒有什麼餘錢，但是為了三娃，把所有能賣的都賣掉也沒有問題。

「何大姊，您不要想那麼多，這個病雖然治起來有些麻煩，但還不需要您砸鍋賣鐵來治。」阿秀微微扶額，她有時候挺怕這樣的病人家屬。這大夫還沒有說怎麼著，他們先自己各種想像的，還都是往壞處想，實在是讓人哭笑不得。

「真、真的嗎？」何大姊還有些難以置信，她剛剛那些話的意思難道不是說很難治嗎？一般大夫只要說那樣的話的時候，不是都意味著要花很多錢嗎？

「自然是真的，我給您開個方子，您去薛家藥鋪抓藥就好。」阿秀一邊說著，一邊從隨身的袖袋中掏出袖珍版的毛筆和紙，快速寫好了方子。

不過這一小會兒的工夫，那三娃又是一陣撕心裂肺的咳嗽，伴隨著的是一陣哭號聲。

何大姊這個做娘的，聽著都覺得揪心。

「這膽汁對百日咳有好處，您要是有能力的話，就每天給他弄一個新鮮雞苦膽，加了白糖吃，分兩次吃掉就好。」

「行。」何大姊咬咬牙點頭道。這瓊州靠海，魚蝦便宜得緊，但是別的肉食卻不便宜，她想著找個賣雞的，和他商量商量，能不能只買苦膽，若是每天買一隻雞的話，她可承受不住啊！

「這是蜜餞，若是覺得苦膽苦，吃不下，就用這個試試。」阿秀將一包蜜餞遞給何大姊。

這個蜜餞是路嬤嬤親手做的，用料可比京城賣的最貴的金絲蜜餞還要好得多，這麼小小的一包，最起碼得要好幾兩銀子，只不過這些，阿秀並沒有打算讓何大姊知道。

「謝謝，謝謝您了。」何大姊雖然心中覺得過意不去，但是現實讓她無法拒絕這樣的饋贈。

「不客氣，您平日可不要再給他吃海鮮了，病情會越來越嚴重的。」阿秀提醒道。

何大姊心中一驚，想起昨天她還給三娃餵了魚肉，頓時心中很是愧疚，都是她這個做阿娘的錯。

「阿秀，那王家的妻子回來了。」顧十九已經從那邊回來了。他剛到的時候，家裡還沒有人，不過等了沒一會兒就看到一群人過來了，裡面就有昨兒那賣魚的人的媳婦兒和孩子。

「那王家的婆娘嘴巴可厲害得緊。」何大姊有些擔憂地看著阿秀，看她就不是那種嘴尖舌巧的。

「我又不和她去吵架，大姊不用太擔心，趁著現在天兒還早，不如去抓個藥，讓三娃趁早吃了。」阿秀說道。雖然等一下他們也要回去，可以再載她一程，只是等一下的事情，她自己都說不準還要多久才能解決，總不能讓她一直等著他們。

「妳說的對。」何大姊衝著門口喊了一聲。「大丫，過來！」

原本還在燒水的大丫連忙跑了進來，擦了一下臉上的煙灰問道：「阿娘，有啥事嗎？」

「妳跟著他們去一下老王家，要是他那婆娘罵人了，妳知道怎麼做吧？」

一聽何大姊這麼說，大丫頓時就嘿嘿一笑。「我明白的咧！」

大丫雖然年紀小，人可機靈著呢！

阿秀看這架勢，算是明白過來了，這何大姊怕自己吃虧，所以派了一個六、七歲的小姑娘保護自己；可是，她有弱到這種地步嗎？

不過這是人家的好意，阿秀也不好拒絕，就帶著大丫往王家走去。

「弟弟的病要緊嗎？」大丫乘機問道。她剛剛一直在燒水，並沒有聽到她們的對話。

「沒事，吃了藥就好了，不過妳以後可不要再偷偷給他吃魚肉了，妳弟弟這病，不能吃海裡的魚肉。」阿秀看了一眼大丫，說道。

「您怎麼知道？」大丫嚇了一大跳，自己給弟弟餵魚肉的時候，明明就沒有人看到。

「三娃的嘴邊，還有一些小肉末呢！」阿秀輕輕點點自己的嘴角，她也是剛剛給三娃檢查的時候才發現的，而且就上面肉末的新鮮程度，不大可能會是何大姊餵的，平日裡都是大丫看著三娃，也就只有她有這個可能了。

大丫可能是出於對弟弟的疼愛，但是這個時候吃魚，只會加速三娃的病情，不過大丫只是一個小孩子，有些事情，沒有必要說得那麼嚴厲。

「弟弟現在不能吃魚嗎？」大丫有些忐忑地看了阿秀一眼，自己只是想讓弟弟快點長大，這樣阿娘就不用這麼擔心他了。

「等他病好了就能吃了，妳現在先把自己餵得飽飽的，不要讓妳阿娘擔心。」阿秀摸摸她的腦袋。

「嗯。」大丫使勁點點頭，心中滿滿的都是對阿秀的崇拜。「您可真厲害！」

阿秀隨著顧十九到了那賣魚的人的家裡，他的妻子是一個長相普通的漁婦，和何大姊一樣，雖然她的兒子不過十來歲，她年紀也不過二十八、九，但是她看著卻已經是四十來歲的模樣。

她看到阿秀他們過來，臉上帶著一絲警惕。昨天她男人才剛剛過世，今天就有人找上門來了，要說沒有一絲關聯，她可不相信。

「你們是誰！」一個男人率先向前走了一步，看著顧靖翎，臉上滿滿的都是敵意，在他看來，這群人中間，最有威脅性的人就是他了。

阿秀往前微微一站，說道：「我們昨兒買了妳家的魚。」她模樣比較甜美，又是娃娃臉，給人毫無威脅的感覺。

那漢子看出來說話的是一個小姑娘，臉色也緩和了一些。

「我妹夫昨兒得急病死了，妳要是還想買魚的話過幾天再來吧。」他以為這不過是回頭客。他那妹夫嘴巴活絡，賣魚也實誠，的確會有不少的回頭客，只是這找上門的，還是頭一回。

「這位大姊。」阿秀並沒有回應那個漢子的話，而是看向中央護著孩子的婦人。「妳丈夫昨天是吃了吹肚魚才死的嗎？」

那婦人原本一副萎靡不振的模樣，聽到阿秀這麼問，頓時一個激靈，目光凌厲地看向阿秀。「妳到底是來幹啥的！」

阿秀的表情不變，帶著一絲淺笑。「我剛剛就說了啊，我們昨兒在妳家男人那邊買了魚，他當時還送了我們幾條吹肚魚。」

那婦人聽到這話，頓時一個踉蹌，一屁股就坐到了地上，哭號起來。「你個殺千刀的，怎麼害了自己，還去害別人啊！」

阿秀微微一怔，不過她馬上就反應過來了，她這是在先下手為強。

這婦人知道那魚有毒，所以聽到阿秀這麼說的時候，第一個反應就是阿秀他們那邊也死了人，她怕承擔責任，就先哭號起來，把責任推到自己已經死掉的丈夫身上。

其實作為孤兒寡婦，她這樣的行為並沒有錯，畢竟這家裡沒有什麼錢，又還有孩子要養，若是阿秀他們堅持要賠償，她就是砸鍋賣鐵也還不上的。

阿秀甚至還有些詫異她的反應，竟然這麼的敏捷。

「大姊，妳先不要哭了，我們並沒有死人。」阿秀往前走了兩步，只不過再要往前走，卻被顧靖翎一個箭步，攔住了。

他朝她微微搖搖頭，示意她不要往前了。

阿秀點點頭，停住了腳步。

那婦人聽阿秀說沒有死人，神色稍微鎮定了些，哭號聲也沒了，不過還是用手繼續抹著眼淚，眼睛偷偷瞄了阿秀幾眼。「那你們到底是來幹啥子的？」

「雖然沒有死人，不過有人喝了那吹肚魚湯，受了一番的折騰，所以想來問問，你們還有沒有賣出去的吹肚魚。」阿秀又往前走了一小步，說道。

顧靖翎看那婦人現在情緒還算穩定，便沒有再阻止阿秀的動作。

「喝了沒有死嗎？」那婦人眼睛一亮，頓時又蔫兒了，知道法子有什麼用呢，他都已經死了。

「是的，主要是發現比較及時。」阿秀點點頭。

那婦人想起昨天夜裡，他怕吵醒自己，就在外頭活活疼死了，眼淚就一下子掉了下來；如果剛剛的哭號還帶著幾分作戲，那如今的眼淚實實在在的都是真心，大顆大顆的眼淚往下掉，伴隨著輕輕的抽泣聲，這樣的哭，讓旁觀的人看著更加心酸。

阿秀輕輕嘆了一口氣，原本要說的話也梗在了喉嚨。「大姊，人死不能復生，節哀。」

雖然這樣的話顯得那樣蒼白無力，但她能做的，也就只有這些了。

那婦人用袖子擦了一下眼睛，使勁吸了一下鼻子，從地上站起來，說道：「吹肚魚是我那男人無意中帶回來的，吹肚魚長得小，又沒有多少肉，一般人都直接丟回去了，只有我那男人，貪這便宜。」話雖然這麼說，但是她知道，他是為了這個家，自己現在肚子裡又懷了一個，他想多掙點錢，給孩子們買點好的。

昨兒煮了那吹肚魚，自己因為懷孕聞不得魚湯味，孩子正好在娘家，他一個人就吃完了，誰知道那麼一碗魚湯，就要了他的命。

起初她並沒有想到是魚湯的問題，因為半年前，自己還沒有身孕的時候，也喝過這種魚湯，味道很是鮮美；她真的不懂，為什麼只是隔了半年的時間，一樣的魚湯，卻會帶著致命的毒，要不是丈夫被毒死了，她哪裡會知道那吹肚魚有毒呢？

「他之前有給別人嗎？」阿秀問道。若是送出去了，對方還沒有吃的話，說不定還有補救的機會。

那婦人一邊嘆氣，一邊說道：「這麼小的魚，哪裡好意思賣，這周圍人人都是捕魚的，也不好意思送，一般都是自己吃，我也不曉得，他昨兒竟然還給了你們，這次一共不過十幾條，昨天煮的時候還剩下五、六條。」

這麼算來的話，他可能只有送給了王川兒。

如果真的是這樣，那事情也不算最糟糕了。

「這個吹肚魚，全身都有毒素，稍微處理不好就會中毒，雖然味道極其鮮美，但還是生命比較重要。」

「我們都不知道。」那婦人聽到這兒，又哭了起來，要是知道，那就是再窮，也不敢吃啊！

她娘家的那些男人們，瞧著也紛紛別過頭去。前幾日大家還在為他們高興，又懷上了孩子，誰知……唉，誰知道這魚都能要人命呢！

「以後若是有人捕到了這種魚，你們瞧見了，就麻煩你們也提醒一下，我們來這邊也實在是打擾了，這些銀子妳拿著，好好把他安葬了吧。」阿秀拿出一個小繡包，裡面大約有五兩銀子。

阿秀有不少這樣的小繡包，都是芍藥閒來無事做的，裡面都裝著一些小碎銀。這五兩銀子不算多，但是也不算少，她雖然有能力提供更多，但是她畢竟不是大慈善家。

「不用了，不用了。」那婦人連連擺手，自家男人的過錯讓別人遭了罪，能不要他們賠償就好了，哪裡還敢要他們的錢啊！

「妳就拿著吧，這家裡沒個男人，妳又懷著身孕，得好好休息；而且妳現在脈象紊亂，後事最好還是交給旁人去處理吧，免得到時候孩子保不住。」阿秀勸說道。她原本只覺得有些唏噓，後來發現她竟然懷孕了，這才起了贈銀錢的心思。這孩子還沒有出世，爹就去世了，唉……

「妳怎麼知道我懷孕了？」那婦人一臉的詫異，她現在懷孕不過三月，衣服穿得又厚，她怎麼會知道？

「剛剛我的手把到妳的脈了。」阿秀說道。其實在把脈以前，她就有察覺到了。作為一個大夫，有些方面本來就比旁人要敏銳得多，而且從她的面色、體型上，也能看出不少來；但是這脈象紊亂，倒的確是把出來的。

「妳是大夫？」

「大姊姊剛剛還給我弟弟看了病，她可厲害了呢！」大丫在一旁說道。她原本還想著要是吵起來的話，那就有她的用武之地了，結果到了現在才有了她插嘴的餘地。

「這是何家的大丫啊。」那婦人這才注意到還有大丫的存在。何家和王家住得近，兩家的攤子又擺在一起，關係不錯；之前她還安慰了何家嫂子，不過半年工夫，就輪到了自己……

「王嬸子，這個大姊姊可好了，您要好好聽她的話。」大丫小大人般地說道。她剛剛聽他們說，王嬸子懷孕了，她知道這是說她肚子裡又有小孩子了，之前阿娘肚子有弟弟的時候，就在家裡躺了好久。

「我……」她摸摸自己的肚子，卻不知道怎麼說。

「妳放寬心，先調理一下身子，若是有時間，妳去高楊胡同，我就住在那裡，到時候我再給妳好好把把脈。」阿秀拍拍她的手。

「謝謝妳了，大妹子。」

阿秀還沒有被這個「大妹子」的稱呼囧到，就感受到手背一燙，頓時心中一酸，生離死別，最是讓人感傷。

原本一直眼巴巴瞧著這邊的一個小男孩，突然開口道：「姊姊，妳是大夫，妳能救活我阿爹嗎？」

阿秀猜測，他應該就是這賣魚的人的兒子。

阿秀搖搖頭。「我只是大夫，只能救活人，並不是神仙。」

「可是……」那小男孩紅著眼睛看著阿秀，不是說大夫什麼病都能醫治的嗎？

「阿船，不要說這些了，你快點進去，給你阿爹換壽衣去。」那婦人厲聲說道，然後有些歉意地看著阿秀。「孩子不懂事。」

「沒事，妳好好休息，我們先告辭了。」阿秀最後將那個小繡包塞到婦人的手心，便帶著顧十九他們走了。

從最開始的原本是想要來找人給王川兒討個公道，到現在，阿秀只感覺到生命的脆弱，世事的無常。

那婦人先是望著阿秀一行人，看他們上了馬車，慢慢走遠了，之後才低頭看了一眼手中的繡包，眼淚再次落了下來。

第八十九章　行衣到來

阿秀回到家中，已經過了午飯的時間，不過路嬷嬷還將飯菜都熱著，正等著他們回來。

至於王川兒，不得不說她平時那些飯菜都沒有白吃，雖然昨天慘兮兮的，但是今兒已經可以下床了，雖然面色蒼白，但是精神還不錯，也坐在一旁，等著他們。

王川兒看見阿秀回來了，臉上還難得多了一絲不好意思，她知道自己昨天，實在是太狼狽了；而且她會變成這樣，完全是因為嘴饞，這讓她更加覺得有些抬不起頭來。

「那賣魚的人怎麼樣了？」路嬷嬷將碗筷一一放好，一旁芍藥也跟著幫忙，眼睛還時不時地看向阿秀，明顯對事情的後續發展也很感興趣。

「去世了。」阿秀找了一個位子坐下，等大家都坐下了，迫不及待地吃了一大口飯。

「真死了啊？」芍藥說完一下子捂住了嘴，有些難以置信。她雖然一開始聽旁邊賣魚的大嬸兒說了，但是總覺得不大可能；現在阿秀都這麼說了，她就知道，那是真的。

王川兒原本對那個賣魚的還有些怨念，現在一聽，頓時心頭就有種說不上來的複雜。

阿秀一邊努力吃著路嬷嬷給自己挾的菜，一邊和他們說道：「真的死掉了，也是吃了那吹肚魚，疼了一個晚上，半夜就死了；倒是他媳婦兒挺可憐的，大兒子不過十來歲，現在肚子裡又懷了一個，也不知道能不能保住。」雖然心裡還有些同情，但是作為一名大夫，生死離別見得多了，也就看得開了。

「唉。」路嬤嬤也是嘆了一口氣，她昨天還在心裡使勁將人咒罵了好幾遍，但是如今，聽到他真的死了，心裡也是有些悵然。

「這事就算是過去了。」阿秀將筷子放在一旁，暫時先將吃飯停一停。「川兒，妳以後還敢不敢再隨便亂吃東西了？」

王川兒有些心虛地戳著手指。「不敢了。」經歷了這一次，她哪裡還敢啊，那中毒的滋味，實在是太難受了。

阿秀看著她沒有血色的面容，想著她也算是吃到教訓了，便端起碗筷繼續吃了起來。

以前倒也還不覺得，王川兒性子活潑，也是討喜，如今細細想來，還是欠穩重，必須要好好教導一番，不光是在醫術上，還得在平日的待人處世上多訓練訓練。

「嬤嬤。」阿秀轉向路嬤嬤。「等川兒身體恢復了，您多教教她吧。」

經過這次，阿秀覺得還是要讓王川兒多學習一下，雖然天真爛漫，有自己的性格很好，但是最重要的畢竟還是適應這個大環境。

「好。」路嬤嬤點點頭。她以前就和阿秀提過，要磨一下王川兒的性子，但是阿秀都沒有表態，如今能有這樣的想法，路嬤嬤自然是求之不得。王川兒是阿秀身邊的人，她自然是要好好教導的。

「那就麻煩嬤嬤了。」

王川兒原本還想著反抗一下，但是想想自己才剛剛幹了蠢事，頓時又將伸出去的手縮了回來。

阿秀見她還算老實，勉強點了點頭。

這個河豚事件算是就這麼過去了，王川兒的身體養了三天也好得差不多了，路嬤嬤就開始著手教導她。

阿秀在前堂，每天都能聽到王川兒在後院的哀號聲。

而芍藥，經過了這次的事情，對王川兒的態度好了不少，兩個人倒成了一對小姊妹。

花了三、五天的時間，阿秀便將一個朝陽的屋子收拾了出來，專門用來接待病人。

這還得感謝何大姊，阿秀開的藥方很好，不過幾副，三娃的病情就有了改善。漁民之間都住得比較近，大家一傳十十傳百，不過幾天，阿秀這邊就有人上門了。

只不過這第一個上門的，是王家媳婦兒。

之前阿秀和她說過，可以來找她把脈，等了兩天也沒有見王家媳婦兒上門，阿秀還以為她不會來了呢！相比較之前看到的，王家媳婦兒的身形又憔悴了不少，

看到阿秀，王家媳婦兒眼淚頓時就下來了，路嬤嬤一開始還覺著有些奇怪，看阿秀和她解釋了是賣魚的那人的媳婦兒以後，這才恍然。

「對不住，我最近眼淚老控制不住。」王家媳婦兒擦擦眼淚，有些歉意地看著阿秀。

阿秀點點頭，表示理解，她現在懷孕，正是最為敏感的時候，而且丈夫剛剛去世，她會有這樣的症狀是完全合乎情理的。

「原本不想來麻煩妳的，可是我昨兒見紅了。」王家媳婦兒說到這，又開始抹起了眼淚。她前天才處理好了自家男人的後事，娘家的兄弟也都回家去了，畢竟大家都是要生活

的，不能老麻煩別人；誰知道睡了一覺，昨天早上一起來，就發現見紅了。剛開始還只有一點點，她也沒有當回事，可是今天早上，那血又多了不少，她這才找到了阿秀這邊。

「我給妳號一下脈吧。」阿秀說道。其實不用把脈，阿秀就知道她現在的狀態很不好。

「嗯。」

「妳最近要多多注意。」阿秀微微皺著眉頭說道。她的脈搏比較弱，又雜亂，可以感覺到病人的心緒不寧；再連繫她身上的症狀，阿秀心裡有了一個不大好的結論。但是她剛剛經歷了喪夫，阿秀決定還是不和她說了，先好好養一下，等過段時間再說。

「孩子還好嗎？」王家媳婦兒有些忐忑地看著阿秀問道。她最近總覺得心裡慌慌的，好像這個孩子會留不住。她昨天晚上還作夢，夢到孩子叫她阿娘，可是她卻見不到孩子的面孔，而且她越是喊，那孩子跑得越是快。

「孩子還好，妳最近要好好靜養，不要幹活，我給妳開個方子，妳每日按時服用，孩子會平平安安的。」阿秀的手從她的手腕上移開，不過這麼短短的幾瞬間，她的手又涼了幾分。

「好好。」聽到孩子沒有什麼大問題，王家媳婦兒鬆了一口氣，用手摸摸自己的肚子。雖然現在還不怎麼顯肚子，但是她自己能感覺到，裡面是有一個孩子；他走了，但是他們的孩子，她還是會好好養大的。雖然她只是一個女人，但是她也會努力讓自己的孩子過上好日子的。

「對了，平日不要吃海鮮了，這個對胎兒不好。」阿秀又提醒道。海鮮多涼性，她如今身子這麼弱，稍微一個閃失，孩子可能就沒了。

「嗯嗯。」王家媳婦兒連連點頭，不吃海鮮也沒事，她隨便吃點別的就好。

阿秀快速寫了方子，寫到最後，微微頓了一下，又加了一味凝神的藥。這王家媳婦兒雖然現在看著只是有些虛，但是阿秀總覺得她的精神狀態有些不大對勁。

「妳記得去薛家藥鋪抓藥。」阿秀說道。看了一眼正低頭看著肚子的王家媳婦兒，轉頭對芍藥說道：「芍藥，妳陪著她過去吧，順便去和那邊的掌櫃的知會一聲。」

「是。」芍藥點頭應道。看她也怪可憐的，又剛剛死了丈夫，心中對她很是同情。

阿秀這麼一說，她馬上就很積極地拿著藥方，帶著王家媳婦兒過去了。

「對了，對了，之前我收了您的銀子，我也沒有什麼好送的，這個魚乾是自家曬的，我那男人，別的本事沒有，曬魚倒是有一手，不少人都說好吃，您嚐嚐。」她說著從一旁拎起一個籃子。

「那就謝謝妳了啊！」阿秀笑著衝她點點頭。

等芍藥將人帶了出去，路嬤嬤才開口道：「我瞧著那婦人，好似有些不大對勁？」路嬤嬤畢竟見多識廣，剛開始還不覺得，但是後來她的一些舉動，瞧著總覺得有什麼不對的。

「大概是受了打擊，精神狀態不大好，我剛剛有給她寫了方子。」阿秀心裡其實也有些擔心，這孕婦本身就脆弱，又經歷了那麼大的變故，不知道她能不能熬過來。

路嬤嬤看著阿秀，心裡一酸，剛剛瞧見那女人，她就忍不住想起了小姐。

當初小姐知道自己懷了先帝的孩子，模樣比她還要可怕，整天就想著這孩子不能要，若不是她一直在旁邊勸著，先帝又時不時拿他們父女的事情威脅她，她說不定真的會做出什麼驚人的舉動來。後來孩子生下來了，她才慢慢接受了。只是懷胎十月，似乎將她所有的精氣都吸走了，等孩子生下來，她整個人都憔悴了，整整養了四、五年，才慢慢養好。

阿秀見路嬤嬤一臉的感傷，忍不住關切地問道：「嬤嬤，您怎麼了？」她是想到了什麼嗎？

「沒什麼，我去叫下一位病人進來吧，我剛剛去瞧了眼，外面有好幾個人等著呢。」路嬤嬤連忙讓自己的神色看起來正常起來。

阿秀見她岔開了話題，就知道她不願意在這件事情上多說，她自然也沒有道理強求。

「那就讓下一位進來吧。」

接下來的幾個病人基本上都是一些傷寒的病症，阿秀幾下就將病人都看好了。

只是，這都有一會兒了，怎麼芍藥還沒有回來呢？

等芍藥回來，時間起碼過去了快兩個時辰，阿秀正好將拿出來曬的醫書收進去，就瞧見她面色帶著紅暈，但是眼中卻有一絲惱意，嘴巴還微微癟著，一臉委屈的模樣走了進來。

阿秀頓時好奇，笑著問道：「芍藥，這是誰給妳氣受了啊？」

「還不是那藥鋪的掌櫃的。」芍藥想想就窩火，說出來的話，都帶著一股火藥味。她自小是在薛家長大的，對薛家的感情自然是不一般的，她也一直以自己是薛家的丫鬟而自豪。但是今天，她去那藥鋪，那掌櫃的竟然說阿秀的印章是假冒的，這讓她感受到了莫大的侮辱，她這輩子還沒有受過這樣的冤枉。

這次往瓊州這個方向的薛家人一共只有三個，但是在他們之前，他已經收到過三個蓋著不同印章的藥方了；而且薛家從來不收女弟子，他就揪著這兩點不肯鬆口。

芍藥本身雖然稱不上嘴尖舌巧的，但是性子也不是那種好欺負的；可是偏偏那掌櫃的油鹽不進，後來她一怒之下，幫著那王家媳婦兒原價買了藥，先將人給送走了。

之後又回去和他理論了一番，雖然薛家以前沒有女弟子，但這並不代表就不能收女弟子啊！可惜說了半天，她說得嘴巴都要起泡了，那人還是不相信她，她看時辰不早了，得準備晚飯，這才氣沖沖地回來了。

除了氣憤，芍藥現在心裡最最在意的就是，那第四個人到底是誰？

「要是讓我知道是誰頂了小姐您的名兒，看我不罵死他！」芍藥氣呼呼地說道。

阿秀雖然心裡也有些好奇，但是比芍藥卻鎮定不少。「要真好奇的話，咱明兒就去那藥鋪看看。」

芍藥一聽，頓時覺得又有了底氣，連連點頭，臉上也有了一絲笑容。

阿秀看她這樣，心中又是一陣好笑。這芍藥和王川兒相處得久了，性子也是越來越活潑了。

只是這事吃飯的時候一說，就是平時最為穩重、話最少的唐大夫也不爽快了。

他的孫女，還有必要冒充薛家人？要不是現在唐家不在了，他根本就瞧不上薛家那群暴發戶；就是現在，他也瞧不大上。

「明兒，我跟妳一塊兒去！」唐大夫僵著聲音說道，他倒是要去見識見識，是哪個不要臉面的。

阿秀原本只打算把這件事情當作笑話講一講的，哪裡想到大家的情緒都這麼激動，頓時就有了一種，明天好像會不大好收場的感覺。

第二天一大早，阿秀剛剛在洗漱，就聽到芍藥在和唐大夫說話，他這是來催自己可以出發了。

這唐大夫平日性子最為溫吞，今天這麼積極，讓阿秀都有些不大適應了。

等她一出門，才發現不光是唐大夫，就是酒老爹，也等在了一旁。

事關自家閨女，酒老爹就是想要懈怠，在唐大夫的眼神下也不敢有任何多餘的動作。

「要不吃了早飯再去？」阿秀提議道。這大清早的，人家未必開業了吧，而且餓著肚子，脾氣就更加容易上來。

「粥我已經熬上了，等回來就能喝了，小菜也已經都提前準備好了。」路嬤嬤在一旁說道。言下之意就是說，等事情辦完了，回來就能吃飯。

阿秀只能說好，只是她不懂，他們怎麼就這麼激動呢？

古人最是講究名聲，這樣當眾被懷疑身分，其實已經是很過分的行徑了，若是證實那掌櫃的話是錯誤的，他是絕對要付出代價的。

而阿秀，她是心太大，完全沒有把這件事情放心上；當然更多的還是，她在現代的時候，見多了這樣的事情，在她看來，根本就沒有什麼。

顧靖翎原本也是想跟上的，只不過他昨日收到了消息，自己調查的事情有了眉目。他雖說主要目的是為了來找阿秀，但是小皇帝讓他做的事情，他也不可能就放一邊去了。

阿秀他們過去的時候，藥鋪門是開了，但是只有幾個小夥計在忙活，掌櫃的還沒有到，等了有半炷香的工夫，掌櫃的才施施然地走進來。

掌櫃的一眼就瞧見了站在裡頭的芍藥，頓時有些不屑地輕哼一聲，沒有想到她竟然還有臉到這裡來；如果不是確定那三個人的的確確是薛家的子弟，他昨兒哪裡有那麼大的底氣說那樣的話。

「今兒是想抓什麼藥呢，治身子呢還是治腦子？」那掌櫃的一開口，就很是不客氣。

芍藥馬上就領會到他說這話的意思，一下子就火了。

不過這次不用她出頭，唐大夫先是往前跨了一步，目光如炬。「這就是薛家藥鋪對待客人的態度？」

那掌櫃的先是被唐大夫的氣勢嚇了一跳，但是馬上的，他就發現這不過是一個小老頭兒，頓時就沒了懼怕，挺著大肚子說道：「我這是因人而異，一般客人我自然是好好招待的，但是這騙子，我這小藥鋪也不歡迎。」

「你口口聲聲說我們是騙子，你有什麼證據沒？」路嬤嬤雖然心中氣憤，但是她一向擅長喜怒不形於色，而且現在要是表現得太氣憤了，反而落了下乘。

「薛家從來沒有收過女弟子這是其一；這半月，我這邊已經有了三個印章，這是其二；這其三嘛……」那掌櫃的看了一眼阿秀。「若是這樣一個小姑娘都能被薛家老太爺收為弟子，那薛家的門檻也太低了。」

這掌櫃的是打心眼兒裡瞧不起阿秀，年紀小，面容稚氣，完全沒有一絲大夫的氣質在裡頭，根本不足以讓他有半分信服；哪裡像那人，雖然年紀也不大，但是站在這裡，就覺得自有一番氣度在其中。

此時，一道清冷的聲音從門外傳來——

「誰說薛家的門檻低？」

掌櫃的聽到聲音，面上頓時一喜，咧著嘴笑著轉過身去，只是還沒有來得及開口，就被一聲「小師姑」給震在了原地。

他剛剛說了啥？小師姑？難道這個女子不是冒牌貨？那為什麼，他會叫她小師姑？

在那一瞬間，掌櫃的覺得自己的冷汗一下子就冒了出來，自己該不會做了什麼大蠢事吧……

「薛行衣，你怎麼在這兒？」阿秀看到來人，也很是詫異。這薛行衣去的不該是西北的方向嗎？他怎麼會出現在這裡呢？

「我之前在途中聽說有人得了一種怪病，那人現在往瓊州方向過來了，我便跟了過來，不過現在還沒有找到人。」薛行衣解釋道。

雖說這薛家規定了，抽中了哪個方向，就要按著地圖走下去，但是他一向是不將規矩放在眼裡的人，他們也該是習慣了。

「那之前來這裡抓藥的人就是你？」阿秀繼續問道。

「是的，正好遇到了幾個病人，就順便在這裡抓了藥，有什麼問題嗎？」薛行衣察覺到阿秀的語氣有些怪異，這是有什麼不對嗎？

阿秀搖搖頭，只是淺笑著看著芍藥，她昨兒可是說了，要將那人罵個狗血淋頭的，這如今，人已經站在了面前，她會怎麼做呢？

芍藥看到阿秀的表情，就知道她在想什麼，頓時面色一紅。要說她之前臉紅是因為惱怒，那現在絕對是惱羞了，她哪裡知道這人會是行衣少爺。

薛行衣雖然為人冷淡，但是長得好看，性子也不跋扈，醫術又高明，在薛家，不知道有多少的女子對他芳心暗許，芍藥雖然沒有那麼誇張，但是對薛行衣也是很崇拜的，她默默將頭撇向一邊，當作沒有看到阿秀對她的擠眉弄眼。

「掌櫃的，事到如今，你還想說我們是冒牌的嗎？」芍藥說道，將話題直接引到了現在還被剛剛的事實驚到沒有回過神來的掌櫃的身上。

「不敢不敢。」那掌櫃的被芍藥的話驚得終於回過了神來，他哆嗦著他圓胖的身子，不知道現在是要跪在阿秀面前求原諒呢，還是跪在薛行衣面前求保護。

「剛剛我聽掌櫃的說什麼薛家門檻低，這又是怎麼一回事？」薛行衣只是淡淡地掃了那掌櫃的一眼，他的身子立馬就抖得更加過分了。

「沒有沒有，都是小的一時口誤。」掌櫃的覺得腿上一軟，直接就跪了下去，他覺得自己好像一下子就得罪了兩個人……

「是嗎，那你跪著是作甚？」薛行衣神色還是很平淡。

掌櫃的覺得心中一寒，然後對著阿秀就號了起來。「我的姑奶奶喲，都是小的有眼不識泰山！」

阿秀看到他的動作，人連忙往後面一躲，要是動作再慢點，說不定就被抱住腿了，他倒是能屈能伸，這跪下哭號信手拈來。

阿秀是懶得和他介意，但是這並不代表，唐大夫他們就不介意了。

「你昨天當著眾人的面說阿秀是冒牌貨，雖說我們不會長待在這，但這名聲也容不得你這樣詆毀。」唐大夫現在說到這件事情，還很是氣憤，阿秀的名聲，比他自己的更加重要得多！

唐大夫態度很是嚴肅，且他原本長得就比較凶，這麼一來，頗有些凶神惡煞的感覺。那掌櫃的原本想要插科打諢一番，讓這件事情就這麼過去了，但是看唐大夫現在的樣子，他知道是不大可能了。

「薛掌櫃。」薛行衣慢慢開口，他一開始並不清楚他們之間發生了什麼，但是剛剛聽到唐大夫這麼一說，頓時心裡就明白了過來。

「小的在。」薛掌櫃原本是跪向阿秀這邊，現在聽到薛行衣的聲音，連忙跪著直接一百八十度旋轉，一下子面向了薛行衣。

「這阿秀是我的小師姑，輩分比我還要大，你之前冒犯了她，現在可有想好，如何贖罪？」薛行衣幽幽地說道。

這薛掌櫃的身分有些特殊，他是薛家老太爺一個庶弟外室生的孩子，勉強說起來還是他的叔伯輩；但是薛家一般對外只承認嫡子、嫡女，這種庶子或是外室子根本就不會出現在族譜上，只是和一般的掌櫃的相比，他多少還是有些分量的。

而且薛行衣平日根本就不關心這些複雜的關係，他心裡自有一番遠近親疏。

「阿秀姑奶奶以後若是有什麼瞧得上小的的地方，儘管說，以後您要是有什麼藥材需要的，也只管來藥鋪拿。」薛掌櫃苦著一張臉對阿秀說道。

唐大夫聞言只是輕哼一聲，覺得這樣太便宜他了。

「這阿秀可是太皇太后親自送到薛家去的，你之前那些話可是對她老人家的大不敬。」路嬤嬤在一旁淡淡地開口道。這阿秀，可不是什麼人都可以來踩上一腳的。

薛掌櫃原本就恐慌著，現在聽到路嬤嬤的話，頓時就更加驚恐了。薛家老太爺就已經是他得罪不起的人了，再加上一個太皇太后，那他這條小命賠給了她也是不夠吧？

「好了好了，嬤嬤，這薛掌櫃想必也不是故意的，我們也沒有必要這樣得理不饒人，只要以後有用得著薛掌櫃的時候，他可不要不認帳就好。」阿秀在一旁打圓場，倒不是說她心胸開闊，主要也是沒有這個必要計較，還不如借此多換點好處。

阿秀承認，自己有的時候還是帶著一絲現代人的習性，她不能說這樣的習慣是好或者不好。

「既然阿秀這麼說了，那事情暫且這麼劃過，只是以後你若是再見到蓋著這個印章的藥方，你打算如何做？」路嬤嬤自然是願意給阿秀面子的，她這麼說了以後，她的氣勢也和緩了些。

「小的肯定免費將藥材送上，不收分文。」薛掌櫃連忙說道，就差指天為誓了。

原本這薛家的弟子開的藥方，他們就只收成本費，但是現在他可是要贖罪的人，自然不能說這樣的話；要是可以的話，薛掌櫃都恨不得倒貼上一些，只求他們能饒過了他。這薛家藥鋪的掌櫃的，可是一個大肥差，他可不想因此沒了這份行當。

「雖說是免費的，但是也不能以次充好。」路嬤嬤考慮得比較全面，她就怕這薛掌櫃當面說一套，背後做另一套。

「肯定的，肯定的。」薛掌櫃哪裡敢起這樣的心思啊，只要阿秀還在瓊州一天，他一定好好伺候她的病患們，想要什麼儘管說，讓他度過了這個難關再說。

「這樣的話，那就麻煩薛掌櫃了。」路嬤嬤衝著薛掌櫃矜持一笑。

雖說花錢的是薛掌櫃，但是這姿態，好似他在求著他們；事實上，也的確是他在求著阿秀他們隨便差使他。

「既然事情解決了，那咱們回去吃早飯吧。」阿秀見他們幾個戰鬥力都十分強悍的樣子，在一旁弱弱地提議道。明明她是正主，但是現在好像也沒有她什麼事情，不過看著他們為了自己，這麼據理力爭的樣子，阿秀心裡還是暖暖的。

「好。」聽阿秀這麼說，路嬤嬤憐惜地看了阿秀一眼，便拉著她走了。

等走了好幾步，阿秀回過頭，果然看見薛行衣也跟在了後頭，他們剛剛好像並沒有邀請他吧？

「你剛剛到藥鋪不是去抓藥的嗎？」阿秀問道，他怎麼就這麼直接跟著他們走了？

「我本來就是來找妳的，昨天傍晚我有來過一趟，聽說了那件事情，想著妳今天應該會來。」只是他沒有想到，她會帶這麼多人，以及這麼早就到。

「哦。」阿秀點點頭，打算繼續往前走，不過走了一步又回過頭來。「那你來找我是有什麼事情啊？」他不是說是來找病患的嗎，怎麼現在又變成來找她了啊？

「先回去再說吧。」薛行衣說完率先往前走去。

這下阿秀就更加疑惑了，回去？回哪裡去？而且他怎麼知道她住在哪裡？

路嬤嬤看著薛行衣的神色也有些怪異，她畢竟是女子，心思更為敏感些，總覺得薛行衣突然出現在這裡有些不簡單，只是他自己都跟上了，他們也不好拒絕。

第九十章 首遇挫折

大家各懷心思地回家吃了早飯，心思比較遲鈍的兩個大老爺們就直接回去幹自己的事情了，只有路嬤嬤，瞧瞧這個，看看那個，想要找出些什麼來。

至於芍藥，這薛行衣在她心目中就是仙人一般的存在，她根本就不會多想什麼。

「我之前路過一處，見識到了一種手法。」薛行衣放下碗筷，很是優雅地用放在一旁的茶杯漱口。

「什麼手法？」見薛行衣一吃完飯，就直接進入主題，阿秀頓時也就了然了，自己果然沒有想錯。

而路嬤嬤，聽到他這麼說，目光中閃過一絲複雜。她原本是想著，這薛行衣說不定是對阿秀有什麼不一般的感情，這才找了由頭追到了瓊州。

不過路嬤嬤心裡知道，薛行衣和阿秀的輩分放在那裡，注定是不會有什麼結果的，她還仔細研究了一下，到時候要怎麼幫阿秀不動聲色地拒絕掉這個人；但是現在，薛行衣卻是目光清澈地開始和阿秀討論起醫術上面的問題。

路嬤嬤鬆口氣的同時，又覺得有些悵然，總覺得自家阿秀這麼好，這人怎麼注意力全在醫術上啊，說不定就是個榆木腦袋！

有時候，家長的心思就是這麼的複雜而又說不通。

「我看到有些地方，他們若是有人生病的話，那邊的大夫，就會給他們放血，用來治病。」薛行衣覺得這和自己自小學習的醫術有很大的出入，更加讓他難以置信的是，還真的有不少人被治好了。

「這種手法，我也有聽說過。」阿秀點點頭，她在現代雖然學的是西醫，但是並不是只關注西醫，有時候也會去看一些比較少見的治療手法，而這個放血的手法，她就在不少書籍中見過。

在特定的穴位上放血，的確是能治好不少的病症，只不過這裡學針灸的人很少，更不用說是針刺放血了。

天下之大，總有些東西是他們以前沒有見過的，若只是單純的一個放血治療法，薛行衣受到的衝擊還沒有那麼大。

他自小受重視，在醫術上又極有天賦，基本上沒有受過什麼挫折。但是他這次歷練，不過第二站，就遇到了這樣的事情；而且那邊的人根本就不相信他的醫術，他們不吃藥，只喝一種黑漆漆的水，然後用這樣放血的方式來治療各種病症。

薛行衣原本想要讓事實告訴他們，放血是沒有用的，可是，事實上，被震撼的是他自己。之前阿秀向他展示的縫合之術已經算很奇特了，但是至少還能理解，但是生病就放血，讓他無從證實。

這是他自出生以來，遇到的最大的一個問題，他當時第一個想法就是，要找阿秀來談一下。薛行衣覺得，阿秀可能會有理由來解釋，雖然阿秀的年紀不大，但是在薛行衣心目中，她是一個亦師亦友的存在。

「妳以前就聽說過？」薛行衣有些詫異，又覺得在意料之中。

「我有在一些書籍中看到過，說是在特定的位置，用三菱針刺破，放出少量的血，就能治療一些病症；但是這個法子並不是萬能的，很多時候還是要借助於藥物。」阿秀說道。

她難得地在薛行衣的眼中看到了一絲迷茫，這次經歷，對他的震撼很大。西北方向本身就比較偏僻，而且有不少的少數民族，他們自然是有各自的手段。

「三菱針？」薛行衣有些奇怪，他倒是沒有發現那些人用來放血的針有什麼奇特的。

「三菱針是這樣的。」阿秀很是隨意地用手指蘸了一點茶水，在桌上畫了起來。

這個三菱針顧名思義就是針頭是三菱形的，這樣的形狀設計，放血會更加方便，一般都是用在放血療法中的，所以這種治療手法，在後世，還有另外一個名字，就叫「三菱針法」。

薛行衣微微點點頭，雖然他覺得那些人用的針並不是這個模樣，但是他心裡還是下意識地相信阿秀的說法。

「你找到了那個病人，還去西北嗎？」阿秀問道。這個畢竟事關考核，她一個外人倒是不怎麼在意結果；但是她在薛家的時候就聽說了，薛老太爺是打算讓薛行衣接任下任的族長的，這次歷練，他勢必要交一份滿意的結果上去。

「暫時還不確定。」薛行衣微微皺著眉頭。

「哦。」阿秀看了一眼薛行衣，總覺得這次見到他，他的心境相較之前，有了不小的變化。

當初在京城，不管是在什麼場合見到他，他都是一副不為所動的清冷模樣；但是現在，阿秀在他的眼中看到了一絲迷惘，以前一直覺得薛行衣的心智大大超出了同齡人，可如今，原來他也是會有煩惱的。

「若是現在還沒有什麼打算的話，倒是可以去薛家藥鋪坐堂試試。」阿秀提議道。

薛行衣和她不一樣，他性子更為穩重，而且醫學基礎很扎實，很適合在藥鋪坐堂行醫；她就不行，一個是性別，還有一個是年紀，當然最為重要的是，阿秀想要挑戰，她一直都沒有放棄西醫，如果選擇了坐堂，要考慮的事情勢必會更加多，她就不能隨心所欲地用自己想要用的方式了。

「這個到時候再說吧。」薛行衣目光掃到芍藥，他對這個丫鬟有印象，是薛家出來的，他衝著她微微點頭。「妳幫我去準備一下房間吧。」

芍藥接收到薛行衣的目光，頓時下意識地點點頭，也沒有多想，直接就走了。

阿秀看到這副情景，頓時就無語了，這薛行衣的性子，果然是一點都沒有變，旁人只當他清高，但是她知道，他只是眼裡裝不下別人而已。

「你這是打算住在這裡了？」阿秀似笑非笑地看著薛行衣。

她一直都很好奇，薛老太爺是怎麼教導他的，把薛行衣養成了這樣的性子。

「我打算把九針之術剩下的一些內容教予妳。」薛行衣也微微帶著笑，看向阿秀。

阿秀臉上的表情微微一頓。「原來如此，那我可是求之不得。」之前因為她出來歷練，九針之術也遭遇了瓶頸期，現在薛行衣主動提出來，阿秀自然是巴不得，雖然知道這個可能只是一個藉口，她也不想去揭穿。

「等一下我要出去一下，這個是我之前在途中撰寫的一些關於九針之術的心得，妳可以先拿回去看。」薛行衣從懷中掏出一本本子，遞給阿秀。

「多謝。」

等薛行衣施施然地離開以後，路嬤嬤才有些心驚膽戰地開口道：「阿秀啊，妳和這薛行衣的關係好似不錯？」

她雖然完全不懂醫術，但是也知道這「九針之術」是薛家的傳家之術，根本不外傳，她不用問都能想到，這不可能是薛老太爺教授給阿秀的，那只有一個可能，就是薛行衣私下教給阿秀的。這麼寶貴的東西，他卻願意教給阿秀，這其中得有多深的感情……

路嬤嬤都不敢去深想，難不成在他們不知道的時候，兩個人已經有了什麼盟約?!

這要真有些什麼，嚴格說起來可是不倫，畢竟阿秀的輩分放在這裡，路嬤嬤覺得自己是不是該馬上回去，給太后寫封信，讓她來拿拿主意。

「薛行衣算是我的師姪，平日也時常會有醫學上面的交流，感情還算可以。」阿秀說道。薛行衣和她平時的交流都是圍繞在醫術上面的，別的，還真的沒有；他們的關係用現代的話來形容更加像是「同學」，而不大像是「朋友」。

「這男女畢竟有別……」路嬤嬤斟酌著開口，阿秀雖然年紀小，卻是一個極有主意的，所以路嬤嬤有些話也不敢說得太直白了，就怕反而激起了阿秀逆反的心理；她覺得，果然還是回去寫信比較靠譜。

「嬤嬤，我說起來還是薛行衣的長輩呢，長輩和小輩之間，哪裡需要計較那麼多啊！」阿秀笑道。她本來只是有些開玩笑地說，但是這話聽在路嬤嬤的耳朵裡，就顯得更加膽戰心驚了。

「妳自己注意些就好，我人有些乏了，先回去休息一下。」

「好，那等吃午飯了，我再叫芍藥去叫您。」阿秀雖然覺得好像哪裡怪怪的，但是看路嬤嬤的臉色的確不是那麼好看，也就沒有多想。

「嗯，等一下若是有病人過來，妳便讓川兒招呼著。」路嬤嬤稍微叮囑了幾句，便神色匆匆地離開了。

她離開沒有多久，就有病人找上門來了，阿秀稍微休整了一番，便開始讓王川兒將人迎進來。

而路嬤嬤，她一回到自己的屋子，就拿出紙筆，開始醞釀著語句，要給太后寫信。

可是這事現在也還沒有確定，路嬤嬤怕自己一個用詞不當，反而讓太后心神不寧；要把事情和她講，但是又不能讓她情緒波動過大，這也是個不小的任務。

足足寫了有十幾張紙，路嬤嬤終於覺得寫得差不多了，將最後寫的那張紙放進信封裡，出了府讓人直接快馬加鞭送回了宮中。

顧靖翎回來的時候，就覺得這裡的氣氛有些奇怪，一進門，就覺得外頭排隊的病人比他走之前多了好幾倍，他不過是離開了五日，怎麼變得這麼多？

不過看到現在有這麼多的病人，他也是為阿秀感到高興，說明她被越來越多的人認同了。

「將軍，您終於回來了啊！」顧十九作為留守少年，看到顧靖翎回來了，連忙躥了過去，臉上帶著明顯的焦急。

「怎麼了，發生什麼事情了嗎？」這顧十九一向是一驚一乍的，看到他這樣，顧靖翎也沒有太擔心什麼；而且看現在的樣子，在他不在的時候，他們似乎過得也不錯。

「我的將軍喲！」看到顧靖翎一臉的不以為然，顧十九頓時就有了一種恨鐵不成鋼的感覺。「您進去瞧瞧，是誰來了！」

「誰來了？」顧靖翎問道。他也挺好奇的，這到底是誰來了，讓顧十九變成這樣。

「唉！」顧十九張張嘴，但是又不知道怎麼說，頓時嘆了一口氣。「您還是自己進去瞧吧。」

顧靖翎有些奇怪地看了顧十九一眼，這顧十九現在年紀大起來，性子怎麼越發的不著調了？

等走進屋裡，他才發現，在給病人看病的人並不是只有阿秀一個，還有一個很是面熟的人。

薛行衣，他怎麼會出現在這裡？

如果他沒有記錯的話，薛行衣現在應該是在去新州的路上，而不該是出現在這裡。

「您現在瞧見了吧，這人都在這裡住了五天了。」顧十九手舞足蹈地說道。不管怎麼樣，他都覺得自家將軍對阿秀的感情是不大一般，這將軍瞧上的人，怎麼能被別人搶走；但是偏偏他自己又沒有什麼能力，所以這幾天，只能對著薛行衣乾瞪眼。

而人家，根本就沒有將他放在眼裡。

「他怎麼會在這裡？」顧靖翎問道。

「現在追究這個有什麼意思，您現在應該更加在意的不是，要怎麼讓他滾蛋嗎？」顧十九在一旁說道。

「你在急些什麼？」顧靖翎看了一眼顧十九猴急的模樣，他這麼焦躁，就是因為薛行衣出現在了這裡？

「我……」顧十九臉上的表情微微一滯，他總不能說自己這是在為將軍急吧？將軍現在都十九了，可是都沒有個對象，他不急，他下面的那群弟兄看著也急啊！

而且京城到處都是一些長舌在說些有的沒的，難得看到將軍對一個女子比較另眼相看，他們自然是恨不得將他們湊成對。

雖說阿秀年紀是小了些，長得是普通了些，個子是矮了些，出身是低了些，廚藝是差了些；但是，只要將軍喜歡，這些都不是問題。

「好了，我們在外忙了這麼些日子，你就在這裡對著這種事情亂跳腳，你在近衛軍就學會了這些？」顧靖翎的神色微微嚴肅了些，這顧十九雖然年紀小，但是也是近衛軍中的一員，不能就這麼放任他。

「我……」顧十九被顧靖翎這麼一質問，先是一愣，隨即就覺得有些委屈，他這段時間也跟著阿秀幹了不少事情啊，他現在不是替將軍著急嗎，要是將軍一輩子打光棍怎麼辦？

「我先去洗漱一番，你和他們知會一聲，我們回來了就是了。」顧靖翎說完，便大步離開了。

顧小七有些同情地拍拍顧十九的肩膀。「傻孩子，你難道沒有看出來，將軍現在心情不大好嗎？」還那麼傻傻地自己往上面撞去。

有些事情，看到了，明白了，但是也不能這麼直白地說出來啊！

顧十九可憐兮兮地看著顧小七，為什麼他覺得還是有些不大明白呢？

第九十一章　放血療法

顧靖翎詫異於薛行衣會出現在這裡，薛行衣也有些驚訝會這麼冷不防地看見顧靖翎。

兩個人雖然都出身大家族，但是所處的圈子完全不同，平時並沒有太多交集，他們在這裡遇見，也只是微微一頷首。

雖說沒有什麼奇怪的事情發生，但是阿秀總覺得，這飯桌上面的氣氛，好像變得有些不大對了。

之後幾日，還是正常地看病寫方，因為顧靖翎在這裡的事情已經暫時告一段落了，就時不時地在阿秀面前晃過，有時候甚至會拿著一本書，在她給病人看病的屋子的一處，看一個下午，他做得不算特別突兀，但是也足夠明顯了。

路嬤嬤雖然以前不大看好他，但是和薛行衣一對比，路嬤嬤覺著，還是顧靖翎看著靠譜些，所以也就有意無意地縱容著他。

「嬤嬤可是有什麼心事？」阿秀趁著暫時沒有病人，便坐到了路嬤嬤身邊，她最近皺眉頭的時間明顯比之前多了不少。

「我之前給太后寫了信，這都過去十幾天了，卻是沒有半點回應，不知道是不是宮裡出了什麼事情。」路嬤嬤很是憂心忡忡地說道。見阿秀主動問起，路嬤嬤也不隱瞞，而且這件事情又和太后有關係，她自然更加樂意和阿秀講了。

「如今國泰民安，宮裡肯定不會有事的，估摸是中途耽擱了。」阿秀安慰道。

不過阿秀說的也沒有錯，雖然現在新帝登基不過一年，但是朝中一片和樂，倒也不會有什麼大的問題。

「希望是這樣吧。」路嬤嬤用手指碰碰自己的眼睛，為什麼她覺得事情不會這麼簡單呢？

雖然這樣說，但是之後阿秀還是感覺到路嬤嬤做事說話，情緒都不是很高，心裡雖然擔心，但是也沒有別的辦法，只能私下找顧靖翎向他打聽了一番。

「阿秀，妳過來一下。」薛行衣突然朝阿秀喊了一聲。

原本坐在一旁自己看書的顧靖翎抬頭看了薛行衣一眼，人微微坐正了些。

「怎麼了？」阿秀走過去，現在在薛行衣那邊就診的是一位婦人，她正摟著她的孩子，是個男孩，年紀最大不會超過七歲。

「妳再過來些。」薛行衣示意阿秀再靠近一些。

阿秀心中雖然疑惑，但還是依言往薛行衣那邊又走了一小步，人也微微俯下身去。

顧靖翎看到薛行衣湊在阿秀耳邊，好似在說什麼悄悄話，神色微微深沈了些。

「你確定？」阿秀聽清楚薛行衣和她說的話，眉頭微微皺起，雖說沒有什麼危險性，但是……

「嗯，難道妳不好奇嗎？」薛行衣看著阿秀，想要從她的眼中看到和他一樣的期待，但是他失望了，阿秀的神色很平淡，甚至還帶著一絲猶豫。

「如果你堅持的話，那便照你說的做吧。」阿秀說道。她倒不是反對薛行衣現在心裡的想法，只是可能比他更加少了一種躍躍欲試，因為她和他不同，她知道結果。

「我的孩子病得很嚴重嗎？」那個婦人看到薛行衣還特地叫了阿秀過來，心裡頓時有些忐忑。

她之前聽說這個高楊胡同裡住了兩位醫術很高明的大夫，而且收費不高，就抱著孩子過來了。前面幾個病人看過以後都說好，而且都只看了一個大夫，為什麼輪到了自家孩子，他還要專門將那個女大夫叫過來呢？

「病情倒不是很嚴重，不過這個治療得到內室去，希望妳在外面稍等一會兒。」薛行衣對她說道。大約是他心裡抱著一些私心，所以這次的態度比往常要好上不少。

那婦人見薛行衣這麼說，心中頓時有些躊躇。不過薛行衣的外表也比較有欺騙性，雖然看著年紀不大，但是意外地讓人覺得很有安全感，她猶豫了一下以後，最後還是點頭答應了。

「要多久才能好？」雖然答應了薛行衣讓他抱著孩子到內室去治療，但是她多少還是有些不放心。

「最慢不過一炷香的工夫。」薛行衣說道。

那婦人聽著時間並不長，終於放開了摟著孩子的手。

路嬤嬤見阿秀也跟著進去了，就讓芍藥找了一些茶水和糕點，讓等著的幾位病人吃；她自然是能瞧出來，這次就診和往常並不相同，提供茶水糕點，也不過是為了怕病人太過於在意阿秀他們那邊。

「這發燒、咽痛，放血少商和商陽，五滴左右足矣。」阿秀先拿起一根三菱針，捏住指尖，快速點刺，然後將血擠出來。

這三菱針是薛行衣趁著這段時間找人去做的，只要是關於醫學的，他從來不缺少熱情和動力。

薛行衣照著阿秀的樣子，又在阿秀沒有刺過的商陽上面快速點刺，他一向聰慧，阿秀不過做了一次示範，他便能做得有模有樣了。

「這樣便好了？」薛行衣看著阿秀，又看了一眼放在一邊的針。

之前因為發燒有些暈暈沈沈的男孩，因為刺痛一下子驚醒了，開始號了起來。

「不要哭了。」薛行衣微微皺著眉頭道。

他的聲音並不響，但是奇跡般的，那孩子還真的不哭了；但是中間不過停歇了兩瞬，那孩子一下子又號開了，聲音較之前還大了不少。

阿秀用手捂了一下耳朵，然後又放開，從口袋裡掏出一個小紙包。「你不哭的話，我請你吃甜甜的糖果。」阿秀還不忘將紙包打開，在他面前晃了一下。

會來阿秀他們這邊就診的，多半是家境一般或者不大好的人家，這小孩子平日哪裡有什麼零嘴，如今瞧見阿秀手中的糖果，眼睛都跟著它走了，別說哭聲，就是別的聲音都沒有了。

「你想吃嗎？」阿秀問道。

那孩子眼睛盯著小紙包，連連點頭。

「那你現在覺得人好些了嗎？」阿秀笑咪咪地看著他問道。

「頭好像沒有那麼暈了。」男孩的聲音帶著一絲嘶啞，說話有些艱難。

阿秀也沒有打算讓他多說話。「那等一下你老實和你娘說就好了，如果你覺得行就點點頭，不行就搖頭。」

男孩並沒有馬上反應，而是盯著阿秀的手。

阿秀自然知道他是什麼意思，只是她還是做不到誘騙小孩子的事情。「不管你到時候怎麼講，這些糖果都是你的；如果你下次還過來，能不哭的話，我再送你蜜餞。」

那男孩一聽，頓時眼睛就更加亮了，如果說這糖果對於他來講已經算很珍貴的東西，那蜜餞絕對可以列為奢侈品。

「嗯。」他點頭。

阿秀就將手裡的小紙包給了他。

這些糖果是用枇杷做的，對他的病也是有好處的。阿秀會帶著它，也是因為最近看病人，說的話有些多，平時沒事就拿出來吃一顆。

「謝謝。」他說完，就一溜煙地跑了出去。

「沒想到妳還會這個？」薛行衣覺得有些神奇，他從來沒有想過，對待病人還能用這招。

「我會的還多著呢！」阿秀有些得瑟地說道：「不過這個也不是每個人都適用的，像你這樣每天寒著一張臉，就算拿出糖果來，人家也未必吃這一套。」難得有這樣的機會，阿秀自然不會放過，好好嘲笑了薛行衣一番。

薛行衣並沒有生氣，反而眼中帶上了一絲茫然。他以前並沒有覺得自己這樣的態度有什麼問題，用一樣的態度對待不一樣的病人，也會減少大夫對病人情緒的影響，可是阿秀剛剛說的，好似也沒有錯……

阿秀聽到外面傳來有些急切的詢問聲，就知道剛剛那孩子的哭聲，外面肯定是聽到了，便大步走了出去。

那婦人原本在外頭聽到自己孩子的哭號聲，自然是心疼萬分，但是不一會兒就看到他自己跑出來了，心中頓時驚喜萬分；要知道他自從發燒以後，每天都是懶洋洋的，走路都有些不穩，更不用說跑步了。

她對阿秀他們一下子就充滿了崇敬，見到阿秀出來，連忙迎上去，衝著她感激地說道：「謝謝大夫、謝謝大夫。」

「這個病還沒有完全好，之後每隔五日就要過來一趟。」阿秀說道，眼睛看向那個男孩，她想知道，他聽到這句話會有什麼樣的反應。

「好好。」那婦人連連點頭，既然是治病，就是每天過來，她都是願意的。

那男孩想著五天後還要痛幾下，眼睛中多了一絲退縮，但是想到說好的蜜餞，以及嘴巴裡面帶來的那絲甜味，他還是乖乖地點點頭。在他看來，疼一下就有好吃的零嘴吃，還是很划算的。

「回去以後吃點清淡的，這次就不用開藥了。」阿秀說道。這本身就不是什麼大的毛病，而且對方是小孩子，雖說吃的是中藥，但是是藥三分毒，用了放血法，就避免了吃藥，也算是一個優點了。

那婦人雖然心裡有些疑慮，但是想著阿秀剛剛的手段很是不一般，便乖乖地帶著孩子回去了。

剩下的病人見他們都不用抓藥就這麼回去了，心中止不住地羨慕。

「大夫啊，我這毛病，能不能也用可以不用喝藥的法子啊？」一個二十來歲的女子說道。

雖然看著是二十來歲，但是看這打扮，並沒有嫁人。

「妳這是出疹子，不光要喝藥，還得抹，不然這身上可得留疤。」阿秀說道。那放血法雖然對一些病症是有作用，但不是適用於所有的病症，她還是更加偏向於比較傳統的治療方法，而且大部分病人也未必能接受那種手法。

她剛剛會答應薛行衣的提議，主要是對方是一個小孩子，而且昏昏沈沈的，未必會對他們的治療手段有印象，即使心裡排斥，也不會表現得太過分；而成年人就不一樣了，這種手法很少見，也不似外科手術般能簡單地解釋得通，會給他們造成不少的隱患。

「哦。」那女子有些訕訕地笑了一下。「那還是照妳的法子來吧。」

畢竟是女子，哪裡有不愛美的，相比較喝藥那些痛苦，明顯是毀容來得更加可怕些。

阿秀快速寫了方子，就讓她自己去抓藥了。

薛行衣之後的狀態都不是很好，還好病人不算很多，馬上也就看完了，他還沈浸在剛剛的手法中。

在西北的時候，他心裡其實並不是那麼相信那些人的這些手法的，但是現在，阿秀用實際例子，讓他看到了放血法的作用。只是簡單的點刺，但是那孩子身上的變化，他看得很明白，前後的變化之大，讓他受到了不小的衝擊。

其實他沒有考慮到的是，那放血法雖然有效果，但是其中還有不少是因為阿秀的話，糖果、蜜餞，這樣的小零食，對於孩子的誘惑力是巨大的，在美食面前，有些病痛會被選擇性地忽略掉；而作為大家出身，需求極小的薛行衣來講，必然是不能理解的。

「小師姑，妳好似什麼都懂。」薛行衣的語氣難得地帶上了悵然。

從小，他都覺得自己和那些同齡人是不大一樣的，他甚至覺得，自己和他們交流都有著極大的代溝；他心裡，多少是有些瞧不上他們的。

而現在，出現了一個年紀比他還小，卻比他懂得還要多的人，薛行衣有些失落的同時，卻又充滿了鬥志，他覺得自己還有很多學習的空間。

「我不過是看的書比較雜。」阿秀笑笑，她在現代的時候就非常喜歡看各種雜七雜八的書，所以才會比他多瞭解一些。而且她的心理年齡是比他要大的，要是讓薛行衣再過那麼幾十年，懂的肯定會比她更加多，她一直沒有懷疑過薛行衣的智商。

「晚飯我不吃了，我想回屋去休息一下。」薛行衣說道，神色間帶著一絲淺淺疲憊。

「好。」阿秀有些詫異地點點頭。她總覺得這次的薛行衣，和以往那個意氣風發的薛行衣，有很大的不同了。只是這是他人生當中的蛻變期，她不過是一個外人，能做的也不過是旁觀，頂多稍微在旁邊提醒幾句。

「這薛行衣最近好似有些不同？」路嬤嬤一直在關注著他們那邊的動靜，自然也能發現其中的不同。她以前在宮中見到的薛行衣都是胸有成竹的，甚至可以說是有些目中無人的，現在這樣的薛行衣，是她所不熟悉的。

「他大約是有什麼煩惱吧。」阿秀看了一眼他的背影。「不過這種事情，也不是我們該插手的。」

路嬤嬤聽到阿秀用這麼輕描淡寫的語氣說著這話，心裡一下子就豁然了。

自己之前是不是想的有些多了……

如果他們的關係真的是自己想的那樣的話，那薛行衣遇到這樣的情況，阿秀必然是比誰都要著急；但是現在看她的模樣，雖說稍微帶著一絲擔憂，但是神色間仍如往常一般。

路嬤嬤頓時有一種，自己的信白寫了的感覺，她現在想做的就是，趕緊再去寫封信，讓小姐放寬心。

路嬤嬤的信不過剛剛送出去，家裡就迎了一群意外之客。

他們正在吃飯的時候，門就被敲響了。

顧十九躥得最快，一下子就跑出去開門了，只不過門開了以後，半天沒有聲響。

直到阿秀他們聽到腳步聲，轉頭看去，才發現來的人是他們絕對沒有想到的。

「微臣參見皇上，太后娘娘！」

在場的人幾乎都是愣了好一會兒，這才回過神來。

路嬤嬤看著太后，神色有些複雜，但是心裡的那種不安也消失了，難怪她一直沒有回信。

「不用多禮，我這次只是和母親微服私行一番罷了，大家不要太拘禮了。」小皇帝倒是很親切，對著眾人笑呵呵地說道。

太后先是將阿秀細細地打量了一番，見她長高了，又長胖了些，這才鬆了一口氣，只不過將周圍都打量了一番以後，也沒有見到薛行衣；倒是那顧靖翎，和阿秀之間的氣氛，讓她忍不住多想一些。

「我和瑞兒原本是要去滬州，途中要路過瓊州，想著嬤嬤正好也在這裡，就過來瞧瞧。」太后笑著看著路嬤嬤。

這路嬤嬤是太后身邊的老人，一向受寵，太后這麼說，倒也算合情合理，也只有太后和路嬤嬤心裡才清楚，她這次來是因為什麼！

酒老爹和唐大夫冷不防見到他們，各種情緒湧上心頭。

唐大夫心裡自然是不大爽快的，難得這樣出來，卻還要見到自己不喜歡的人。

而酒老爹，心情就比較複雜了。太后是他心愛的女子，他見到了，心中自然是歡喜的；但是那小皇帝，卻是自己的愛人和別的男人生的孩子，這讓他多少有些痛苦。

「娘娘可用了飯？不如我再去廚房做些小菜。」路嬤嬤自然不會錯過唐大夫和酒老爹的眼神，身子微微一側，擋在了唐大夫的視線前面，雖說這唐大夫也是個可憐人，但是她卻不希望他一直那麼仇視著小姐。

「不必了，既然在外頭，就不用拘泥於這些了，我和瑞兒就這麼吃一下就好。」太后拉著小皇帝，笑得很是溫柔，難得找了藉口出來，她自然是不願意放過和阿秀他們相處的機會，特別是和那人……

「這男女有別，太后娘娘要入座，草民先行告退。」唐大夫這話說得很是僵硬，語氣也不算太好。

太后心裡知道原因，眼中閃過一絲苦澀，如果順著他的話講，那人勢必也會離席。雖然有些突兀，太后還是開口道：「哪有那麼多的規矩，現在我和瑞兒不過是在外的一對普通母子。」

小皇帝第一次這樣出宮，心裡的新鮮感正盛，聽到太后這麼說，馬上就點頭道：「母親說的是，就不要這麼多的規矩了，小六子，你帶著他們先下去吧。」

既然小皇帝都這麼說了，在場的人自然都不好反駁，只是他們落了坐，這飯桌上的氣氛一下子就變了，即使太后笑得再親切，小皇帝長得再可愛，也不能改變他們的身分。

小皇帝難得和這麼多人在一張桌子上吃飯，心情明顯很不錯，還小大人似的，問了不少的問題。

第九十二章　對付情敵

好不容易一群人吃完了飯，小皇帝就將顧靖翎叫走了，他之前交給他一個任務，現在自然是要問和這個事情有關的。

路嬤嬤則是跟著太后回了屋子，她們也有不少的私房話要講。

「奶娘，阿秀和那薛行衣？」太后一進屋子，就將自己最為關心的問題拋了出來，剛剛因為沒有見到薛行衣，所以她一直都沒法安心。她來的這一路上，一直在糾結著這個問題，一直在考慮，若是他們已經兩情相悅了，那該如何是好？

「這件事情，都是老奴太糊塗了，小小姐和那薛行衣，想必沒有那種情愫。」路嬤嬤有些赧然，都是她太心急了，要是弄清楚些的話，太后現在也未必會在這裡。

「怎麼能怪奶娘，妳肯定也是因為關心，那這麼說來的話，他們兩人之間倒是正常的交往。」太后聞言，微微放下了心。不是薛行衣不夠好，只是輩分放在這兒了，她不想阿秀被輿論傷害到。

「小姐，那您這次出宮……」路嬤嬤現在更加擔心的是這件事情。太后出宮，還帶著小皇帝，那些大臣不知道會怎麼想，她怕有人會因為這件事情，中傷太后。

「這件事情，太皇太后也知道，她也是默許的，瑞兒年紀小，又沒有做出什麼政績來，雖然現在朝中比較安穩，難保有些人會心存輕視之心，正好滬州那邊出了一些事情，暗探說牽扯到的官員不少，正好是瑞兒可以立威的時候。」太后神色平淡，並沒有將出宮這件事情放在心上，若沒有足夠的準備，她怎麼會隨意出宮，她在宮中生存了那麼多年，這些手段還是有的。

「這樣自然是最好。」路嬤嬤鬆了一口氣，她就怕太后關心則亂，反而讓自己落了口實。

「奶娘不用擔心，我已經不是當年那個什麼都不懂的孩子了；對了，那顧家小子，妳瞧著倒是如何？」太后對出宮這個話題明顯不感興趣，對阿秀的感情世界倒是關心，好奇得緊。

「我瞧著人是極好的，但是……」路嬤嬤很是遲疑，畢竟那顧靖翎的命那麼硬，她怎麼捨得讓阿秀去承受這些……

「唉，可惜了。」太后自然知道路嬤嬤沒有說完的話是什麼意思，心中也是微微嘆了一口氣，他什麼都好，就是命不好。

「對了，我這次還帶了另外一個人過來。」太后突然想起了一件事情，臉上隱隱帶上了一絲期待。

再說阿秀那邊，他們都各自散了，她自然也是要回去梳洗就寢了，剛出了客廳，就聽到一個熟悉的聲音，她抬頭一看，竟然看到了沈東籬。

只是相比較上次見面，沈東籬整個人結實了不少，皮膚倒是一如既往的白皙。

「你是跟著太后他們過來的？」阿秀笑著問道。在這裡冷不防看到他，她心情還是比較愉悅的。

「嗯，這次我是擔任侍衛過來的。」沈東籬衝著阿秀笑得美好，幾個月不見，她比之前又成長了不少，心想要是陳老看到的話，肯定也會開心的。

「侍衛？你這是打算保護人？」阿秀聽到這兒，頓時就樂了，就沈東籬這麼瘦弱的模樣，還能做侍衛，到時候就是想要拖一下敵人的後腿，都很有難度吧。

沈東籬自然是知道阿秀在笑些什麼，臉色微微泛紅，他也知道自己功夫不怎麼樣，但是既然擔任了這個職位，他肯定會盡力做好的。

「我會盡力保護皇上和太后娘娘的。」沈東籬很是信誓旦旦地說道。

「好好，不過你也要保護好自己，陳老可還在家裡等著你呢。」阿秀笑著看著沈東籬。雖說他年紀比她還要大上幾歲，但是無可避免的，阿秀老是忍不住會把他當做自己的弟弟輩，時不時調侃玩弄一番。

「我剛剛好似瞧見了酒老爹？」沈東籬怕阿秀繼續笑話他，乘機轉移了話題。他住在阿秀家那些日子，對酒老爹也是有不淺的印象，畢竟他從小到大，還沒有見過一個長輩是這般的。

「對啊，這次是和阿爹一起出來的。」阿秀說到自己那不成器的阿爹，眼中多了一絲暖意。

看著阿秀臉上滿滿的笑意，沈東籬的笑容也深了不少。

顧靖翎出來的時候，就看到他們兩個相視而笑的模樣，微微一滯，他倒是沒有想到，還有這麼一號人。

「沈大人。」顧靖翎走過去，衝著沈東籬微微一抱拳。

沈東籬看到顧靖翎冷不防地出現，還愣了一下，然後才說道：「顧大人。」

他們雖然同朝為官，年齡又近，但是一個是文官，一個是武官，而且品階相差又極其大，他都奇怪顧靖翎怎麼會記得他。

「沈大人這次也是公幹？」顧靖翎雖然是主動搭訕，但是態度並不是太熱絡。

沈東籬就更加奇怪了，這顧靖翎對自己的態度稱不上太友好，那他為什麼還要專程過來和自己打招呼呢？

「是的。」

「聽說沈大人不善武藝？」顧靖翎繼續問道。

沈東籬繼續點頭，他家是文官出身，他自小身子就不算特別強壯，自然不會武藝。

這顧靖翎怎麼說這些奇奇怪怪的，讓人摸不著頭腦的話。

「保護聖上可是大事，不如我讓近衛傳授你一些腿腳功夫，未必能禦敵，但是勉強也能自保。」顧靖翎說道。

沈東籬這次是真的懵了，照理說，自己和他並不算熟悉，這樣的話若是兩個關係不錯的人之間說起來的話，也算是合情合理；但是如今，他們不過是點頭之交罷了，他說這樣的話，未免有些逾越了。但是他又是出自好心，沈東籬不知道是該拒絕還是該答應。

「你學點防身功夫倒是挺好的。」阿秀見兩個人一下子沒有了話，氣氛有些僵了，便插了一句。

其實顧靖翎的話沒有錯，沈東籬的話，做學問是極好的，但是要保護人，那還是算了，他能努力保護好自己，就已經是很不錯了。

沈東籬覺得，阿秀說完這句話以後，顧靖翎的眉毛好似抖動了一下，但是再看，又好像沒有。

他之前就覺得顧靖翎說的挺有道理的，現在阿秀也這麼說了，他便衝著顧靖翎道謝道：「那就麻煩顧將軍了。」

「嗯。」相比較之前，顧靖翎的這聲回答，顯得更加冷淡了一些。他算是看出來了，相比較那薛行衣，阿秀更加關心這個小白臉，只是他怎麼就沒有看出來，這小白臉有什麼過人之處？

顧靖翎覺得自己剛剛的提議，反而讓他心裡更加不大痛快了些。

「顧二，你從明天開始，教一下沈大人吧，簡單的防身功夫就好。」顧靖翎衝著身邊的顧二說道。

其實相比較耿直的顧二，聰慧的顧小七更加適合做他的老師，但是沈東籬又不是顧靖翎真正的朋友，能讓顧二教，也已經算不錯了。

「是。」顧二有些疑惑地看了顧靖翎一眼。這個沈大人看起來好像非常脆弱，讓他教真的沒有問題嗎？他還回頭望了一眼顧小七，用眼神徵詢了一下顧小七的意見。

顧小七只是高深莫測地笑了一笑。

別人看不出來，他顧小七還能看不出來，自家將軍現在，明顯是在吃醋嘛！他心裡稍微同情了一下沈東籬，顧二在習武方面最是嚴厲，不知道那小身板要承受怎麼樣的摧殘呢……不過敢和自家將軍搶心上人，受點折騰也是必要的！

「時辰也不早了，沈大人這一天舟車勞頓，想必是疲乏了，顧七。」顧靖翎輕輕一咳。

作為將軍的貼心小棉襖，顧小七自然比其他幾人看得通透不少，一下子躥出來說道：「屬下這就帶沈大人去休息。」說著將手一伸，示意沈東籬跟著他過去。

雖然這禮節、說話都沒有錯，但是沈東籬總覺得哪裡怪怪的。

阿秀也很是詫異地看了顧靖翎好幾眼，要說他剛剛主動說要教沈東籬功夫的時候，她只是有些奇怪，到了現在，她已經是驚詫了，顧靖翎以前和沈東籬有什麼過節嗎？

等沈東籬走了，顧靖翎臉上的表情便柔和了不少，衝著阿秀微微一笑。「明日妳還得就診，早點休息吧。」

「嗯。」既然對方態度這麼好，阿秀也理性地說了一句。「那你也早點休息。」

顧靖翎聽到這話，眼睛微微一亮，笑著說道：「好。」

不知道為什麼，阿秀在這一刻，覺得身上的雞皮疙瘩都有些不受控制地站了起來，明明他的表情也沒有太奇特，但是她總有一種他的表情看起來特別柔情的感覺。

是自己的錯覺嗎？

應該是自己的錯覺吧……

「阿秀，娘娘請妳過去呢。」正當阿秀對自己的感覺有所懷疑的時候，路嬤嬤從不遠處走了過來，她如今看到顧靖翎，心情有些複雜，縱容也不是，阻攔好像也有些不對。

「好，嬤嬤，我馬上就來。」阿秀應了一聲，衝著顧靖翎點點頭，就朝路嬤嬤那邊走去。

路嬤嬤瞧見顧靖翎先是深深看了阿秀的背影一眼，才衝著自己微微一點頭，她心中一驚，她好似低估了一些事情……

太后拉著阿秀說了不少體己的話，不過她也時刻記著自己的身分，不敢有過多的情緒表露。

聊得差不多了，阿秀要走的時候，太后還往她頭上插了不少的簪子，那模樣，真是恨不得將所有瞧中的東西都放在她身上。

太后對她的態度，讓阿秀心中免不得又是一陣驚疑。

好不容易拜別了太后，阿秀忍不住又陷入了一番沈思。

因為心裡有事情，阿秀晚上睡得並不是很安穩，第二天更是破天荒的，天還沒有亮就醒了。

阿秀披了一件外套，就踱步到窗前，想著稍微透透氣。

誰知這懶腰還沒有伸展開來，阿秀就聽到一個熟悉的聲音。

「妳，最近可好……」

這麼文謅謅，帶著一絲感嘆和哀傷的矯情話，竟然出自於自家阿爹嘴裡，阿秀覺得自己的下巴都要掉下來了；當然讓她更加跌破眼鏡的是，站在阿爹對面的人是——太后。

太后的臉上不似往日，帶著那種矜持、溫婉的笑容，現在她整個人的表情有些奇怪，看著酒老爹帶著一絲激動和哀傷。

明明是兩種有些矛盾的情緒，可是阿秀卻覺得，自己沒有看錯。

「不好。」太后看著眼前這張熟悉的臉，眼睛一下子就濕潤了，沒有他在身邊，她怎麼會過得好。

「阿晚……」酒老爹的手微微動了動，卻沒有真的伸過去，他不能，也不敢……

太后聽到這個稱呼，眼淚直接就下來了。

時隔十餘年，她終於再次從他的口中聽到了這個名字，她的堅持真的沒有錯。

阿秀因為隔得遠，他們的對話聽得並不是特別真切，但是那聲「阿晚」，她是聽得確確實實的。

她以前就有猜想過那個阿晚是誰，但是她萬萬沒有想到，阿晚竟然是太后。

太后是先帝的老婆，也是小皇帝的親娘……

這讓阿秀實在沒有勇氣再去往某些方面猜想，不然她自己都覺得這個世界太瘋狂了。

「娘娘，您在那裡嗎？」突然從不遠處傳來一個女子的聲音。

太后的臉上閃過一絲驚慌，卻又不願意就這麼和他道別。

倒是酒老爹，衝著她安撫地笑笑。「妳先過去吧。」只是這眼中的不捨，並不比她少。

「不要再哭了。」酒老爹猶豫了一下，還是將話說出了口，明明他現在，根本就沒有這樣的資格對她說這樣的話了。

「好。」太后衝著酒老爹點點頭，露出一個燦爛的笑容。「我聽你的。」

這樣的阿晚，就像是他們最初認識的那些年，她總是會露出這樣的笑容，對他說這樣的話，那個時候，是他們最開心的時候。

太后轉過身，最後看了一眼酒老爹，這才快步往前面走去。「我在這裡。」

酒老爹嘆了一口氣，轉頭就看到一個身影閃過，再一看，卻沒有了。

他記得那是阿秀的房間……

酒老爹一陣心驚肉跳，剛剛是阿秀站在那裡嗎？

他剛剛只顧著收拾自己的情緒，根本就沒有發現那邊是不是站了人。

只是他在原地望了好一會兒，也沒有再看見什麼人影，擔心之餘又稍稍放鬆了些。

阿秀的作息一向規律，沒有事情，斷不會這麼早就起來。

雖然心裡這麼安慰自己，但是酒老爹多少還是有些不放心。

因為這事，他吃早飯的時候更是往阿秀那邊看了有十幾次，見她面色如常，又鬆了一口氣。

阿秀現在的心情十分複雜，她昨天還打算放棄探尋那些秘密，結果那秘密自己送上門來了，特別是那個秘密大得讓她現在都有些消化不了。

她覺得這個秘密，自家阿爹和唐大夫必然是不想讓她知道的，作為一個貼心的小輩，阿秀自然要裝傻到底；而且她心裡隱隱的，也在害怕，這個秘密被揭開後會帶來的後果。

「阿秀，今天怎麼就吃這麼一點？」唐大夫見阿秀就喝了一碗粥，吃了一個肉包子，頓時就關切地看著她，若是平日，她最起碼會再多吃兩、三個肉包子。

「今兒我想去街上吃點小吃食，所以現在先稍微吃一點就夠了。」阿秀抬頭，餘光就看到酒老爹眼中的擔憂，為自己找了一個理由。

唐大夫聽阿秀這麼說，頓時就笑了。「好好，那等一下叫川兒跟著去，多吃些，妳到了瓊州也沒有出去過幾次。」

酒老爹見阿秀的言行和往日完全沒有什麼差別，終於徹底放下了心，想來剛剛是自己想多了，早上閃過的應該是簾布吧。

「這個我最擅長了。」王川兒在一旁聽到，頓時就有些興奮地說道，做別的她可能沒有什麼底氣，但是陪吃的話，那誰也比不上她。

阿秀原本只把這個當作一個藉口，倒是沒有想到王川兒當了真，還這麼一副興致勃勃的模樣，頓時也被逗樂了，原本有些複雜的情緒，也被安撫了不少。

「我也想去瞧瞧這瓊州百姓的生活。」小皇帝原本是在自己房間裡用膳的，不過一出來，就聽到阿秀她們要出去吃美食，頓時也來了興致。

他住在皇宮，平常能出宮的機會少得可憐，就是出宮也不能隨便吃外面的東西，就好比之前那次在遇到阿秀的羊肉館裡一樣。小皇帝畢竟年歲小，自然少不了好奇心，就算不能吃外面的東西，瞧瞧別的小玩意兒那也是極好的。

原本阿秀她們若是要出門的話，是相當簡單的，但是要是加上了小皇帝，那就完全不同了。

只是這皇上的提議，也不能隨便拒絕。
「微臣陪著皇上您一塊兒去吧。」顧靖翎在一旁說道，這樣正好也可以和阿秀一路。
「也好。」小皇帝雖然想單獨出去更加痛快些，但是他也知道，自己的身分，必然不能那麼肆意，若是帶上顧靖翎的話，倒是可以省去不少的麻煩。
阿秀默默用手撐著自己的半邊臉，她不懂，不過是自己隨口一說的話，現在怎麼就發展到了非去不可的地步呢！

第九十三章　猜到真相

小皇帝明顯是沒有這麼輕鬆地出過門，一到了鬧市，就跟鄉巴佬進城一般，開始拚命左右地張望；偏偏他又不願意讓人看出他這副模樣，臉上端是嚴肅，配上他的包子臉，很有反差萌。

瓊州雖然經濟發達，但是暴發戶之類的比較多，真正的官宦人家倒是比較少。

小皇帝這麼一身矜貴的打扮，沒一會兒，就吸引了不少人的注意力，偏偏他自己還毫無所覺，這已經是他最為低調的一套衣服了。

「這位小郎君長得可真是俊啊，要不要到店裡來瞧瞧，可是有不少做工精細的物件呢！」一家銀樓的掌櫃的瞧見了小皇帝，頓時眼前一亮，他這樣的打扮，一看就是一隻小肥羊嘛！

小皇帝眯著眼微微掃了一眼那掌櫃的，用手輕輕撥弄了一下小扳指，笑得有些無邪。

「你店裡可有比這個更加好的物事？」

那掌櫃的原本還想說些大話，但是瞧見他手中扳指的成色，頓時，那到了嘴邊的話都說不出口了。這玉的品相，別說是他的店裡，就是整個瓊州想必都找不到可以媲美的。

「掌櫃的，店裡可有些精緻的小玩意兒？」阿秀笑著說道。這做皇帝的，什麼得不到，現在也不過就是圖個新鮮，自然是選外面少見的東西。

「這位小姐，您找我那可真是找對人了，我這店裡，可是有不少新鮮的小玩意兒，保管你們以前是瞧都沒有瞧過。」那掌櫃的原本在看到小皇帝的扳指以後，心中有些洩氣，但是見到阿秀那麼一問之後，頓時又有了動力。

「這樣就好，那就請掌櫃的帶個路，若是有什麼瞧中的，自然不會虧待了你。」阿秀說道。到時候花的可不是她的錢，自然怎麼大方怎麼講，毫無壓力。

那掌櫃的聽到阿秀說得這麼豪爽，頓時笑得眼睛直接眯成了一條縫，很是殷勤地在前面帶起了路。

小皇帝畢竟年紀小，看見那些小玩意兒一開始還板著臉裝嚴肅，但是過了沒一會兒，終是沒有憋住，整張臉都是笑咪咪的。

不過一會兒工夫，他就挑了不少的小玩意兒，都是些京城瞧不見的小東西，那掌櫃的看小皇帝挑了這麼多，頓時笑得就更加歡快了。

「這些東西一共多少銀兩？」顧靖翎在一旁問道。

「一共是二十兩一錢，不過看你們買的多，那一錢就抹去了。」那掌櫃的語速很快地將每個物事報了一個價格，最後說了一個數字，而且還故作大方地將零頭給抹掉了。

顧靖翎覺得這麼一堆玩意兒不值這個錢，但是既然小皇帝喜歡，自然也值得。

「等一下。」阿秀見顧靖翎要去付錢，便出口攔住。

「掌櫃的，雖然我們是外鄉人，但是也不能忽悠我們啊！」阿秀笑著看著那掌櫃的。

「這位姑娘，這話說的就實在是冤枉人了，我怎麼會忽悠您呢？」那掌櫃的也不是第一天做生意，自然不懼阿秀這番說辭。
「怎麼不是忽悠，你剛剛說了，這個是一兩一錢，這個是……」阿秀將所有的物事的報價又說了一遍，然後加在一塊。「這一共不過只有十八兩六錢而已，哪裡來的二十兩一錢。」她原本想著反正是小皇帝買單，多少都無所謂，反正花的不是她的錢，但是這掌櫃的，也不能把他們當傻子看啊！
「是嗎，呵呵，那是小的腦子一時糊塗。」那掌櫃的原本不過就是胡亂報價，他瞧著這幾人穿著矜貴，肯定不會在意這些小錢的，誰知道裡頭還有一個精明的。
而且他剛剛根據阿秀報的數又加了一遍，果然是十八兩六錢。雖說東西不多，但是他剛剛說話的語速極快，這麼一個小姑娘，竟然能這麼快速將數字算出來，肯定也不是普通人。
「既然如此，那便算你們十八兩。」那掌櫃的一臉肉痛的模樣，好似讓他們占了什麼大的便宜。
阿秀心中冷笑一聲，還真的把他們當傻子了。
「辛掌櫃，這個可就是你的不是了，這些破爛玩意兒，你怎麼好意思收人家十八兩銀子，你臊不臊得慌啊！」阿秀還沒有開口，他們身後就傳來一個有些尖銳的女子聲音。
阿秀他們都因為這話，轉過了頭去。
只見一個打扮豔麗的婦人，正挑著柳眉，一臉的譏諷，一看就是個潑辣的。
婦人瞧見阿秀，頓時對她微微一笑，臉上的表情也柔和了起來。「阿秀大夫，我剛剛瞧著背影挺眼熟的，果真是您啊！」

阿秀只覺得她有些眼熟，卻是想不起來她的名字。

「前幾日我去找您看了病，正想著找時間去謝謝您，沒想到，今兒就碰上了。」

「是妳啊。」阿秀雖然還是沒有記起她的名字，但是印象卻深了不少。

「老六媳婦兒，妳這是什麼話！」掌櫃的有些厲色地說道。他在瞧見這個女子時，臉色微微一變。

這個女子性子潑辣，不過這個不足為懼，最主要的是她有個做教頭的丈夫，那身板，瞧著就怪嚇人的，附近哪裡有人敢隨便招惹她；而且她那男人是個極其護短的，掌櫃的也只敢瞪她兩眼，不敢說什麼厲害話。

「我說的可是大實話，這些玩意兒加在一起，給一兩銀子都是給你大面子了。」阿六媳婦冷笑著說道。

要是平日的話，看著他忽悠那些外鄉人，她自然不會多管這個閒事，但是這阿秀可是她的大恩人。她前些日子臉上長了一些東西，這女子最是重視容貌，自然不敢怠慢，可是看了幾個大夫，藥也喝了不少，就是不管用；結果阿秀不過用了三帖藥，就藥到病除了，現在出門都不用再抹厚厚的胭脂水粉了。

要知道在這裡，可有不少不要臉的人一直覬覦著她家阿六哥，沒有現在的容貌，她哪裡來那麼大的底氣。

「妳不要以為妳有老六撐腰，就什麼話都敢說！」那掌櫃的擰著眉，想要發火，但是又不得不忌憚。

「那好，那你賣吧，看你回家，你那媳婦兒不罵死你，你那寶貝兒子，可還要人家治病呢！」老六媳婦兒笑得得意。

這辛掌櫃雖然愛貪小便宜，但是討了一個好媳婦兒，給他生了個大胖小子，媳婦兒和兒子可是辛掌櫃的心尖尖上人，誰都動不得的。

辛掌櫃一聽老六媳婦兒這麼說，頓時就有些懵了。

不過馬上他就想起來了，之前是有聽自家媳婦兒說過，自己那兒子去看病，不用配藥就好轉了不少，過幾日還要再去一趟；沒有想到，那個大夫，竟然就是站在他面前的小姑娘，他頓時老臉一紅，也不好意思收錢了，將東西往阿秀他們那邊一推。

「多謝大夫對犬子的幫助，這些小玩意兒就不要錢了。」雖然沒有要錢，但是辛掌櫃也沒有承認自己剛剛就是坐地起價。

阿秀也不是咄咄逼人的性子，加上她也猜測到這人的身分了，雙方都退了一步。

阿秀象徵性地留了幾兩銀子，把東西給了小皇帝。

小皇帝這是第一次見人還價，頓時覺得很是新奇，看看這個，又看看那個。

出了門，他才感慨道：「沒有想到妳醫術高明，算術也精通。」

小皇帝以前跟著太傅學習的時候，還被誇獎過在這方面很有天賦，只不過用處不大，後面便沒有再多學；但是他剛剛，根本就沒有注意到價格有什麼不對的地方，反倒是阿秀，剛剛一直都是一副心不在焉的模樣，卻一下子發現了不妥之處。

「窮人家的孩子早當家啊！」阿秀語氣略有些誇張地說道。

聽她這麼說，小皇帝和顧靖翎的眼神很是怪異，她身上完全看不出來是窮困出身。

倒是王川兒，在一旁小聲嘀咕道：「我也是窮人家的孩子啊，可是我都不會。」

阿秀輕輕捂了一下嘴，剛剛不過是最為基本的加法心算，若是在現代，一個六、七歲的小孩子說不定都比她厲害。

「妳這算術也是妳那爹爹教妳的嗎？」小皇帝有些好奇地問道。

他昨天看到了酒老爹，說實話，要不是別人和他說，他根本就沒法看出他們身上有任何的共同點。他難以想像，這樣一個男人，會教給她這麼多的學識。

「自己沒事隨便琢磨的。」阿秀回想了一下自家阿爹，連個飯錢都算不清楚，把這個推到他身上，她自己都有些難以置信了。

「裡面可是有什麼訣竅不成？」小皇帝很是好奇地繼續問道。

「不過是多用罷了，熟能生巧。」阿秀總不能說有九九乘法表這玩意兒吧，要和他們解釋這些，她光是想想就覺得累了。

「哦。」小皇帝有些小失望，他一開始還抱了一些小希望。

「阿秀大夫。」老六媳婦兒從後面追了上來。

「還有什麼事情嗎？」

「阿秀大夫，您這是帶著弟弟出來玩吧，我也沒有什麼好東西，這個是我家男人在海上撿來的，您不要嫌棄。」老六媳婦兒說著將一個東西塞到阿秀的手裡，因為怕阿秀會拒絕，又馬上跑走了。

阿秀低頭一看，是一個像貝殼一樣的東西，但是模樣長得有些奇怪，形狀很不規則，阿秀從來沒有瞧過這樣的玩意兒。

「給我看看。」小皇帝見它的模樣很是怪異，便從阿秀的手中拿過去，放耳邊一聽，竟然還有聲音。

他自小出生在皇城，所聞所見都是那些東西，雖然地方都會進貢，但也都是那些千篇一律的東西，哪有這些小玩意兒好玩。

小皇帝饒有興趣地研究著那個玩意兒，而阿秀卻無法不在意那一句「您這是帶著弟弟出來玩吧」，阿秀是現在才發現，自己和小皇帝竟然還有一、兩分相似。

若是以前，她不會將這件事情放在心上，畢竟大千世界，無奇不有，更何況兩個人也沒有很相像；但是現在不同了，今天一大早她還看到了那件事。

若是說她剛剛好不容易將這件事情拋到了腦後，現在卻因為老六媳婦兒這麼簡單的一句話，又忍不住深思起來。

阿秀越想越是心驚。

她從以前就知道自己的身世應該不簡單，但是也頂多往大家小姐那塊想，家族落難，她被自家阿爹帶著隱居鄉下……只是她沒有想到，她猜到了開頭，卻沒有猜到結局。

這樣的真相，讓阿秀無力去承擔。

她現在終於能夠明白了，為什麼太后看向她的眼神永遠都是這麼的溫柔，為什麼她第一次見到小皇帝的時候，就覺得一陣親切，為什麼她會下意識地想要去親近他們，為什麼唐大夫對太后的態度會是這樣。

這種種的問題，因為有了這樣一個猜想，都有了合理的答案。

可是，這樣的真相卻不是阿秀想要的。

這讓她以後怎麼去面對太后，怎麼去面對一直對自己好的路嬤嬤？

「妳的臉色看起來好像不大好？」顧靖翎往前走了一步，站到了阿秀身邊，眼睛不動聲色地將阿秀的臉打量了一番，她剛剛從那個店裡面出來的時候，面色就變了。

「阿秀，阿秀，您是哪裡不舒服嗎？」王川兒在一旁聽到，也關切地看著阿秀，原本她眼睛光顧著盯著兩邊的小攤子，現在也不看了。

「沒有，可能是昨晚沒有睡好。」阿秀有些勉強地笑笑，眼睛掃過小皇帝，他還在研究那個老六媳婦兒送的小玩意兒，果真還是小孩子心性。

「那便早些回去吧，今天不如不看診了？」顧靖翎在一旁提議道。

阿秀考慮了一下自己現在的狀態，也實在不適合再給人看病，便點點頭。

顧靖翎見阿秀同意了，目光微微沈了些。

阿秀在治病這方面一向很有原則，絕對不會隨便落下一天，但是現在……

顧靖翎敢肯定，阿秀肯定有心事了，只是這個心事，他卻猜不到是哪邊的……

小皇帝將那個貝殼類的東西從耳邊拿下來，故作正經地說道：「既然身體不舒服，那我們便回去吧。」反正他買得也差不多了，他現在回去正好可以研究一下手裡的這個東西。

「好。」

阿秀在屋子裡休息了好幾個時辰，直到芍藥敲門叫她去吃飯，她才慢悠悠地收拾了一下出門，只是她沒有想到，會在飯桌上看到太后。

其實這也正常，太后剛到的時候就是和他們一起吃的。

阿秀現在似乎也能明白，她為什麼要大費周章地跑到這邊來了。

「聽說妳身體不適，可有所好轉？」太后的眼裡帶著毫不掩飾的關切。她早上就聽說阿秀因為身體不舒服去休息了，心裡一直很擔心，但是她卻不能有所動作，只能等到吃飯的時候，阿秀自己出來才問她。

「多謝太后娘娘的關心。」阿秀看到太后，笑得有些勉強，只是面上倒是只露出一絲不自然，旁人看了只當她是在不好意思。

「來，坐這邊吃飯吧。」太后特意讓人留了身邊的位子，現在不是在宮裡，找個喜歡的小輩坐身邊，倒也不是什麼突兀的事情。

「是。」阿秀乖乖坐到空的位子上，只是臉上的神色相比較之前，總顯得有些低沈。

「可是昨晚貪了涼？」太后見阿秀情緒有些低落，微微側著身子看著她。若不是這麼多眼睛瞧著，她恨不得直接抬手，摸摸阿秀的額頭，看是不是發燒了。

「大約是沒有睡好，昨兒看書遲了。」阿秀微微低下頭，躲開太后的視線。

雖然她不是原裝貨，但是她畢竟用這個身分活了十幾年了，她就是阿秀，而酒老爹就是她的爹。如果太后的身分真的是如她所猜想的，至少她暫時是接受不了的，現在面對著她對自己的關心，只覺得各種不自在。

而王川兒聽到她說這話，頓時有些詫異地看了她一眼。因為路嬤嬤去陪太后了，她便去了阿秀的屋子，昨兒熄燈的時辰可不遲啊！

「那等一下吃了飯再去休息休息。」太后很是憐愛地看了她一眼。阿秀長得越發的像他了，雖然不像自己有些遺憾，但是像自己愛著的那個人，也是極好的。

「已經無事了。」阿秀並不打算縮在自己的屋子裡，有些事情不是逃避就可以當作沒有發生過的。

太后原本就是有些敏感的人，阿秀的態度雖然做得不是很明顯，但是自己還是能夠感覺到，她有些在躲避自己，是自己做了什麼讓她討厭的事情嗎？

太后微微怔了一下以後，心裡多了一絲無措。

唐大夫倒是挺中意阿秀的態度的，對某些人用不著太在意，他清咳一聲。「既然沒事了，那便吃飯吧，早上有不少病人還問起了妳呢。」唐大夫雖說平日裡不大出現，但是關係到阿秀的，他都是很在意的。

「嗯，我打算下午去坐診。」阿秀點點頭，覺得自己也實在不適合傷春悲秋的，還是踏踏實實地做她的大夫；這件事情，最煩惱的，也該是酒老爹他們。

想到這兒，阿秀就下意識地看向坐在對面的酒老爹，只可惜鬍子太濃密，根本看不到表情。不過那眼神，阿秀沒有錯過，看向太后的時候，眼中那一閃而過的溫柔，以及淡淡的憂傷，自家阿爹倒是一個癡情種子。

阿秀忍不住想起了那時候發現的那個皇榜，他會特地去偷了貼身藏著，想必是因為上面有提到太后。平常酒老爹都是那麼一副瘋瘋癲癲不著調的樣子，卻會因為皇榜上有太后的名字而做出那樣的事情，阿秀覺得心裡有些難過。她並不傻，連繫十幾年前唐家發生的事情，以及太后現在對她的態度，當年的真相呼之欲出……

阿秀在心裡默默地嘆了一口氣，有時候舉一反三的能力太好，也不是一件好事！

酒老爹原本早上的時候差不多確定了阿秀應該沒有知道什麼，但是現在再看她的舉動，他又有些不確定了，他畢竟和她生活了那麼多年，阿秀的性子他還是比較瞭解的。

酒老爹一直都知道阿秀比一般同齡人的心智要成熟不少，但是這並不代表她一定能接受這樣的事情；他心中很是後悔，早知道的話，早上就應該把持住自己。

「我之前聽說，行衣你抽中的是西北方向，只是不知怎麼也會在此處？」太后見阿秀情緒不是很高，便索性換了一個話題。雖說路嬤嬤和她說了，薛行衣和阿秀之間應該只是普通的醫術交流關係，只是她覺得阿秀這麼好，怎麼會有男子待在她身邊不心動呢！

「之前在西北那邊遇到了一些問題，就打算找小師姑請教一下。」薛行衣雖說人情世故不算精通，但是在外的話，還是會叫阿秀「小師姑」，也是防著別人多想了。他是男子倒是無所謂，但是阿秀畢竟是女子，名聲比較重要。

「是這樣啊，那那個問題解決了嗎？」太后笑著問道：「我還以為你這是打算改變路線了呢。」太后這話其實隱隱包含著讓薛行衣快點離開的意思。

「還沒有。」薛行衣好似完全沒有聽懂太后話語中隱含的意思，面無表情地說道。

因為太后的話，他自然就想到了那個三菱針法，這是他從未涉及過的領域，他有些摸不透，他覺得，跟著阿秀，肯定會有重大的突破。所以即使太后明著說，他也會當作完全沒有聽懂，只要是他堅持的事情，那絕對不會因為旁人而改變的。

太后臉上的笑容微微一滯。

路嬤嬤一直關注著這邊的動向，頓時就接上話。「聽說薛家這遊歷都是要記錄成就的，你這樣不按照路線行進，到時候不會耽擱什麼大事情吧？」

路嬤嬤自然也曉得，薛老太爺心中十分中意薛行衣，只是這成就可是做不得假的，他難不成要為此耽擱自己的遊歷？

「無事。」薛行衣淡淡地說道。在他看來，那些虛名對於他來講不過是身外之物，只有那些醫術上面的探究，才是他此生最大的追求。

路嬤嬤被他這麼輕描淡寫的一句「無事」給噎住了。雖說這世上不缺不貪圖名利的人，但是性子這麼清冷的，也是少見，而且還是出生在大家族之中，也算是薛家的一朵大奇葩了。

雖說薛行衣外貌極其優秀，而且又不是貪圖名利的，但是太后越看，越是覺得他不適合阿秀，現在已經不光光是因為身分上面的差距了。

說到適合，太后就忍不住想起了自己專程帶過來的某人。「咦，這沈大人去了哪裡？」她特地帶上他，可不是讓他來玩失蹤的啊！

「微臣瞧著沈大人身子嬌弱，便派了近衛專門教授他一些防身的手段。」顧靖翎聽到太后問起沈東籬，不慌不忙地說道：「免得到時候反而拖累了旁人。」對一個男子評價為「嬌弱」，這其中意味，不言而喻。

太后細細地將顧靖翎打量了一番，不得不說，不管是外貌，抑或是氣質，他都是頂好的，沈東籬站在他面前，的確是略遜一籌，只是……

「這都是用膳的時辰了，小六子，你去將人請過來吧。」太后對站在一旁的小六子公公說道。

「奴才這就去。」

沒一會兒，沈東籬就跟著小六子進來了，不過半天的工夫，他整個人就狼狽了不少，衣服上都是灰塵，臉上也是黑一塊、白一塊的，一看就知道，他早上過得不容易，那顧二絕對沒有一絲偷懶。

「參見……」

「無須多禮了。」不等沈東籬行好禮，太后直接擺擺手。

「多謝娘娘。」沈東籬用手抹了一把臉，雖說現在比較狼狽，但是他的模樣也是一等一的好，而且因為沾染了不少的灰塵，倒是較之前多了一絲男子漢氣概。

太后原本一直覺得學文的比習武的更加適合阿秀，但是現在瞧著，若是懂點功夫，也是極好的。這麼一想，她頓時就比較滿意顧靖翎的安排了；若是讓沈東籬變得更加強壯些，以後也能更加好地保護自己的妻兒。

「坐下來用膳吧。」太后朝路嬤嬤使了一個眼色。

路嬤嬤馬上手腳麻利地在阿秀身旁添了一個位子，這出門在外，就不用拘小節了，男女同席也不是什麼大問題。

倒是顧靖翎，眼睜睜地看著沈東籬坐在了阿秀身旁，臉上的表情冷下了一分，目光也微微沈了些。

看來，顧二還不夠用心啊！

第九十四章　首次約會

沈東籬覺得自己最近老是有種不好的感覺，脖子後面總覺得涼颼颼的，好像被什麼東西盯上了一般，只是左右卻找不到緣由，他只能安慰自己是想太多了。

懷著有些複雜的心情吃了午飯，沈東籬就又被顧靖翎丟給了顧二，而且這次太后還在一旁拍手叫好，讓他實在是有些捉摸不透。

阿秀則跟著薛行衣一塊兒去坐診，雖然他模樣俊美，但是因為性子過分清冷，對比之下，反而是阿秀更加受歡迎。

因為他們的名聲慢慢傳得遠了，最近慕名來看病的病人也越來越多，等看完最後一個，阿秀看了一眼天色，都暗下來了。

正好是到了吃晚飯的時候，之前芍藥的腦袋已經探進來好幾次了。

阿秀看了一眼顧靖翎，剛剛他在這裡看了足足有一個下午的書，那書不過薄薄的一本，再看得慢，也不至於花這麼多的工夫。

「你最近都沒事？」阿秀掃了他一眼，不是說是奉旨來辦事的嗎，除了那天，阿秀都沒有見他出去過。

「還算清閒。」顧靖翎將書往懷裡一收，慢悠悠地站了起來。小皇帝交代下來的事情並不難，他老早派了手下去蹲點，時候一到，就可以收網了；倒是現在阿秀身邊，那些礙眼的人太多了，他自然是要多花點心思守著。

阿秀只是有些奇怪地又看了他幾眼，她總覺得他最近有些怪怪的。

「妳到了瓊州，也沒有好好出去走走，不如明兒一塊兒去看看，聽說不遠處，有個不錯的石灘，還能撿到不少的海物。」顧靖翎狀似無意地提道。

「也好。」阿秀覺得自己最近的精神狀態實在不大好，如果出去走走的話，說不定就能恢復過來了，她不想長輩們為了自己擔心；而且和顧靖翎一塊兒出去，也算是一個不錯的選擇，他不像顧十九那麼聒噪，但是又不會像薛行衣那般枯燥。

顧靖翎原本以為阿秀會拒絕，或者是猶豫一番，沒有想到她竟然這麼爽快就答應了，這是不是意味著，他在她心目中也算是比較獨特的呢？

「那明早卯時我來找妳吧。」顧靖翎將心中的那絲欣喜小心地掩藏起來。

「好啊。」阿秀很是俐落地點點頭。

晚上的時候，路嬤嬤因著有事，便和阿秀住一個屋子，只是她提的話頭，卻是阿秀最近最為排斥的。

她幾乎沒有猶豫就拒絕了路嬤嬤說的，太后希望收她做義女的想法。

路嬤嬤雖然心疼太后，卻也不敢逼得太緊，怕起了反效果。

第二日，用過了早膳，阿秀便有些逃避般地跟著顧靖翎出了門。

「這附近有一家漁民，妳若是撿了海物，便可拿過去讓他們稍微烹飪一下。」顧靖翎見阿秀從出門，眉眼間就帶著一絲淡淡的愁緒，這樣的阿秀是他極為陌生的，他索性就選了阿秀最為在意的吃食，希望她能拋開心中的煩惱。

不得不說，顧靖翎還是比較瞭解阿秀的本性的。

「如此甚好，不如將軍大人問問他們，能不能將漁船借給我們玩耍一番？」阿秀眺望了一番遠處，遼闊的海洋，讓她心中的愁緒都淡了幾分。

「好。」

阿秀還沒有反應過來，顧靖翎已經幾個閃身到了漁民家門口。

她倒是沒有想到，顧靖翎今兒這麼好說話，其實剛剛那話，她更多的只是開玩笑。

這顧靖翎雖然性子傲嬌，但是在外也是一本正經的模樣，哪裡會是願意開口問人家借船的人。

阿秀想起他最近幾日的欲言又止，他是看到了自己的煩惱，所以才特地帶自己來這裡玩嗎？

阿秀的心突兀地跳了一下，她忍不住捂住自己的胸口，剛剛那是什麼感覺……

沒一會兒，顧靖翎就回來了，事情自然已經安排好了。

其間，顧靖翎還很是果斷地拒絕了那漁民願意幫他們划船的請求，這種事情，難道還能難住他？

事實上，從他們倆上船以後，那艘小漁船除了最開始動了一會兒，之後就一直在原地打轉。

顧靖翎雖然是將軍，但是他率領的一直都是騎兵，京城更是不靠海，顧靖翎能做到會泅水已經算是很不容易了。

「你不會是根本不會划船吧？」阿秀看顧靖翎拿著船槳，神色越來越僵硬，就忍不住笑出了聲，沒有想到，還能看到他這麼窘迫的一面，今兒果然沒有白出來。

顧靖翎原本就覺得很是尷尬了，偏偏阿秀又不是一個會看臉色的，笑聲一點兒都不知道掩飾，他覺得今天一塊兒來海邊，真不是一個明智的選擇。

「我來吧。」阿秀從顧靖翎手中拿過船槳，只可惜，她也沒有比顧靖翎好多少，兩個人完全是半斤八兩，想到自己剛剛還那麼肆意地笑話對方，面上頓時有些過不去了。「呵呵，這划船倒是不簡單嘛。」

顧靖翎笑而不語。

阿秀覺得自己的臉面更加掛不住了。

一艘小漁船，就這樣在原地慢悠悠地轉啊轉啊轉的，最後還是那漁民見天色都暗了，才將他們解救了出來。

「你們兩夫妻感情可真好。」那漁民忍不住說道：「一般男子哪裡願意花那麼多時間，陪自己的娘子在船上乾坐那麼久。」而且眼前這個男子，一看就是做大事的，那就更加難得了。

漁民這話，讓他們倆都沈默了一下。

阿秀想要反駁，卻又覺得有些無力。

怕被家裡人問起今天的囧事，阿秀還特意在漁民那買了不少的海鮮，只當是自己捕的。

顧靖翎看著阿秀神色輕鬆了不少，臉上止不住多了一絲笑容。一回來，阿秀就看到了面容顯得有些憔悴的太后，她看向自己的目光中，好似有千言萬語，偏偏又無從開口。

被太后這樣一個大美女用這樣的眼神看著，阿秀心裡難得地覺得有些過意不去了；但是那又能怎麼樣呢，一想到她們之間隱藏著的關係，她就覺得頭皮有些發麻，這樣的狗血身世，任是誰都扛不住吧！

「聽說妳今兒和顧將軍一塊兒出門了。」太后雖然因為昨日的事情，心中有些感傷，但是看到阿秀，還是忍不住微微彎了嘴角。是自己太貪心了，其實能看著她平平安安的，也很好了。

「是的，捕了不少的魚蝦，剛剛拿到廚房去了，正好等一下可以吃。」阿秀心理承受能力不錯，而且今天壓力也釋放了不少，神色間已經坦然了許多。

「昨兒的事，是我太唐突了，妳不會怪我吧？」太后笑盈盈地看著阿秀。

「怎麼會。」阿秀微微睜大了眼睛說道。

「乖孩子。」太后輕輕握住阿秀的手，現在這樣，也是極好的。

阿秀因為太后這突然的動作，身子微微一僵，卻沒有直接將手掙脫開。

太后拉著她的手，感覺到其中的涼意，直接對身後的宮人說道：「去屋子裡把我的披風拿來。」轉身又馬上對著阿秀柔聲說道：「雖然如今已經初夏了，但是清晨還是有些涼意的，不能貪圖方便。」

「娘娘說的是。」

太后聞言心中嘆了一口氣。「妳這孩子，跟我這麼客氣作甚。」

阿秀只是微微一笑，並不說話。

那宮人的速度很快，沒一會兒就將披風拿了過來。

太后的衣服哪一件不是繡娘用心製作出來的，雖然只是一件低調的暗紅色披風，但是上面隱隱閃爍的銀絲，就顯示出這件披風的不菲。

「女子不要仗著自己年輕，就覺得什麼病都不怕，這病啊，都是慢慢積累的，以後出門的時候，更是要多注意。」太后有些語重心長地說著，順便拿起披風幫阿秀穿戴好。

「我自己來就好。」阿秀覺得太后這麼做，實在是太不符合她的身分了，連忙伸手，打算自己穿，只是她的手在觸碰到太后的手腕的時候，微微怔了一下。

可能是做大夫的敏感，阿秀感覺到太后的脈象比她表現出來的要虛弱不少。太后在宮裡應該是受到最好的待遇的，可是為什麼，她的脈象會那麼虛……

阿秀趁著繫帶子的時候，偷偷打量了一番太后的臉，她的臉上抹了一層薄薄的粉，上面應該還用了一些胭脂，所以顯得面色比較紅潤，至於她妝容下面的氣色，阿秀就這麼簡單的幾眼，還瞧不出分明來。

「娘娘，您氣色瞧著好像不是很好。」阿秀原本不想多嘴，但是猶豫了一番以後，還是問出了口。阿秀告訴自己，這個就當是禮尚往來，剛剛太后這麼關心自己，自己稍微關心一下她，也算是正常。

「大約是對這裡的床鋪不是很適應。」太后聽到阿秀的關心，眼裡有那麼一瞬間的水光，不過馬上就消失了。

她的憔悴，主要是昨晚沒有休息好。路嬤嬤將阿秀的回答帶過來的時候，她心裡說不難過是不可能的，和路嬤嬤在屋子裡說了良久的私密話，好不容易稍稍安慰了些，這天都濛濛亮了。

她畢竟不是年輕小姑娘了，這麼一晚沒有睡好，馬上就表現在了臉上；怕人瞧出來，她今早特意在臉上多抹了一層粉，她以往很排斥用這些玩意兒，總覺得用在臉上，反而老得快。

「我幫您把個脈吧。」阿秀說道。

「不用了，不是什麼大問題。」太后聽到阿秀這麼說，連忙不著痕跡地將手藏到身後。她的身子，因為前些年自己有意放任，已經敗得不像樣子了，雖然面上瞧不大出來，但是一把脈，什麼都清清楚楚了，這件事情，她不想讓阿秀他們知道。

「哦。」阿秀的眼睛偷偷瞄了太后的手好幾眼，雖然她自認為做得不著痕跡，但是自己又不傻，這裡面肯定是有隱情的。

「這時辰也不早了，一起去用早膳吧。」看到阿秀沒有追著這件事情說，太后心裡有些淡淡的小失望，但是更多的還是鬆了一口氣。

「好。」阿秀想要去扶太后的手，但是她好似有了防備，輕輕一個閃身，就走到了前面。

客廳裡已經坐了一些人，唐大夫在一邊閉目養神，小皇帝好似對酒老爹的鬍子很是好奇，正有一搭沒一搭地說著話。

「娘。」小皇帝看到太后過來，臉上頓時多了一絲笑容。

他現在微服私行，自然是跟著百姓一般，叫太后為「娘」；事實上，他也更加喜歡這樣的感覺，覺得這樣能和她走得更近些。雖然他自小在太皇太后那邊長大，但是他對太后卻是更加的親近。

太后對著小皇帝，卻只是淡淡一笑。

相比較小皇帝，她心裡更加在意的自然是阿秀，這是她和心愛的人一起生下的孩子，而他，只是自己被逼迫以後的恥辱見證；若不是作為母親的天性在裡頭，太后對小皇帝未必有現在的態度，畢竟他的父親，是她這輩子最恨的人。

小皇帝看到太后的態度，臉上的笑容便暗淡了些，他也不知道為什麼，母后好像一直對他就不是很親近；就算有時候對他親近，但是馬上臉色就又變了，他實在是不大懂。

皇祖母說是因為他的身分不一樣，注定了他們不能像普通母子一般，雖然心裡好像覺得這話是挺有道理的，但是小皇帝心裡多少還是有些失落。

他們都知道阿秀今兒去做了一回小漁女，對於她的成果都很是期待。

酒老爹還在一旁抱怨怎麼不帶上自己，一時間，倒是十分的熱鬧。

小皇帝原本就是小孩子脾氣，雖然一開始因為太后的態度有些失落，但是馬上就被別的事情轉移了注意力。

阿秀這次出去，還帶了一些小玩意兒回來，自然都被小皇帝搜刮了去。

太后看著他們相處得極好的樣子，心中有些欣慰，卻又止不住一陣悵然。

唐大夫看著阿秀臉上滿滿的笑容，心中微微鬆了一口氣。他原本是不贊成阿秀和顧靖翎單獨出去的，但是現在看著她釋然的笑容，又覺得她出去是正確的。

他心中，甚至對顧靖翎的印象，又好上了好幾分。

若不是真的有心，又何必特地做這樣的事情呢？

第九十五章　初到青州

太后他們不過是順道來這邊，和阿秀他們打算短住的計劃畢竟不同。

她雖然萬分不捨，但是也不能做得太明顯了，又住了兩、三日，便和小皇帝啟程離開了。

臨走前，太后在私下又對著路嬤嬤千叮嚀、萬囑咐了一番，這才和小皇帝繼續趕路。

既然見過了阿秀，那接下來的路程，她已經完全沒了興趣。

坐在馬車上，小皇帝見路嬤嬤並沒有跟著他們走，便問道：「母后，您怎麼將路嬤嬤留在了那邊？」這個路嬤嬤可是母后身邊最為得力的助手，她不將路嬤嬤帶在身邊，反而留在阿秀那邊，怎麼也是說不通啊。之前他就奇怪路嬤嬤怎麼不在宮中了，只是也沒有多問，現在再一看，總覺得哪裡怪怪的。

「路嬤嬤進宮前是有兒子、丈夫的，我想著她年紀大了，就讓她告假回去看看，和阿秀他們一路，正好結伴，也免得危險。」太后用事先和路嬤嬤串好的說辭說道。

小皇帝自然是不曉得其中還有什麼貓膩，見太后這麼說，倒也覺得合理，便不再多想。

其實要細細思量的話，這話一說出來，就有不少的漏洞。先不說路嬤嬤夫家在何處，她跟著阿秀，他們每到一個地方都會暫住一段時間，這樣無疑是很浪費時間的；路嬤嬤要是真的是為了去見丈夫、孩子，根本沒有理由跟著阿秀他們。可惜小皇帝畢竟年紀小，哪裡會想到那麼多，而且他對太后是極其信任的。

「只是不知她何時回宮，母后身邊可缺不了人。」小皇帝說道。母后身邊用得慣的嬤嬤也不過兩、三人，平日起居都是路嬤嬤安排的，若是離開得太久，那得再尋一個懂事理的。

「無事，最多不過一、兩年，而且我用人也用習慣了。」太后說道，言外之意是不用再安排人了。她的宮殿裡，大大小小的宮人最起碼有二、三十人，她不過一個人，還能伺候不過來？

「也是。」小皇帝點點頭，猶豫了半晌，從懷裡掏出一個小小的梳妝鏡，模樣很是精緻。「母后，這個是送給您的。」這是他之前特地挑的，只是他第一次送這麼廉價的東西，不知道她會不會喜歡。

太后微微一愣，看著眼前的這個鏡子，神色有些複雜。

「瑞兒真是有心。」她接過那個鏡子，衝著小皇帝溫和地一笑，這個孩子雖說不是自己期待的，但是多少也是有感情在裡面的。

小皇帝看到太后的笑容，頓時好似被鼓勵了一般，說話也歡快了不少。「這個是我之前和阿秀一塊兒出去買的，她也覺得這個好看，她是女孩子，肯定比我的眼光要好。」其實這個東西是小皇帝自己挑的，只是他怕太后說他不務正事，這才加上了阿秀。

太后一聽，這個東西，阿秀也有參與，頓時眼睛就亮了不少。

「可還有買別的？」太后問道。只是怕小皇帝察覺出異樣，語氣並沒有和之前有什麼不同。

「還有不少別的小玩意兒。」小皇帝從一旁拿出那些小東西，其中有不少因為他之前的把玩，已經有些壞掉了。

太后好似只是隨意一看，卻馬上從中挑出了一根製作得很是粗糙的小簪子。

通體不知道是哪種貝類打磨而成的，製作的人還畫蛇添足地在上面黏了不少小貝殼，做成花瓣狀，若是以往，太后絕對是連一眼都懶得看的。

用手將上面的貝殼都撥弄掉，簪子一下子就變得樸素了不少，但是也顯得很是單調。

太后一直很羨慕路嬤嬤頭上那根玳瑁簪子，這個雖然不能說是阿秀親自挑的，但是也算是一種安慰了。

「母后喜歡這個？」小皇帝有些詫異，他甚至都不知道，裡面還有這樣一個小玩意兒。

「只是覺得滿少見的。」太后笑著說道，直接將簪子插到髮間，還不忘問道：「你覺得如何？」

太后的美貌，不管有沒有首飾，都是極好看的，加上這麼一根小簪子，自然也不會有太大的變化。

「母后是最美的。」小皇帝有些星星眼地看著太后，他以後的皇后，也要找這麼美麗的！

「你倒是會哄人，母后啊，已經老了。」太后的手輕輕撫上自己的髮際，不光是身體，更多的還是心。

「母后怎麼會老。」小皇帝難得撒嬌道：「母后會青春永駐的。」

太后聽著他有些孩子氣的話，嘴邊的笑容微微深了些，只是眼中卻多了一絲茫然，自己的身子，也不知道能撐到什麼時候？

至於阿秀那邊，因為太后和皇帝的離開，這邊的氛圍一下子就輕鬆了起來。

阿秀之後又用三菱針法給那個發燒的孩子放了兩次血，他的病情也差不多康復了。

那孩子的娘還特地給阿秀送了不少的小玩意兒過來，她自然是知道了之前自家夫君訛人家的事情，在家裡好好將人收拾了一頓。

阿秀收到那麼多小玩意兒，也覺得有不少新奇的，把玩了好一會兒，只可惜這個時候，小皇帝他們已經離開了。阿秀不玩了以後，自然是便宜了王川兒和芍藥。

薛行衣這段時間，一直在研究那個三菱針法，可惜阿秀自己本身懂的就不是特別多，而且以前也沒有實踐過，自然不敢隨便教給他。

薛行衣魔怔了一段時日以後，也算是慢慢恢復到了以往雲淡風輕的狀態。

阿秀覺得他們在瓊州待得也差不多了，應該要繼續往前走了。

不過三日，阿秀便帶著一行人，繼續啟程。

阿秀怕又遇到之前津州那般的情景，沒有和任何人說，一大早就靜悄悄地離開了，等大家發現的時候，只看到門上貼了一張紙，告訴他們，人已經走了。

薛掌櫃接到這個消息的時候，暗暗鬆了一口氣，終於將這尊佛送走了。

灰灰因為懷孕的緣故，性子也沈穩了不少，而踏浪更是緊貼著牠。

顧靖翎不想自己被一匹馬牽著走，便索性換了一匹馬，讓牠們倆你儂我儂去。

雖說灰灰懷了踏浪的孩子，但是牠對踏浪的態度並沒有好上多少，有時候還會用蹄子踹牠幾腳，偏偏踏浪還一副任打任罵，甘之如飴的犯賤模樣，讓那些近衛軍都是目不忍視。

因為顧忌灰灰的身子，阿秀他們放慢了前進的速度，一路上頗有些遊山玩水的感覺。

雖說已經七、八月，但是這日頭並不是很曬，阿秀更是樂得和酒老爹他們到處溜達，有時候閒著沒事，她還會騎一會兒馬。

要是周圍沒有住宿的客棧，他們還會就地取材，烤魚烤雞，這日子倒也過得舒服。

就這樣差不多在路上玩了有半個月，阿秀他們這才慢悠悠地到了下一站——青州。

青州是個很不錯的地方，魚米之鄉，不光風景好，據說美人兒也是極多的。

阿秀他們不過剛剛到了青州的地界，就瞧見那湖上一艘艘精緻的畫舫划過。

路嬤嬤瞧見這個場景，一把捂住阿秀的眼睛，口中啐道：「有傷風化。」

阿秀這才醒悟過來，這些畫舫竟然都是花船，難怪路嬤嬤表情那麼難看。

「嬤嬤，您不要這麼緊張，不就看幾眼嘛，又不會傷了眼睛。」阿秀笑呵呵地將路嬤嬤的手拿開。

真的要說起來的話，這也不過是幾艘外表比較好看的船罷了，就現在這個時辰，那些花姑娘都還在睡覺呢，哪裡能有礙什麼風化。

路嬤嬤也覺得自己的反應好像太過激動了些，說不定反而引起了阿秀的好奇心，便由著她拿開了手。

「嬤嬤，嬤嬤，那個船真好看啊，花花綠綠的。」王川兒攀著馬車的窗戶，眼睛直直地看向那些船，她活到現在，還沒有見過這樣漂亮的船呢！

路嬤嬤原本還在慶幸阿秀沒有追著那個話題問，沒有想到王川兒這麼一臉興奮的模樣，頓時一個巴掌打在她的腦袋上，厲聲說道：「好好坐好。」

王川兒自然是不曉得自己為什麼會挨打，有些委屈地看了路嬤嬤一眼，卻不敢抱怨什麼，只是眼睛還是有意無意地往外面瞄著，不明白為什麼她只說了船好看就會挨打？

「嬤嬤，顧七已經提前找好了屋子，現在是先過去收拾行李，還是吃飯？」顧靖翎在外面問道。

自從他跟著了以後，不少事情是方便了不少，只是相處時間越是久，路嬤嬤心裡越是惋惜，好好的人，怎麼命數就那麼不好呢！

「先去吃飯吧，這個時辰也不早了，若是收拾起來，起碼要再幾個時辰。」路嬤嬤說道。

「好。」顧靖翎應了一聲，便走開了。

而阿秀，聽到顧靖翎的聲音，眼中多了一絲波動。自從那次海邊的事情，她覺得自己對顧靖翎的感覺好像起了一絲變化，但是具體的，她自己又說不上來。

路嬤嬤瞧了顧靖翎一眼，隨意地問道：「那薛行衣，還打算這麼跟著我們？」她原本以為，離開了瓊州，薛行衣也會離開的，誰知道，這都到青州了，薛行衣還在。雖然他平日裡都是在馬車上看自己的書，但是她總覺得不大安心，正因為這樣，她反而忽略了阿秀和顧靖翎之間氣氛的變化。

「反正他胃口也不大，也不缺他這口飯。」阿秀笑著說道。她當然知道路嬤嬤是什麼意思，不過薛行衣的存在感並不高，阿秀也懶得管他，他在的話，她如果遇到什麼問題，還能問他，也算是方便了不少。

「妳以為我說的是這個？」路嬤嬤頓時沒好氣地睨了阿秀一眼，這個傻丫頭。

「好啦，我知道嬤嬤是為了我好；川兒，要不派妳去照顧他吧，他這次就一個人過來，也難為他一個大少爺要自己照顧自己了。」阿秀笑道。她原本也以為薛行衣會很快離開的，自然也就沒有想到這點；但是如今，看他打算一直跟著他們的模樣，她就不得不起一些小心思了。

阿秀之所以會想著派王川兒去伺候薛行衣，自然不是真的要讓她做丫鬟，她特地尋來的人，當然不是派這個用場的。薛行衣難得在這裡，讓他教導一下王川兒也是極好的，能省她不少的工夫，何況就中醫的底子，她肯定是比不上薛行衣的。

「啊！」王川兒明顯還沒有反應過來，好一會兒她才意識到，阿秀的意思是讓她去伺候那個仙人一般的男子，她的臉一下子就紅了，自己這麼魯莽，會不會招了他的厭呢？

「小丫頭臉紅什麼呢？」阿秀看到王川兒難得這麼一副嬌羞的模樣，心中頓時一陣好笑。

這薛行衣，對於王川兒這樣年紀的女子來講，的確是有不小的誘惑力，特別是他靜靜地幫人把脈的時候，身上那股氣質，實在是很少見。

「哪有臉紅，可是我去伺候薛公子了，阿秀您這邊怎麼辦啊？」王川兒還不算美色當前，別的就不顧了，至少還記得阿秀。

「妳在我身邊的時候，能幫什麼忙？」阿秀似笑非笑地看著王川兒，她平時也就吃飯的時候積極些，讓她看醫書，辨別藥材，實在是稱不上特別有天賦。當然也有可能是她年紀小，心還不是很定，學醫對於她來講畢竟還是枯燥了些。

王川兒回想了一下，自己好像的確沒有什麼用處。阿秀平日的日常，都是路嬤嬤會負責的，自己頂多是跟在她身邊蹭吃蹭喝，根本沒有一點正面的幫助。

王川兒頓時就覺得有些挫敗了，她一開始還想著，自己至少是有些作用的呢！

「好了好了，我也不是叫妳真的去伺候人的，妳跟在他身邊的時候，要多看著些，多學著些，我會提前和他打好招呼的。」阿秀輕輕彈了一下王川兒的額頭，希望她去那邊，能多學會點東西。

王川兒聽阿秀這麼說，連忙點點頭。其實她覺得自己並不是學醫的料，看醫書的時候她老是想要睡覺，能堅持下來，也是不想讓阿秀失望。

「聽說這青州，每逢八月十八，便有一個放燈節，那個時候整個護城河上面都是燈火一片，亮亮的，煞是好看。」路嬤嬤在一旁說道。

這青州民風比較開放，放燈節的時候，平日養在深閨的大家小姐們也都會出來，說不定就能在這一日遇到什麼好的姻緣。

路嬤嬤雖然不指望能在這裡遇到多麼好的男子，但是也希望阿秀參與一下這類的活動，說不定心態就會更加少女些。

正當路嬤嬤苦口婆心地努力尋找著阿秀的少女情懷的時候，湖上傳來一陣尖叫——

「啊，救命！」

阿秀下意識地撩開了馬車上的簾布，發現那個尖叫聲是從畫舫裡頭傳出來的。

顧靖翎皺著眉頭，回頭看了一眼阿秀她們的馬車，他自然也知道那些畫舫不是什麼正經的地方，並不想讓阿秀牽扯進去。

路嬤嬤自然也是這麼一個心思，便直接對車伕說道：「加快速度！」誰知道那些娘兒們是不是在玩些齷齪東西呢，這麼大呼小叫的！到時候要是一不小心撞見了，還真的是污了他們的眼。

「是。」車伕雖然有些好奇那邊的事情，但是卻不敢忤逆路嬤嬤的話。

顧靖翎見路嬤嬤坐的那輛馬車跑起來了，就知道了她的想法，衝著顧十九使了一個眼色，便帶著他們直接離開了。

「我們不下去看看嗎，好像有人在喊救命啊！」王川兒只感覺到馬車快速跑動起來，眼睛透過簾布間的空隙，看到那畫舫離他們越來越遠。

「不湊這個熱鬧了，都不是什麼正經人。」路嬤嬤說道。到時候要是影響了阿秀的名聲可就不好了。

「為什麼啊，那上面是什麼人啊？」王川兒頓時就好奇了，嬤嬤都沒有見到人，怎麼就知道人家不是正經人呢？

路嬤嬤輕哼一聲，心裡暗道「老遠就聞到了一股騷味」，只是這麼直白的話自然不能當著這兩個小姑娘的面說，特別是在阿秀面前，她可不想帶壞了阿秀。

「不要什麼事情都要問，之前阿秀讓妳看的那本書，看得怎麼樣了？」路嬤嬤說道，順便瞄了一下阿秀，見她好像也有些躍躍欲試的模樣，覺得更加不能讓她下去了。

王川兒一聽讀書的事情，頓時就蔫兒了，有些委屈地往角落縮了縮，努力降低自己的存在感。

第九十六章　瘋狗咬人

「救命啊，死人了啊！」

正當他們漸行漸遠的時候，就聽到那畫舫上頭又傳來幾陣尖叫，都是女子的聲音。

阿秀原本只是有些好奇，但是聽到這話，頓時目光一凜。

「嬤嬤。」阿秀開口道。

路嬤嬤不用她說，就知道她是什麼意思，但是，自己可不會就這麼隨便讓步。

「川兒，妳去將薛行衣叫來，讓他去瞧瞧吧，他不是對這些東西最有興趣嗎？」

那種地方，阿秀一個女子，自然是不好去的，路嬤嬤也不會讓她去；但是薛行衣不一樣啊，他是男子，而且平日裡又是清心寡慾的，如果去了那裡開了竅，說不定薛家那老太爺還得來感激她呢！

唐大夫和酒老爹雖然也懂醫術，但是路嬤嬤還沒有這個底氣去使喚他們。

「哦。」王川兒有些不明白，為什麼路嬤嬤不讓阿秀去，卻讓自己找薛行衣去。

「顧將軍，我們就在一旁稍作休息吧。」路嬤嬤撩開簾布，對著顧靖翎說道，既然打算讓薛行衣去了，自然沒有道理先離開。

因為是有關病症的，薛行衣倒是沒有推辭。

顧靖翎還特意叫了顧二陪著他去，這薛行衣瞧著弱不禁風的，在船上站不住掉下來了可不好，心裡正想到這裡，就看到畫舫上，有人「撲通」一聲掉下了水。

頓時，畫舫上的尖叫聲更是此起彼伏。

顧十九這個時候正好趕到，好在他手腳最是靈便，趁著人還沒有被水沖遠，幾下就將人救了上來，只是這邊這個還沒有緩過來，那邊又有人掉了下去。

阿秀他們在岸上旁觀，仔細看來，才發現是有人一直在追著人跑。

路嬤嬤臉色一黑，心中一陣惱火，果然是風塵之地，光天化日之下，竟然男女聚集著追來趕去的。

阿秀指著一直在追人的藍袍男子說道：「嬤嬤，您瞧那男子，是不是有些不對勁？」一開始她和路嬤嬤一樣，都以為不過是玩耍嬉鬧，只是再一看，就發現有地方不對勁，那些女子的神色都很是慌張，還有不少男子在嘗試拉住那個藍袍男子，卻反倒有幾個被他推下了水。

路嬤嬤被阿秀這麼一說，也看出來了，她越發慶幸，剛剛沒有讓阿秀過去。

「那邊他們是在玩捉迷藏嗎？」王川兒坐在一旁，看得有些不解，為什麼大家寧可掉下水，也不願意被抓到呢？

「嬤嬤？」阿秀看了路嬤嬤一眼，用眼神在問她，要不要過去幫忙，畢竟事情都發生在眼前了，這樣看著好像也不是回事。

「再等等。」路嬤嬤搖搖頭，有些事情她還是很堅持的。

要說之前她是因為那地方太齷齪，不願意阿秀過去，那現在就是因為，那邊太危險了，更加不願意她過去了。

路嬤嬤最是重視阿秀的聲譽，以前在津州的時候，阿秀要去那銀錢胡同，她也沒有阻攔，只讓她自己注意一些，帶上人就好；但是現在的情況不一樣，銀錢胡同不過是窮，而這裡，卻是風氣不好，這樣的地方，她自然是不願意阿秀去駐足的。

「我去看看吧。」顧靖翎見阿秀身子都有些往前傾了，就知道她的小心思，雖說這樣的事情，輪不到他去出手。

「順便再問問情況，都是什麼事情，若是單純的玩樂……」路嬤嬤冷笑一聲，那她可不會這麼簡單就放過了他們。這大白天的玩成這樣，臉面還要不要了？青州的那些官員，平時都在管理些什麼！

「好。」顧靖翎點點頭，看了阿秀一眼，便騎著馬過去了。

因為馬車都停了下來，外面動靜又那麼大，唐大夫和酒老爹也都下了車。

唐大夫一看那邊，頓時臉色就黑了，他活了這麼大的歲數，哪裡能不曉得那畫舫是用來做什麼不正經生意的。

「怎麼在這裡停了？」唐大夫有些不滿地看了路嬤嬤一眼，她陪在阿秀身邊，怎麼就不知道注意些。阿秀的確沒有年輕女子那些忸怩作態，但是也不能讓她瞧見這些啊！

「那邊好像出什麼事情了。」阿秀指指那艘畫舫。「唐大夫您看，那藍袍男子，面容是不是透著一絲詭異。」

唐大夫聽到阿秀這麼說，頓時注意力就被吸引了過去。他畢竟經驗豐富，瞧見那男子的狀態，臉色頓時就變了，急急說道：「快將人直接打量了。」

顧靖翎走得並不是很遠，又是耳聰目明的，微微頓了一下，身下馬的速度便又快了幾分。

路嬤嬤聽到唐大夫語氣都變了，頓時就被勾起了好奇心，問道：「那人可是有什麼問題？」要知道這倔老頭十幾年前的時候，一直都是很沈穩的模樣，現在看到他有些失態，她自然是很驚訝。

「現在還不能確定，但是我估摸應該是瘋狗症。」唐大夫神色有些凝重。

阿秀一開始還沒有反應過來，愣了一下以後才意識到，這瘋狗症就是後世的狂犬病。這狂犬病犯了，後世都沒有合適的治療方法，更不用說是現在了。

「唐大夫您可有什麼醫治手法？」阿秀在一旁問道。中醫比她所瞭解的要更加博大精深，拿不准就有什麼好方法。

唐大夫搖搖頭，說道：「這瘋狗症至今為止都沒有什麼好的治療手法，能做的也只是減少傷害。」

也難怪他一過來，就讓人將那人打量了，若是有人被他咬了，那下場……

阿秀有些失望，但是又覺得在意料之中。

路嬤嬤聽到他們的對話，心中一抖，忍不住用手拍了一下胸口，還好剛剛沒有讓阿秀過去。

等顧靖翎一過去，那邊的形勢一下子就變了，只見他快速敲暈了那個藍袍男子，將他提在手裡，便回來了，至於剩下的人，都交給近衛軍去處理了。

「唐大夫，人帶過來了。」顧靖翎一點都不心軟地將人直接丟在了地上，還好這邊是草地，若是石子路，這人就是能救回來，那身上也是免不了一些坑坑窪窪的了。

「我來看一下。」唐大夫見阿秀往前走了一步，連忙將她攔住了。雖說現在人打暈了，但是誰知道他會不會醒過來，要是真的是瘋狗症，傷到了阿秀怎麼辦？

阿秀見唐大夫態度堅定，只好又退了回去。

唐大夫的手法很快，將脈搏體徵都檢查了一遍。「是瘋狗症。」瞧這男子衣著，非富即貴，也不知道是怎麼會染上這樣的病症。

路嬤嬤一聽確診是瘋狗症了，連忙將阿秀往後面拉了好幾步。

王川兒有些不明所以，也跟著退了好幾步。

「先將人綁起來吧，免得到時候傷到了人。」唐大夫說道。

馬上就有車伕拿了麻繩過來，很是索利地將人給捆綁住了，只是在最後打結的時候，這人一下子又清醒了過來，要不是那車伕躲得快，說不定手上就得被咬一口。

阿秀連忙扯了一塊布，塞進他嘴巴裡去，免得他到處咬人。

「將軍。」顧十九也快速跑了回來，只是臉上還帶了些紅暈，而且明顯不是因為運動的緣故。

顧十九不過是一個十四、五歲的少年郎，平日都是跟著顧靖翎在戰場，哪裡見過穿著如此暴露的女子。一開始因為要救人，倒沒有覺得什麼，但是等情況穩定了，他才發現畫舫上面的那些女子，衣服穿得都很是清涼；雖然現在日頭比較曬了，但是也不能隨便露肉啊！
純良的小白兔顧十九，完全沒有意識到，這畫舫本身就不是做正經生意的。
顧靖翎掃了一眼在拚命掙扎的某人，說道：「打聽到什麼了嗎？」
「只聽說這人是青州首富羅員外的長子，前幾日是他的生辰，他邀了一群朋友在船上慶祝，開始兩天都沒有異樣，誰知道今兒一大早的，就發生了這樣的事情，剛剛還有人被他咬了。」顧十九將自己打聽到的事情一一說了出來，眼睛瞄了幾眼被綁成粽子一般的羅家公子，只是他不大能理解，為什麼那些男子在說到慶祝生辰的時候，神色好像有些奇怪。
顧靖翎聞言，轉頭看向阿秀，想要聽聽她的看法。
「既然有他的朋友在那邊，那就讓他們把這人帶回去吧。」阿秀用手指了一下躺在地上的人，只見他口水直流，目光毫無焦距，身體一直掙扎著，整個人很是狼狽。
「那要不我去抓個人過來？」顧十九說道。他剛剛沒有聽到他們說話，所以不知道為什麼阿秀他們會把人綁成這樣子，只當他是得罪了其中的人。
「好。」
聽到肯定的回答，顧十九又一下子躥了出去。
不過這個時候，畫舫已經慢慢靠了岸，好些個男子都是有些狼狽地下了船。雖說這羅家大公子剛剛犯了大錯，但是他們也不能就這麼拋下了他不管，他們平日裡還是有不少的地方要靠他的呢！
「多謝幾位剛剛仗義相助。」一個白衣男子衝著顧靖翎微微抱拳道。

原本白色的長袍穿在身上該是玉樹臨風的，但是他剛剛掉下了水，此時更加像是落湯雞，還是被拔了毛的落湯雞。

「不謝。」顧靖翎有些冷淡地說道，對於這些紈袴子弟，顧靖翎是沒有多少好感的。

「羅斌兄，這是怎麼了？」那「落湯雞」看到在地上扭動的人，一臉的詫異。不得不說，他心裡忍不住暗笑，剛剛因為他的緣故，大家可不是一般的狼狽啊。

唐大夫很是瞧不上這「落湯雞」身上的那股輕佻勁，皺著眉頭說道：「他這是犯病了，你將人帶走吧，記得不要給他鬆綁了，免得誤傷了人。」

唐大夫長得一臉的威嚴，一般人對他的話很難會有懷疑。

那「落湯雞」剛剛也是吃了苦頭的，連忙點點頭，又叫了一個人，一起去將人扛了起來。只不過這羅斌雖然被捆綁著，但是人家一動他，他就扭動得更加厲害了，還好那車伕繫繩子的時候比較有技巧，不大容易被掙脫了。

阿秀眼尖，看到一抹血色，連忙出聲道：「你等一下。」

那「落湯雞」冷不妨聽到女子的聲音，連忙將濕漉漉的頭髮一甩，自以為瀟灑地轉過頭來。

「不知姑娘有何事？」當他看到阿秀的時候，眼中先是一陣失望，他喜歡的是前凸後翹型的，像阿秀這種稚嫩型的，並不是他的菜。不過他的目光觸及到阿秀的眉眼的時候，又覺得，其實這稚嫩的也有稚嫩的好。

「你的手，之前是不是被他咬出血了？」阿秀指指他的右手，衣袖上面還有一點血跡。

那「落湯雞」微微一愣，又看了一眼自己的手，沒有想到手臂上還在微微流血。

「誰叫羅兄犯病了呢。」他還一副寬宏大量的模樣，想要在阿秀面前贏得一些好的印象分。

阿秀輕輕搖頭，眼中帶了一些惋惜，要是他知道這一口意味著什麼的話，他就不會這麼輕描淡寫了。

「你現在還是先去處理一下你的傷口吧。」雖然這人看著也不大正經，但是怎麼說也是一條人命。

「你把上面的血都擠掉，再用這個藥汁擦一下，不要包紮。」阿秀遞過去一個白色的小瓷瓶。

那「落湯雞」嘿嘿一笑，只當是阿秀送給他的信物，眉眼間充滿挑逗意味。

這下不光是阿秀，就是顧靖翎的臉色都是難看得緊。

「你可以走了。」

早知道剛剛就不要救他了，讓他掉在水裡，自己慢慢爬吧。

那「落湯雞」將小瓷瓶故作深情地放在鼻尖嗅了一下，又衝著阿秀拋了一個媚眼，這才屁顛屁顛地走了。

阿秀只覺得雞皮疙瘩都起來了。

「以後這種人，就不要管他是死是活了。」顧靖翎在一旁寒著一張臉說道，手下微微一動。

只見那「落湯雞」哎喲一聲，直接摔了一個狗吃屎，而且因為身上還扛著一個人，這一摔，那羅斌正好倒在他身上，過了好一會兒，他們才艱難地爬了起來。

「既然人讓他們帶回去了，我們也該走了。」路嬤嬤說道。她心中暗暗琢磨著，一定要找人打聽一番，不知道是誰家的人，這麼不守禮。

「顧十九，你跟著他們，到時候和他們家的人知會一聲，這個病要隔離，若是被咬到了，下場就是和那羅斌一樣。」阿秀對著顧十九說道。

她本來打算當面和他們說的，但是她怕他們會因為畏懼，將人丟給了他們。

「這麼嚴重！」顧十九被嚇得直接往後面跳了一步，難怪剛剛那人手臂上流血，阿秀還特地把他叫住了。一開始他還以為真的是阿秀自己瞧上了人家，心裡還腹誹著她的眼光未免也太奇葩了呢！

「那被咬了還有救嗎？」顧十九想起那畫舫上，還有不少女子也被咬了，雖然覺得她們穿得那麼暴露有礙風化，但是要是就這麼死了，也是滿可惜的。

「只能盡快將傷口清洗了，別的法子……」阿秀看向唐大夫，若是她的話，只能想到「狂犬疫苗」這種東西，但是這個說了和沒說完全一個樣。

唐大夫微微皺起了眉頭，這個瘋狗病他以前不是沒有見過，但是能活下來的，卻幾乎沒有。

看到他的表情，阿秀就知道，大約是無望了。

酒老爹突然開口道：「我這裡有個法子，不知好用不好用。」

原本在這種時候，他很少會參與進來，這個時候他一說話，不光是阿秀，就是唐大夫也是萬分詫異。

唐大夫以為自己曾經最為驕傲的孩子，已經完全拋棄醫術了！

「阿爹，您真的有法子？」阿秀很是殷切地看著自家阿爹，她知道酒老爹老是不走尋常路，但是他只要出手的話，還真的沒有誰是最後沒有治癒的，就是過程可能不是那麼讓人舒適就是了。

「這個法子吧，我也不敢保證，不過現在也是死馬當活馬醫了。」酒老爹感受到阿秀帶著一絲崇拜的眼神，心裡一陣自得；不過又接觸到唐大夫有些犀利的眼神，原本挺胸的動作一下子就蔫兒了。

「既然現在大家都沒有法子，那你就上吧。」唐大夫拍了一下酒老爹的肩膀，雖然他的個子還不如酒老爹，但是氣勢上，卻比他強的不是一點、兩點。

顧十九有些奇怪地看著他們，總覺得這種情況特別像老子教育兒子。

不得不說，有時候他的直覺也是挺靈敏的。

天南星、防風、白芷、天麻、羌活、白附子、蔥白、生甘草，都不是什麼少見的藥草，阿秀他們隨行都有攜帶。

將蔥白和生甘草煎湯洗傷口，這個和阿秀之前給那「落湯雞」的小瓷瓶裡面的藥水是有異曲同工之效；而天南星、防風、白芷、天麻、羌活、白附子各一錢，碾磨成末，則是用來外敷的。

阿秀之前在醫書上並沒有見過這樣的方子，想必是酒老爹自創的。

雖說之前那人實在是討厭，但是這方子既然有了，也不好見死不救，唐大夫就作主讓顧十九拿了一份送過去；至於那羅斌，現在都已經犯病，藥石罔效了。

路嬤嬤見藥也送了，便迫不及待地催促著可以離開了，正好薛行衣也已經回來了，一行人留下了一堆藥草就急急忙忙地走了，連個名字都沒有留。

第九十七章　坐堂行醫

這次的房子照例還是顧靖翎提前讓人找好的，不過這青州某些方面的風氣不是很好，他並不想阿秀久待，便特意只讓人租下了一間客棧，這樣隨時都能走。

而且因為掌櫃、小二都還在，顧靖翎估計在這樣的環境下，阿秀不大會想多待。

果然阿秀第一眼看到目的地是客棧的時候，臉上頓時就興趣缺缺了。

「這次時間比較緊，而且這青州的放燈節也要到了，不少外鄉人都過來了，就沒有找到合適的屋子。」顧小七在一旁解釋道，這個理由，自然是之前就已經想好的。

「客棧也是挺好的，省得打掃。」路嬤嬤在一旁說道，她的臉色並不是很好看。

她以前就聽說過，這青州有很多風塵女子，但是也沒有想到，這一路走過來，隨處可見衣著暴露的女子，甚至還有一些不要臉面的，直接在門口招攬。

路嬤嬤覺得在這裡多待一會兒都是難受，而且阿秀年紀不大，有些思想可能還沒有成形，若是被這裡的風氣影響了，那可如何是好。

「先把東西放一下，便可以吃飯了，嬤嬤您今兒就先休息一下。」顧小七很是機靈地說道。

「顧七。」阿秀將東西先放到一邊，開口道：「最近七日，你記得去關注一下羅家的情況。」那瘋狗症，一般週期就是七天，只是這個病她治不好，也沒有必要攬在身上，讓顧小七去看著些，也不過是怕他害了別人。

「好。」顧小七點點頭，然後看了一眼自家將軍。

最近他們兄弟幾個，對於阿秀的話，應得越來越順口了，以後若是阿秀真成了將軍夫人，兩個人吵架的話，那他們幾個是該幫誰呢？不過若是能瞧見自家將軍比較窘迫的模樣，就是被懲罰，好像也是賺了呢！

「聽說這青州，治安不是很好，阿秀妳們幾個姑娘家，吃過晚飯以後，就不要出門了，在房間裡看看書、做做女紅都可以。」路嬤嬤叮囑道，她就怕她們瞧見了什麼不該瞧的東西。

「是。」芍藥和王川兒乖乖點頭。

阿秀有些疑惑地看了一眼門外，問道：「嬤嬤是不想我們瞧見那些女子嗎？」

大約是被阿秀說中了心裡的想法，路嬤嬤索性就將話說開了。「阿秀說的沒錯，那些姑娘都不是什麼正經的，妳們最好都避著些。」

芍藥一聽路嬤嬤這麼說，臉頓時羞得通紅，這個是正常未婚女子聽到以後的表現，偏偏王川兒是個呆的，還愣愣地追問，那些女子是做什麼的，被芍藥踩了一腳以後才有些委屈地不作聲了。

阿秀雖然心裡有些不以為然，面上還是乖乖地點頭，其實人家穿得少走在路上，和他們真的沒有多大的關係啊，特別還是對女子來講。

路嬤嬤原本就一直注視著阿秀，雖然她表現得不明顯，但是路嬤嬤是什麼人，一眼就將阿秀的小心思看得分明。

路嬤嬤神色很是嚴厲地說道：「你們不要以為我是隨便說說的。」既然太后相信她，讓她照顧阿秀，她自然不能讓阿秀學壞了。

「好了好了，嬤嬤。」阿秀拉住路嬤嬤的手，撒嬌道：「我們都明白了，肯定會乖乖聽話的。」

「知道就好。」路嬤嬤本來就不是真的和阿秀生氣，見她軟軟地和她撒嬌說著話，自然是什麼氣都沒有了。

顧靖翎原本也是有些擔心這裡的風氣，看到路嬤嬤提前說了，也就放心了。

路嬤嬤的話，阿秀還是聽的。

唐大夫第一次感覺到，身邊跟著一個老嬤嬤，還是有些好處的，像剛剛這些話，雖然他們是長輩，也不大好說出口。

「還有你們，雖然都是年輕氣盛的年紀，但是這裡的姑娘，沒幾個乾淨的，自己可要把持住。」路嬤嬤說著很有深意地掃了顧靖翎幾眼。

顧靖翎頓時神色一凜，語氣嚴厲地對著顧小七他們幾個說道：「嬤嬤說的話，你們聽到沒有？」

原本都在埋頭苦吃的幾個人，都是有些茫然地抬起頭來，這和他們又有什麼關係啊！不過顧靖翎都這麼說了，不管怎麼樣，他們還是都乖乖地點頭。

這人，真是……路嬤嬤見狀，臉上忍不住多了一絲笑意。

吃過了午飯，因為有路嬤嬤的叮囑，阿秀難得到了一個新的地方，沒有先去溜達一下、瞧一下，而是乖乖地在房間裡面看醫書。

等路嬤嬤將事情都安排好了，找了車伕，這才和阿秀一起坐上馬車，去青州的薛家藥鋪。

這青州的薛家藥鋪排場不小，裡面有十幾個夥計都在忙碌著，阿秀她們進去的時候，都沒有人察覺。

「請問，這掌櫃的在哪兒？」路嬤嬤開口道。她覺得這青州風氣不好，便打算讓阿秀在藥鋪裡面坐堂，也省得讓有些人進客棧；而且在這藥鋪裡做坐堂大夫，到時候要是走了，也輕鬆得多。

阿秀知道路嬤嬤對有些事情特別介意，也就隨了她的心意。

原本在打著算盤的中年男子，連頭都不抬，直接沒好氣地說道：「沒看見在忙呢！」這掌櫃的，豈是什麼人想見就能見的！

阿秀在一旁看著，她看這男子撥了半天的算盤，都沒有算對，便好心提醒道：「一共是七百六十三兩二錢五分。」

那人微微一愣，抬頭看向她們，他原本以為來的又是那些樓裡出來的姑娘，所以態度才會這麼惡劣；但是現在一看，先不說那個小姑娘，光是站在她身邊的那個老太太，一看就是大家族裡面出來的。

他心中微微一驚，連忙道歉。「實在不好意思，主要是最近實在是太忙了，這帳目都算不清了。」

路嬤嬤原本還有些不大痛快，但是見人這麼快就認了錯，也就不計較了。

「無妨，只是想問一下，這薛家藥鋪的掌櫃的，人在何處？」路嬤嬤又問了一遍。

那人笑著說道：「掌櫃的去鄉下收藥材了，妳們可是有什麼事情？」

「不知他何時回來，我們到時候再過來。」既然正主不在，事情就算和他說了，也不頂用。

「明天應該就回來了，妳們到時候再過來吧。」

「那就麻煩了。」路嬤嬤衝他點點頭。

「你剛剛忘記把這一項加進去了。」阿秀用手指了指他帳本上的某一處說，然後便跟著路嬤嬤出了藥鋪。

那男子原本還沒有將阿秀的話放在心上，但是將帳目從頭又算了一遍，那個數字，還真的就是阿秀說的那一個。他心中大驚，急忙追到門口，可是這個時候，她們老早已經走遠了。

第二日，阿秀她們再來的時候，那掌櫃的果然已經在了，看到阿秀她們，熱情地迎了上來。

「想必昨日便是妳們找的老夫吧。」這薛家的掌櫃長得很是儒雅，臉上蓄了不短的鬍子，他一摸鬍子，還真有一種氣質在其中，倒像是一位學者，而不是做生意的。

路嬤嬤和阿秀冷不防瞧見這樣一位，臉上都難掩詫異。

「你就是這裡的掌櫃？」阿秀問道，這長得未免也太斯文了吧？

「正是，敝姓夏，不知姑娘來訪，所為何事？」夏掌櫃摸著鬍子，笑得一臉的和藹。

他昨天晚上一回來，店裡的帳房，也就是他姪子就和他說白天的時候遇到了一個算數特別厲害的小姑娘，而且她還是特地來找自己的。他雖然平時會出門收藥，但都是固定去那些地方，這算數好的小姑娘，他還真的沒有印象。

「我是薛家出來歷練的弟子，這次經過青州，想要借貴店，用來看診。」阿秀笑著說道，她對這樣斯斯文文的老爺爺，印象很好。

「不知姑娘排行第幾？」薛家掌櫃的聽到阿秀這麼說，心中很是疑惑。他和之前那些人一樣，根本就沒有聽說過薛家有收女弟子，只不過他沒有將這些情緒表露出來。

阿秀知道自己的長相和性別很讓人懷疑，索性也不說話，直接掏出印章來。

夏掌櫃接過印章，小心翼翼地看了一遍，還不忘用了印泥在紙上印了一個，雖然他經歷的事情也不少了，但是在看到上面的排行的時候，還是忍不住大吃一驚。

「妳是老太爺的弟子啊！」他倒是沒有懷疑阿秀的身分，只是覺得詫異。

「機緣巧合罷了。」阿秀微微一笑，若不是太皇太后的強勢要求，自己想必也不會給薛老太爺做弟子。

「老太爺的醫術是極好的，妳是他的關門弟子，醫術肯定也是有過人之處，若是妳有空的話，等一下就可以坐堂了，或者說妳先到處看一下？」夏掌櫃說道。他並沒有因為阿秀的年紀而輕視她，不管是說話的語氣，還是神態，對她都帶著一絲欣賞。

難得會遇到這樣一個人，阿秀和路嬤嬤都有一種愉悅的感覺。

「我們昨日過來，就發現這藥鋪的小二都很是忙碌，不知是何緣故？」路嬤嬤將心中的疑惑問了出來。

昨天進來的時候，就覺得那些小二都忙得團團轉，而那些來抓藥的都是一些小姑娘，穿著打扮比較普通，該是一些人家中的丫鬟。

「昨兒是初八，我們鋪子裡，每月的初八這日都會出售一種膏藥，叫長壽美容膏，那些人都是特地來買這個的，妳們若是一大清早來啊，這人就更加多了，連個落腳的地方都沒了。」夏掌櫃說起這個，臉上難得出現了一絲得意。

這個膏藥是他年輕的時候從一位赤腳大夫那邊買過來的，經過改良，能夠美容養顏，很受小姐、夫人們的喜愛。

「長壽美容膏？」路嬤嬤有些疑惑。「真有那個奇效？」

「這個膏藥裡面放了龜板，烏龜寓意長壽，而裡面放的其他藥材，則是有美容之效。」夏掌櫃倒是沒有藏著掖著，將能說的都說了；至於具體藥方，這可是鋪子裡面最大的秘方，自然不能隨便和外人說，即使這個人是薛老太爺的弟子。

阿秀聽到他這麼說，總覺得這個玩意兒有些耳熟，好像在哪裡聽說過。

「這個膏藥聽著倒是挺玄乎的，想必效果應該是不錯，也難怪有那麼多回頭客。」路嬤嬤說道。

「夫人說的是，雖說沒有多麼大神效，但凡是用過的小姐、夫人們，都說氣色變好了，所以這些年來，這膏藥是越發地供不應求了；不過我這手裡還有一盒之前留著的，夫人要是不介意，可以試試。」夏掌櫃從手邊拿出一個小瓷盒，不過手掌大小，通體帶著一絲青色，倒是有幾分的玲瓏在其中。

「那我就卻之不恭了。」路嬤嬤也是疑惑這個到底是什麼玩意兒，便十分爽快地收了下來。

「這是在下的榮幸。」

路嬤嬤雖說只是一個下人，但她年輕的時候就是在大戶人家，之後又是直接進了宮，耳濡目染之下，這身上的氣質，比一般大戶人家的掌家夫人還有氣派。

這夏掌櫃，第一眼就覺得，她應該是阿秀的祖母輩，而阿秀大約是京城來的嬌小姐，家中的長輩不放心，就跟著過來了。雖然他覺得兩個人的相處模式有些奇怪，也萬萬不敢將路嬤嬤往家僕那邊想。

「那以後就要多多麻煩妳了。」

「夏掌櫃你客氣了，以後還要你多多提點呢。」阿秀微微一笑，卻不見一絲局促和小家子氣，和一般閨秀比起來，大氣得不是一點、兩點。

「剛剛都沒來得及問姑娘妳姓什麼，實在是太失禮了。」夏掌櫃心裡就更加羞愧了，他一向最是注意這些，今天第一次見到她們，就失了禮儀。

「我姓唐。」阿秀心中微微猶豫了一下，便笑著說道，語氣中隱隱透著一絲堅定。

是的，她姓唐，她是唐秀。

而路嬤嬤聽到阿秀自己說姓唐的時候，心中閃過一絲惶恐，難不成她已經知道了一些什麼？那小姐呢，阿秀對她又知道了哪些？

「原來是唐大夫。」夏掌櫃心中雖然有些詫異，卻也沒有多問。

相比較一般人會叫唐姑娘、唐小姐之類的，夏掌櫃直接叫阿秀「唐大夫」，明顯是很重視她的醫術，這讓阿秀對他的印象又好了幾分，夏掌櫃真的是一個風度翩翩的老男子啊！

「我們藥鋪原本有四位大夫，平常的時候都是隔日來坐診，平均每日有兩位，一般是辰時左右過來，酉時左右就可以回去了；中午可以回去用膳，也可以在藥鋪裡面吃，後院有廚娘，可以做飯菜，唐大夫妳要是坐診的話，有什麼想吃的，也可以提前一天和廚娘說。」夏掌櫃說道：「至於坐診的日子，唐大夫妳也可以自己選。」

畢竟是薛老太爺的關門弟子，夏掌櫃自然是不敢懈怠的；而且他對阿秀的印象也很好，再加上這薛家藥鋪原本大夫就不少，她來不來，影響都不會太大。

「我在青州待的時間估摸不會太長，在我離開以前，我會每天準時過來的。」阿秀說，反正時間也不是特別長，朝八晚五，還包餐，這薛家藥鋪的福利也算是挺不錯的。

「好好好，那就麻煩唐大夫了。」

夏掌櫃就是有這麼一個能力，這些話若是換個人說，可能會顯得諂媚，但是由他嘴裡說出來，就讓人覺得特別的真誠，讓人忍不住相信，他說的就是心裡話。

正說話間，今天來坐診的兩位大夫就相攜進來了。

「陳大夫，陸大夫，你們來了啊。」夏掌櫃看到他們進來，衝著他們打招呼。

這語氣，一聽就是平日關係處得極好的，比較融洽的工作氛圍，讓阿秀的心情又好上了幾分。

「這個是從京城來的唐大夫，要在我們藥鋪這裡坐診一段日子，別看她年紀小小，那可是薛老太爺的關門弟子。」夏掌櫃說的時候，還不忘吹捧一下阿秀。

那兩人原本聽到夏掌櫃說阿秀是大夫的時候，他們就有些詫異，現在再連上後面的話，那就更加驚詫了。

他們是薛家藥鋪的大夫，對遠在京城的薛家老太爺自然是有所耳聞，聽說他已經十幾年沒有收弟子了；看阿秀的年紀，也不可能是十幾年前收的，想必是近來才收的，能讓已經那麼久不收弟子的薛老太爺破例，阿秀肯定是有什麼過人之處。

「原來是老太爺的高徒，久仰久仰！」他們兩個衝著阿秀抱拳。

這樣的一個禮，對於阿秀來講已經是極其重視了。

阿秀自然也不是不識相的人，笑咪咪地和他們打了招呼。

「唐大夫不要怪我唐突，我怕以後無意中冒犯了您，不知您是哪家的千金？」陸大夫小心問道。

這青州雖然不小，但是也不能和京城比，要是一不小心得罪了高官家的千金，到時候怎麼死的都不知道。

「陸大夫言重了，我可不是哪家的千金，我就是一個鄉下出來的小村姑，一不小心救了鎮國大將軍家的嫡子，才有的福緣。」阿秀笑著說道。

「是顧小將軍嗎？」陸大夫問道。這鎮國大將軍可是大人物，就是青州的百姓，那也是知曉的，特別是多年前，他還帶著將領來這邊抗過洪，也算是青州的恩人了。

「是的，就是他。」

見阿秀這麼說，幾個人頓時就放鬆了不少。

「聽說顧小將軍雖然年紀小小，但是英勇善戰，之前還捕獲了亂臣賊子一夥人，怎麼會受傷呢？」他們更加好奇的是，怎麼受傷會輪到她一個小姑娘去治呢！

看著他們兩人眼中閃爍著的八卦之光，阿秀便避重就輕地將事情講了一遍，等事情講完了，兩個人對阿秀也算是信服了，只要是真的有本事，他們都會真心佩服的。

閒聊了一下，因為有病人陸陸續續地進來了，阿秀他們便止住了話頭，找了位子坐好，準備看診了。

第九十八章　避孕之法

青州這個地方，十步九青樓，這樣的環境，也就意味了薛家藥鋪平時面對的病人群的工作類型。

陳大夫和陸大夫兩個都是性子比較爽快的，剛開始的時候還有些拘謹，等到了中午，他們對阿秀已經知無不言、言無不盡了。

特別是因為路嬤嬤考慮到今天阿秀是第一天坐診，廚房可能沒有做她的飯菜，怕她餓著，就先回去準備午飯，陳大夫和陸大夫說出來的話題，那就更加勁爆了，完全忽略了阿秀還是一個妹子的事實。

他們四個大夫，一般都是輪流過來坐堂，陸大夫平常都是和陳大夫一組，所以有什麼話，也就他們兩個之間說說，好不容易來了阿秀這麼一個小鮮肉，他們自然是不願意錯過。

「之前有個有錢人家的夫人找我來瞧病，妳猜，她得了什麼病？」陸大夫一臉八卦地看著阿秀。

因為沒有病人，阿秀也樂得和他們閒扯。

「那位夫人難道是無法生育？」有了剛剛交談的經驗，她便往比較私密的方向猜。

陸大夫搖搖頭，臉上的笑容更加曖昧了些。

阿秀觀察他的表情，有些不敢確定地反問道：「難不成是花柳病？」

這裡比較常見的花柳病就是梅毒，只不過現在沒有青黴素，這梅毒的治療就很是困難。阿秀自認為不過是個普通人，縫皮打結還算上手，製造青黴素，她可沒有這個信心。

「妳怎麼知道？」陸大夫和陳大夫都是一臉的詫異，他們都沒有說什麼呢，她怎麼這麼快就猜出來了！

「你的表情告訴我的。」阿秀指了指他的臉，那股曖昧勁，讓人不往這邊想都有些難。

陸大夫摸摸自己的臉，又看看陳大夫，兩個人明顯都沒有聽懂。

不過這個也不是重點，陸大夫繼續說道：「那妳知道她是怎麼染上的嗎？」這麼狗血的事情，他們做大夫以來也沒有碰到過幾回，他有這個自信，阿秀猜不到。

但是他們不知道，阿秀本質上可是經歷過現代那麼多狗血事件的人，所以根本不用多考慮，直接脫口而出。「應該是這個夫人的丈夫尋花問柳，染上了這髒病，又傳給了她吧。」

這種事情在現代也不少見，每次伴隨的都是一場大戰；有時候更加狗血，一個傳染一群的，當然這個比較重口味，阿秀自然不會說出來。

陸大夫聽到阿秀用這麼平淡的語氣說出這樣的話來，原本想要高談闊論一番的心一下子就破滅了。

她不是一個小姑娘嗎？怎麼就這麼冷靜地說出這樣的話來？

也虧得他現在還知道，阿秀只是一個小姑娘。

「那位夫人的病最後治好了嗎？」阿秀問道，她有在醫書中看到過一些這方面的治療，但是都只能緩解，不能徹底治癒。

但是青州這個地方比較奇特，青樓遍地，這得病的機率肯定也比別的地方要高得多，說不定這邊的大夫能有什麼大的突破。

「怎麼可能，這花柳病要不不要染上，一旦染上，這輩子算是毀了，不過……」陸大夫往他們這邊坐過來些，將聲音降低了好幾個調子。「我聽說，那夫人不知道聽了哪個邪門歪道的話，在用水銀治病。」

陸大夫的聲音中帶著一絲沈重，這水銀是劇毒，這樣以毒攻毒，未必有效。

阿秀聽到這兒，心中一驚。先不說服食水銀，身體會不會覺得痛苦，在這件事情上，那個夫人本來就是受害者，如今卻要遭受這樣的罪。

阿秀第一次興起了，要嘗試做一下青黴素的念頭。

「那那個男人呢？」阿秀問的男人自然是那個夫人的丈夫。

陸大夫聽著，臉上露出一絲嘲諷的笑意。「他自然是想做個風流鬼，不過這邊的姑娘誰不知道他身上有病，錢再多，也沒有人願意去服侍他。」

「咳咳！」夏掌櫃從裡面出來，就聽到這最後半句話，忍不住輕咳了一聲。這兩人，怎麼什麼話都說，難道不顧忌一下對方是女子嗎？

「掌櫃的，你可是喉嚨不適，可要我給你開個方子？」陸大夫瞧見夏掌櫃，笑著問道，語氣中也沒有半分慌張。

夏掌櫃是個老好人，只要不做什麼出格的事情，他都不會計較的。

「你們注意一些，這病人的事情，你們也不要隨便說。」夏掌櫃囑咐道，主要還是怕阿秀被他們給帶壞了。

「是是是，我們會注意的。」陳大夫和陸大夫裝模作樣地點點頭。

大夫之間交流病人的事情，是最常見不過的，這也算是一種學術的交流。

下午的時候，藥鋪裡一下子來了一群打扮得花花綠綠的女子，她們一進門，阿秀就聞到了一陣濃烈的香氣。

再加上她們的言行舉止，不用特別說明，阿秀也猜到了她們的職業。

「陸大夫，我就算著今兒你在，特地找你來瞧瞧。」那紅衣女子衝著陸大夫嫵媚一笑。

剛剛還和阿秀各種說笑的陸大夫，這個時候臉上卻是一點笑意都沒有，衝著她微微一點頭，就直接把脈了。

這個女子並沒有什麼大的毛病，就是有些虛火，給她開了一個方子讓她去抓藥就好了。

那女子雖然有些不甘心，但是後面還有不少人在等著的，那些姑娘好似都不是第一次來了。

阿秀是新面孔，根本沒有人到她這邊來看病；當然，也有可能是因為同性相斥！

等這麼一大群人都走了，整個藥鋪又閒下來了。

「這些是另一條街的姑娘，平日也常常來我們這邊看病。」陸大夫喝了一口水，才慢悠悠地說道。其實那些姑娘，來看病的話，無外乎都是一些小病小痛的，要真的有大病，反而都是遮遮掩掩不願意讓人知曉了。

「這些姑娘吧，雖然流落風塵，但是也不容易，隔三差五地跑藥鋪，也不過是想和人正正經經地說說話；別看她們穿得光鮮，平時接觸的齷齪事情多了去了，而且誰也不知道會不會下次就染上了那些毛病。」陳大夫在一旁說道，雖說有些同情，但是見得多了，慢慢也就麻木了。

他們年輕的時候，也曾經對那些來看病的姑娘好言相對，但是這樣的後果就是被她們纏上。她們不求名、不求利，只求幾句關心，而他們都是有家室的人，無意和她們傳出什麼風流韻事；漸漸地，他們也就學會了用最為冷淡的表情和語氣來面對她們了。

「這青州以前就是這樣的嗎？」阿秀指的是青樓遍地的情況。

「聽說以前並不是這樣的，青州風景不錯，卻不是什麼要緊的地方，以前這裡窮得很，後來這邊變成了這樣，反倒是熱鬧起來了。」陸大夫嘆了一口氣，誰都希望自己的家鄉好起來，但是如果是因為這樣的原因繁榮起來，論誰的心情，都是比較複雜的吧。

阿秀聽了，也只能在一旁默默嘆一口氣。

她剛剛趁著沒有病人的時候，也仔細考慮過青黴素的事情，但是她只是一個普通醫學院畢業的女生，她考慮了很多因素，覺得成功的概率太低。

不過就算不能醫治那些得花柳病的人，那至少可以預防。

想到這兒，阿秀又來了興致，一臉好奇地看著他們。「那你們這邊男女在歡好之時，可會有什麼避孕措施？」怕他們覺得她說話太直白，阿秀還儘量用比較婉轉的話來說。

饒是這樣，陸大夫和陳大夫也是難以接受，特別是陸大夫，原本在喝水，聽到阿秀這話，直接就被嗆住了。

他以為他們剛剛說的話題已經是比較重口味了，沒有想到，她這麼輕飄飄地就說出了更加重口味的話，難怪剛剛說八卦的時候，她完全沒有羞赧意識。

雖說大夫比一般人要看得透些，但是她仍然是個女子啊！

陸大夫覺得有些抓狂了，難道薛老太爺在教學的時候，都是這麼直白的嗎?!

「唐大夫啊。」陸大夫好不容易讓自己緩過來，摸著胸口有些語重心長地說道：「妳畢竟是個女子，有些話還是要注意一些的啊。」不然以後可沒有人敢娶啊！

阿秀微微一愣，她以為自己已經很注意了啊，那不叫歡好，叫啥？

作為一個不懂就要問的好少女，阿秀直接問道：「那我應該怎麼說呢？」

陸大夫那張老臉難得地紅了紅，有些艱難地說道：「可以稱之為敦倫，那歡好，都是輕佻之人才會用的詞。」

阿秀表示理解地點點頭。

「那，陸大夫，男女之間敦倫的時候，有什麼措施是可以避孕的嗎？」阿秀換了一個詞，將那個問題又問了一遍。

陸大夫頓時覺得一陣無力，揮揮手，示意陳大夫來解釋，他算是徹底敗下陣來了。

陳大夫清清喉嚨，小聲說道：「這避孕，自然是有避子湯。」陳大夫怕阿秀不知道，還將那方子和她說了一番，也不是什麼要藏著掖著的祖傳方子，自然不用注意那麼多。

阿秀並不是不知道避子湯，但是她那句話的意思，其實說的是敦倫的時候……就好比現代的保險套之類的玩意兒。

阿秀將自己這個問題，儘量用比較矜持的語言說了出來，這次他們倒是沒有因為阿秀的話老臉羞紅，但是卻是一臉的茫然。

「那是何物？」

阿秀詫異，這邊青樓這麼多，難道就沒有人提出這樣的概念嗎？

明明知道可能得病，這邊的性服務行業還這麼發達，也難怪有話說「牡丹花下死，做鬼也風流」。

阿秀將要說的話，在心裡各種斟酌，組織語言，但是最後還是沒有說出口。

那樣的話，對於他們來講，好像太重口味了，其實明明只是美好而單純的學術交流啊！

懷著這種淡淡的憂傷，阿秀的下班時間到了。

回去的時候，阿秀正好瞧見已經幾天沒有和他們一起吃飯的薛行衣。

他最近可能一直專心於研究三菱針法，加上王川兒也不是一個太會照顧人的人，所以身上難得出現了一絲凌亂。

阿秀看到他，頓時眼前一亮，這件事情，正好可以找他。

有些事情，男子出面會比女子出面更加的好，世人也更加容易接受。

「你最近研究得怎樣了？」阿秀和他寒暄起來。

「還好。」薛行衣本身就聰慧，特別是在醫術上面，天賦更是驚人。

對於一般人來講，也許無從下手，但是對於薛行衣來講，即使沒有一點基礎，但是經過這段時間的研究，他也慢慢摸出了一點門道；而且之前阿秀還給他示範過，他覺得整個人豁然開朗了。等之後回了京城，他將所有的東西都整理一遍，應該就能有不小的收穫了。

「妳可是有事？」薛行衣雖然和阿秀的接觸不算太多，但是卻也知道她的性子，她一般沒事，並不會主動來找他說話。

只是有了之前王川兒的事情，薛行衣覺得，若是阿秀再提什麼要求，他得好好斟酌一番。

阿秀剛要說話，餘光看到路嬤嬤還在，連忙將話給嚥了下去，隨便換了一個話題。「我今兒在薛家藥鋪裡頭看見了那個長壽美容膏，正好他們也送了嬤嬤一盒，所以等一下想找你一塊兒瞧瞧。」

「我以前好像有聽說過，那用過了晚膳，到書房說話吧。」薛行衣說道，他覺得事情應該沒有這麼簡單。

「好。」阿秀點點頭。

路嬤嬤知道他們之間是純潔的學術探討，也就不反對了。

第九十九章　悄悄吃醋

等用了晚膳，阿秀先裝模作樣地和薛行衣討論了一下那個長壽美容膏，然後將王川兒留下，讓芍藥陪著路嬤嬤回去休息了。

薛行衣仔細將那盒長壽美容膏聞了一下，又嚐了嚐味道，便將裡頭的藥材差不多都猜出來了。

阿秀一聽，頓時樂了，這和後世的「龜苓膏」很是相似，不過後世那是改良過的，這應該是最早的那種，所以口味上面還有待改善。

「王川兒，妳那本《藥經》看得怎麼樣了？」薛行衣突然說道。

王川兒原本吃糕點吃得正開心，冷不防聽到這個聲音，一下子就被噎住了，拍了好久的胸，才讓那塊糕點下去了。

「還沒看完。」王川兒有些心虛地看了一眼薛行衣，為什麼這麼漂亮的男子，性子這麼可怕呢？

「那還不將書拿過來看？」薛行衣道，一個眼神掃過去。

王川兒下意識地打了一個哆嗦，立馬站起來屁顛屁顛地跑遠了，只是依她的性子，多半是不會那麼快就回來的。

薛行衣等王川兒走了以後，淡淡地開口道：「妳找我，到底是為了什麼事情？」

阿秀摸摸腦袋，衝著薛行衣「嘿嘿」一笑。「你倒是機靈！」

這話說的，倒還真有幾分長輩對小輩說話的意思，只是由阿秀說出來，總是透著幾分怪異。

薛行衣聞言，微微皺皺眉，並不說話。

阿秀知道他這是不願意和自己開玩笑，無所謂地撇撇嘴，稍微組織了一下語言，才有些尷尬地問道：「你在薛家可有什麼親近些的丫鬟？」

今兒被陸大夫和陳大夫說了，阿秀很是深刻地認識到了語言的博大精深，有些話，要怎麼委婉怎麼說！

薛行衣並不是很能理解阿秀問這句話的主要涵義，但還是實話實說。「我身邊都是小廝。」雖然薛夫人那邊有派過來丫鬟，但是他覺得女子過於麻煩，一般還是讓小廝貼身伺候著，丫鬟頂多就是做些端茶送水的活兒；而且，他也實在厭煩了那些丫鬟看向自己的眼神。

阿秀並沒有太意外，但是心裡多少卻有些失望。

「這和妳等一下要說的事情有什麼關係嗎？」薛行衣見阿秀一臉的難以啟齒，頓時有些不解，自己這小師姑可不是這麼猶豫不決的人。

「你也知道，這青州遍地是青樓，不少青樓女子得了花柳病，這花柳病極容易傳染，所以我就想著，有沒有法子，抑制它的傳播。」阿秀說的是抑制，而不是治療。

「妳說抑制傳播？」薛行衣再次感受到了一絲不解，難道不是應該醫治才更加明確嗎？

「對啊，從根源上截斷！」阿秀用手做了一個狠狠切除的模樣。

如果是醫治的話，阿秀並不覺得一定會成功，而且相比較研製藥物，抑制傳播的方法更加簡單。先抑制了，到時候可以再想治療的方法。她知道自己短期內是做不出青黴素的，但是並不代表一直做不出來，而且治療花柳病，也不是只有青黴素一個法子。

「那妳可是有什麼想法？」薛行衣看向阿秀，若是一點想法都沒有的話，她現在也不會來找自己。

阿秀察覺到這話題終於講到了重點，輕咳一聲，然後才說道：「比如防止男人那啥……」她用極快極輕的聲音將話一下子說完了。

要不是薛行衣離她比較近，耳朵又比較靈敏，不然還真聽不清楚。

只是這話的內容對於這裡的人來講過於重口味，饒是薛行衣那麼清冷的人，聽完那話，面色也是微微泛紅。

「這些都是誰和妳說的啊？」薛行衣問道。這種事情，他作為男子也不是那麼清楚。阿秀不過是一個未婚女子，就算出身鄉野，也不至於知道這些，也難怪她要將人都調走了，不然這些話被人聽在耳朵裡，不知道別人會怎麼想。

「我書看得比較雜，咳咳……」阿秀掩飾性地輕咳了幾聲。

薛行衣下意識就以為她看的是春宮圖，他雖說沒有怎麼看過，卻也是知曉的，只是他沒有想到，阿秀的涉獵這麼廣。

阿秀其實想要說的是，她看的醫書比較雜，有些就會涉及到那些，她也沒有想到，薛行衣會想到那邊去，不過兩個人都沒有將這個話題深入下去。

這也算是薛行衣的一個優點，他會下意識地撇除掉和醫術無關的話題。

「那妳打算怎麼做？」薛行衣問道。其實照阿秀剛剛說的話，也是挺有道理的，在根源上抑制。

「我想到可以製作一樣東西，就是這樣的。」阿秀將紙筆扯過來，在上面畫了起來。

「這個東西可以用魚鰾，或者羊腸做……」阿秀說到具體怎麼用的時候，聲音又小了下去，再怎麼說她也是個黃花大閨女，雖然在現代活了二十多年，但是也是個未開封的；至於這些知識，只能感謝強大的網路。

「我覺得，這個法子可行。」薛行衣雖然也還是個童子雞，但是他醫學上面的知識畢竟豐富，多想一下，就能想通了。

這個法子說起來還真的挺簡單的，他以前卻沒有往這個方向去想過。

薛行衣發現，每次只要和阿秀聊起來，他都會發現自己身上的不足，有時候，他甚至會有那麼一瞬間的自卑，好像，他永遠都沒有她想得多、想得全面。

「那好，我先去試著做做看。」見薛行衣贊同了自己，阿秀頓時覺得有了動力。

「明日，我和妳一塊兒做吧。」薛行衣對這個也滿好奇的。

阿秀笑著點點頭。

事情商量得差不多了，王川兒也慢悠悠地回來了，手裡還拽著一本皺巴巴的書。

薛行衣一向愛惜書籍，看到她手裡的書，面色就沉了下來，只是他也不善責罵，只是冷冷地看了她一眼。

明明是阿秀特地找來的人，這智力上面，怎麼會有這麼大的差距？

王川兒被薛行衣這麼一瞧，身子立馬就一哆嗦，她也知道自己不該這麼對這本書，但是她中午看書的時候，一不小心就睡過去了，口水全滴在上面，她弄了好久，可是書還是變成這樣了。她也想要好好學啊，可是看書她就忍不住犯睏。

「怎麼去了那麼久？」阿秀招呼王川兒過去。

在她看來，最近王川兒已經很用功了，她之前隨便抽了一些簡單的方子，她都能背得差不多。王川兒接觸醫術也不過小半年的工夫，能有這樣的成績，也算是不錯了。

阿秀覺得，自己把王川兒交給薛行衣教導，是個相當正確的決定；畢竟王川兒跟著自己幾個月也沒有記得幾個方子，跟了薛行衣不過幾天，那方子已經背了不下幾十個了。

「剛剛看到顧將軍在外面舞劍，我就看了一會兒。」相比較學醫，王川兒明顯對習武更加感興趣。

「妳是說顧靖翎在外面練劍？」阿秀聽到這話，有些難以置信。這都是什麼時辰了，天都完全暗下來了，竟然還會有人在黑燈瞎火的環境下練劍?!

「對啊，我剛剛出門的時候他就在練劍了。」王川兒倒是不覺得奇怪，雖然外面沒有什麼光亮，但是她還是能感覺到，他練劍的模樣很是英姿颯爽，自己要是能這麼厲害就好了。

推開門，就看到顧靖翎正收回劍，他聽到動靜，往他們這邊看來，黑夜下，他的眼睛卻顯得異樣的明亮。

顧靖翎衝著阿秀微微點點頭，阿秀下意識地回了他一個笑容。

「你怎麼這麼晚還在練劍？」阿秀問道，他以前並沒有這樣的習慣。

「有些睡不著罷了。」顧靖翎淡淡地說道。自己看中的人跟別的男人在一間屋子裡面談話，他能睡得著那才叫怪。

剛剛在外頭，他只隱隱聽見了「魚鰾」、「羊腸」這兩個詞，他們是在討論做菜嗎？可是就阿秀的廚藝……顧靖翎覺得實在是有些難以想像。

人無完人，顧靖翎倒是不覺得阿秀的廚藝有什麼不好的地方，她別的地方的長處足以讓人忽略她那個不大的劣勢。

「這時辰也不早了，你早些去休息吧。」阿秀說道。她總覺得顧靖翎會出現在這裡，透著一絲不對勁，具體又說不上來。

「嗯，你們也早點休息。」顧靖翎雖然說的是「你們」，但是從始至終，基本上沒有正眼看過薛行衣一眼。

「那明日再說吧，那件事情。」薛行衣衝著阿秀說道，便率先離開了。他一向不是會用熱臉貼冷屁股的人，顧靖翎沒有將他放在眼裡，他自然也不會多看他一眼。

王川兒看看自己的書，又看看薛行衣，不是讓她拿書過來看嗎？不過人都走了，那是不是意味著她又逃過了一劫呢？

顧靖翎聽到薛行衣說的話，主要是阿秀還附和了，頓時就覺得有些胸悶，他覺得自己完全無法插入其中，要不是他知道自己的性子，他真是恨不得現在也拖本醫書看起來。

再看到阿秀頭也不回地就走了，顧靖翎又足足練了半個時辰的劍。

因為她和薛行衣昨天約好了，阿秀特意比往日提早了一個時辰起床。只是剛走到院子裡，就瞧見客棧的小二正抬著一個大籮筐，裡面的東西還散發著一陣腥氣。

他們瞧見阿秀，衝她行了個禮，便說道：「阿秀姑娘，這個是顧公子讓我們準備的，說是給您的。」

兩個小二心裡也是一陣茫然，這送姑娘，怎麼送這些沒人要的玩意兒啊？那顧公子瞧著一身的貴氣，怎麼做事這麼摳門！

阿秀往裡頭一瞧，滿滿的魚鰾和羊腸……

她一下子就想到昨天和薛行衣的對話，又連結到他昨晚在外頭練劍的舉動，難不成他都聽到了？想到那些對話的內容，阿秀的那張老臉，難得地紅了……

她自己都沒有意識到，在顧靖翎面前，她多了一分在別的男子面前沒有的羞澀。

而現在面對著有些肥膩的羊腸，阿秀卻有些不知道如何下手了。

倒是剛過來的薛行衣，經她簡單說了一下以後，便有了主意。

「我想到法子來處理這些了，只不過得過一、兩日。」薛行衣說道。他自然也不是自己動手，不過他知道有些人家會在豬腸子裡頭灌肉，做成臘腸。這外頭的腸衣都是薄薄透明的，應該和阿秀要求的差不多，臘腸雖然不是這邊的特色食物，但是要找個會處理的人，還是不難的。

「那這個就交給你了。」阿秀聽到薛行衣說能解決，頓時鬆了一口氣，他一向靠譜，她自然是相信他的能力的。

「妳今兒倒是起得早，一大早就找人準備了這些。」薛行衣因為比阿秀要遲些過來，並不知道這個是顧靖翎送的。

阿秀不知怎地，並沒有直接否認，只是有些含糊地說了幾句。

「那我先去藥鋪了，這個就麻煩你了。」怕薛行衣再問別的，阿秀連忙找了由頭離開了。

今兒在藥鋪的是邵大夫和朱大夫，他們和陳大夫、陸大夫都住得極近，雖然今天才看到阿秀，但是昨天就已經聽陸大夫他們說過了。

他們知道這阿秀來頭不小，不過聽陸大夫他們都說是個性子極好的小姑娘，他們也算是放心了。

這薛家藥鋪的人，性子都比較友善，讓阿秀也鬆了一口氣。

今天的病人和昨天也是大同小異，一般集體過來的都是那些特殊職業者，單獨過來的多是普通百姓。

不過今天有大戶人家特地讓人來請他們上門就診，還不到吃午飯的時辰，這藥鋪就只剩下她一個坐堂大夫了。

阿秀不得不承認，因為沒有了別的選擇，雖然她看起來比較年幼，又是女子，但是在夏掌櫃以及帳房先生的大力推崇下，她今天還是開了好幾個方子。

「唐大夫。」這個病人是剛剛進來的，她是唯一一個看到阿秀是女子，還眼睛一亮的人。

阿秀看她也不過十五歲左右的年紀，長得白白淨淨的，看穿著打扮，倒也不像是一般的平民百姓，只是不知道怎麼是一個人過來的。

「妳可是哪裡不舒服？」阿秀柔聲問道，粗粗看她的眼睛、呼吸，以及口舌間，都顯示很健康。

「我心裡不舒坦。」那女子撇了一下嘴說道。

「這心裡不舒坦自然是要找讓自己不舒坦的原因，怎麼跑到藥鋪來了？」阿秀有些疑惑。

「妳說你們這有沒有那種藥，讓男人吃了就不想做那種齷齪事情了？」那姑娘說道，面目間帶著一絲期待和鄙夷。

阿秀冷不防聽到這麼重口味的話，一下子愣在了原地，又下意識地將這個女子打量了一番。

這女子也沒有太意外，解釋道：「我再過半月就要出嫁了，但是我那未來的男人……」說到這裡，那女子輕嗤一聲。「他是個不安分的，聽說那誰家的夫人就是因為她那丈夫得了髒病，一直在遭罪，我就想著索性將人直接給弄蔫兒了，也省得他的心思那麼活絡。」

清清喉嚨，阿秀道：「這位姑娘，先不說有沒有這個藥，就是有，妳這樣的原因，這做大夫的也不會隨便配給妳的。」

那女子一聽阿秀這麼說，頓時就失望了。「我以為妳是女子，應該能理解我的想法呢！」

「雖說我是女子，我也能理解妳的想法，但是理解並不代表贊同，妳抓這個藥是保護自己沒有錯，但是，這並不代表妳就可以隨便傷害別人。」

見那女子並沒有將話真的聽進去，阿秀繼續說道：「若是他沒有得病，妳又對他下了藥，妳心裡難道不會愧疚嗎？」

阿秀知道，自己說的這些話略有些聖母，但是，她除了說這些，還能說什麼支持她？

要知道現在畢竟是男權社會，她敢這麼大大咧咧地跑來藥鋪來買這樣的藥，說明也不是什麼有城府的人；要是對方是個有身分的，以後事發了，肯定連累到藥鋪，到時候自己人是不在了，但是夏掌櫃他們可還在。阿秀不可能因為她，而連累了那些和善的人。

「可是，要是他真的有病，然後傳染給了我，那結果倒楣的不就是我了嗎？」雖然她覺得阿秀說的話也沒有錯，但是只要一想到那天看到的那個因丈夫而染上病的夫人那張開始潰爛的臉，她就覺得可怕。

那天她和母親出門拜訪一位長輩，結果就看到了那一幕，當時對她的衝擊實在是太大了；再加上她未來夫婿又是個喜歡玩的，她怕，怕自己以後也會變成那個樣子，要是真的變成那個樣子，她還不如直接去死。

「妳若是相信我，便再等上幾日，我有一樣東西可以送給妳。」阿秀突然想到，她的出現，正好是可以將羊腸套推銷出去的契機。

「是什麼東西？」那女子忍不住問道。

「只要用那個東西，即使他有病，也能有效阻隔；而且妳作為妻子，若是嫁過去卻不願意行房事，妳那婆家，怎麼會沒有意見。」

那女子動動嘴，卻沒有說話。她哪裡會不知道這個，但是和命比起來，婆家的不滿又算得了什麼呢！何況她娘家也不是好欺負的，他們也不敢真的拿自己怎麼樣！

「那好吧。」她這是第一次自己來藥鋪，但是之前她有叫自己的丫鬟來旁敲側擊過，那些藥鋪都說沒有那樣的藥，現在阿秀這樣說，已經算是意外的驚喜了。

「那妳，不要將我剛剛說的話傳出去。」那女子叮囑道。

阿秀笑著點點頭，說道：「妳三日後再過來吧。」

「好。」那女子神色有些暗淡地離開了。

「剛剛那個女子是羅家的大小姐吧？」帳房先生有些八卦地說道。

「羅家，是青州首富的那個羅家嗎？」阿秀問道。

「妳也聽說過啊？」帳房先生想到阿秀這麼一個從京城過來的女子都知道青州的首富，作為一個青州人，他隱隱還是有些自豪的。

「嗯。」阿秀的神色有些怪異，她記起了那個青州首富家得了瘋狗病的兒子。這羅家，兒子得瘋狗病，女兒心心念念想著要把別人給生理閹割了，果然是奇特的一家。距離他之前發病，已經有兩、三日了，也不知道他現在怎麼樣了。

不過阿秀還想起了一個人，就是之前那個騷包的白衣男子，他被咬了一口，不知道小命還在不在。

要是乖乖聽了她的話，仔細清洗了傷口，又服了藥的話，問題應該不大；但是他要是自命不凡，不管不顧的話，那就不是他們的事情了。自己不怕死，別人能有什麼法子，他們只是大夫，並不是救世主。

「羅家老爺倒是個難得的好人，不過這嫡子不成器，每天花天酒地的，聽說啊，前幾天讓人送了回來，好像是得了什麼大病。」帳房先生有些惋惜地說道。

這薛家藥鋪裡面的人，除了那夏掌櫃，多少都有些八卦。

「知道是什麼病嗎？」阿秀問道。她倒是挺好奇後續的，不過這瘋狗病都到了犯病的地步，多半也是沒有救了。

「這個倒是不清楚，不過我覺得應該比較嚴重，聽說最近幾日，羅家的下人，出來的都少了。」

阿秀微微點點頭，那羅斌的情況的確很不好。

「要是這羅家的嫡子這次真的熬不過，那庶次子就算是有了出頭之日了，相比較那羅斌，羅子文為人倒是更加像羅老爺。」帳房先生說道。只是可惜了是妾生的，而且親娘是青樓出身，即使從小被抱養在羅夫人身邊，但是總是低人一等。

阿秀隨便應了幾句，因為又來了病人，帳房先生也不好繼續和她聊八卦，便走到一邊繼續算帳去了。

之前阿秀教了他比較好用的算術法子，如今他算帳速度比以往快了不少，所以也就有更加多的時間去八卦了。

第一百章 忽悠忽悠

薛行衣的效率很高，和阿秀說好了一、兩天就只用了一天。

阿秀微紅著臉將東西打量了一番，這羊腸套已經有了後世避孕套的雛形。

一下子見到這麼多個羊腸套，饒是自認為很淡定的阿秀，也有些不大好意思了。

「這個玩意兒雖然是我想出來的，但是我畢竟是女子……」阿秀輕咳一聲，有些不自在地說道。

薛行衣只是靜靜地看著她，等著聽她究竟想要說什麼。

「你畢竟是男子……」阿秀見薛行衣不知是懂裝不懂，還是真的不懂，頓時有些羞惱地瞪了他一眼，就算她平時表現得再外向，她終究也是一個女子。

「這個是自然，只是妳到底想要說什麼？」薛行衣問道，他倒是不知道阿秀也有扭捏的時候。

「我的意思就是說，這個玩意兒還得靠你去宣傳，畢竟我一個女兒家，不大好出面。」阿秀沒好氣地說道。既然他想要她直白說，那麼她就直白點地說。

薛行衣一本正經地看著阿秀，說道：「原來如此，妳直接說便挺好的，沒有必要學那些庸俗的婦人，扭扭捏捏的。」

阿秀頓時覺得一陣無語。不過既然他答應了，那就是最好的結果了。

「既然如此，那便麻煩你了，只是不知你想要如何將這個羊腸套讓別人去使用？」阿秀問道。她可不覺得薛行衣是有這方面頭腦的人，他的心神都花在醫術上面了。

「這個……」薛行衣微微沈吟了一下，便說道：「讓下人送到各個府上不就好了嗎？」這又不是什麼大不了的事情。

阿秀聞言，頓時就哭笑不得了。

他這是以為還在京城嗎，他薛行衣的一句話，人人都會相信？現在可是在青州，誰知道你薛行衣是誰？你就算親自送到人家府上去，人家也未必敢用，這些來路不明的奇怪玩意兒，而且還是用在子孫根上面……

「你確定這樣沒有問題？」阿秀有些無力地說道，果然找他就是一個錯誤的決定嗎？

「妳覺得有什麼問題嗎？」薛行衣反問道，他覺得這是最簡單直接的方法了。

阿秀見他還完全沒有意識到其中的問題，頓時長長嘆了一口氣。「你難道忘記了嗎，這裡不是京城，誰也不知道你是誰，你可能連人家的府裡都進不去，人家怎麼會隨便用你的東西？」

薛行衣聞言，覺得也挺有道理的。

「那妳可有什麼好方法？」薛行衣不管在什麼地方上，都是不懂就問的，只要他自己感興趣。

「得找個在這裡說話有分量，或者說是口舌靈便的人，讓人去宣傳一下，讓他們自己來買。」阿秀說道。倒不是說她想賺這個錢，只不過一般人都有一種心理，白拿的東西不會太好。

「這個……」薛行衣眉間微微皺起，這並不是他所擅長的，以往在薛家，他只要專注鑽研醫學，別的事情，旁人自然會解決好。

「唉。」阿秀再次嘆了一口氣，難不成她還要找別人？

酒老爹和唐大夫是她最為信任的人，但是這件事情，她卻不敢找他們，要是他們追問起來，自己可是完全解釋不清。

至於路嬤嬤，那就更加告訴不得了。

唯一還能找的人，那就是顧靖翎了；但是阿秀還是有些猶豫，有些不大好意思去麻煩他，心裡也有些介意，他會不會想歪了……

至於近衛軍，他們是顧靖翎的人，拜託他們和拜託顧靖翎，完全沒有區別。

「這件事情交給我吧，既然我答應了，自然會找到法子的。」薛行衣見阿秀嘆氣，便把事情攬了下來，她難得找自己幫忙，而且他也想還了她之前幫忙的情。

「要不我去找顧靖翎？」阿秀試探性地說道，她心裡有些擔心薛行衣一出手，事情反而會更不好了。

「不用。」薛行衣雖然平時不大在意一些事情，但是男性的尊嚴還是有的，阿秀放棄讓他幫忙，轉而去找顧靖翎，這不是瞧不起他的能力嗎！

「既然你這麼堅定，那就暫時交給你吧。」阿秀用了「暫時」這個詞，言外之意就是說，要是他不行的話，她還是會再找別人的。

雖然聽在耳朵裡還是有那麼一些不爽快，但是薛行衣還是點點頭，他一定會解決好的。

「那這個我先去做一下試驗，免得到時候沒有用。」阿秀拿了兩個羊腸套，打算去灌個水試試，看會不會漏。

「好。」薛行衣點點頭，他得回去想想，用什麼法子比較好，這是他第一次為不是學術上面的問題而費心思。

兩個人就此分開，阿秀拿著羊腸套，到了井邊，正好這個時辰也沒有什麼人，阿秀就慢悠悠地打了一桶水，然後往裡頭灌，還時不時觀察一下羊腸套的變化，看它最多能有多少的容量。

「阿秀，妳手裡拿的是什麼玩意兒？」唐大夫微微蹲著身子，一臉好奇地看著阿秀。

阿秀冷不防聽到這個聲音，心中一驚，手裡的套子直接掉了下去，原本鼓鼓的球狀體，掉在地上以後，水一下子撒了一地，套子也癱軟下來。

「我就是想研究研究新水囊……」阿秀面色很是尷尬，甚至都不好意思去看唐大夫的臉色。

「水囊？」唐大夫蹲下身子，將羊腸套撿起來。「妳是說這個嗎？」

「對啊，呵呵。」阿秀覺得自己的臉一下子熱了，聲音有些僵硬。

她看到唐大夫板著一張嚴肅的老臉，一手拎著一個濕漉漉的羊腸套，阿秀只覺得各種的目不忍視，她是不是無意之間造孽了……

「這個玩意兒能裝水？」唐大夫還很好奇地將羊腸套搓揉了幾下，材質倒是挺軟的，而且比較輕便，要是真的可以用來裝水的話，以後倒是能方便不少。

「大概、大概可以吧。」阿秀的頭更加低了些，要是他最後知道了這個玩意兒的作用，不知道會是一種什麼樣的心情？

「妳不是在研究嗎？」唐大夫見阿秀的神色很是怪異，心中就更加奇怪了，她平時都是很淡定的模樣，難得會顯得這樣的窘迫。

「只是剛剛開始研究，不過好像不是特別好用的樣子，打算再去改善一下。」阿秀以迅雷不及掩耳的速度一把從唐大夫的手中搶過那個羊腸套，迅速將東西捏在手裡，絕對不能再讓唐大夫研究了。

「妳這是？」唐大夫看了看自己空了的手，他倒是不知道，阿秀還是一個學輕功的好苗子呢！可惜現在年紀大了，骨頭都長好了。

「唐大夫，我正好有件事情要找您，您還記得羅家那個人不，就是之前我們進城的時候救的那個得瘋狗病的人。」為了讓唐大夫忽略那個讓她覺得萬分尷尬的事情，阿秀主動轉移了話題。

「記得，他死了？」唐大夫神色很是淡漠，在他看來，生死本來就是最正常不過的事情。

「看樣子還沒有死，不過也差不多了。」阿秀說道，又將從帳房先生那邊聽到的八卦和唐大夫說了。

「倒是便宜了那庶子。」唐大夫淡淡地說道。他對別人的家務事完全沒有什麼興趣，若不是講話的人是阿秀，他根本連聽都不聽。

「嗯。」阿秀點點頭，一邊趁著唐大夫不大注意的時候，將手裡的兩個羊腸套甩得遠遠的。

「小姐，該吃飯啦！」芍藥的聲音從遠處傳來，那丫頭，這段時間，言行舉止倒是自在了不少。

「唐大夫，竟然都到了吃飯的時辰，咱們一塊兒過去吧。」阿秀乘機挽上他的胳膊，讓他忽略剛剛的那個話題。

唐大夫現在的注意力的確都被轉移到了被阿秀挽著的那條胳膊上，他的手微微地僵著，神色有些喜又有些悲；喜的是，阿秀願意親近他，悲的是，若是沒有那年的事情，他就可以光明正大地叫阿秀「乖孫女兒」。

等到兩人都走遠了，水井後頭才走出來一個身影。

「水囊……嗎？」顧靖翎手指輕輕挑起那兩個被丟在角落的羊腸套，神色莫測。

薛行衣還沒有想到將羊腸套推銷出去的法子，就有人找上門來了。

這次來的是一個楚楚可憐的白衣女子，以及她身後一大群穿著豔麗的女子；雖說她的打扮很是清純，但是一看她身上的氣質，就知道也不是正經人家的女子。

「多謝恩公那日出手相救。」那白衣女子盈盈下拜道。

「嗯。」薛行衣只是淡淡地掃了她們一眼，在他看來，她們除了衣服的顏色不一樣，別的完全沒有區別。

「小女子雖然出身低賤，但也不是不懂得知恩圖報的人，恩公只要有用得上小女子的地方……」那女子眼睛眨巴眨巴地看著薛行衣，其中包含了各種的深意。

如果是個開竅的，被一個長相不俗的女子這麼熱烈地看著，說不定那心兒都化了，只可惜，她遇到的是一個榆木腦袋。

薛行衣微微思索了一番，很是直白地問道：「妳們是出身青樓？」

那些女子，特別是站在最前面的那個女子，臉色有那麼一瞬間的扭曲；但是又捨不得對薛行衣這樣的美男子露出自己不美好的一面，微微低頭，故作憂傷地道：「小女子只是因形勢所迫……」

這青州，自願去當青樓姑娘的女子只占了極少數，一般都是因為家裡窮，孩子多，沒有法子，才會把其中比較好看的孩子賣到青樓。

在青州，幾乎窮人家都是這麼幹的，大家都習以為常了。就是那些小孩子，在自己年幼的時候，多少也會有所感覺，只要父母把好的都給妳吃了，那就說明，妳離被賣已經不遠了。

薛行衣身上明顯少了一種叫做「同情」的感情，他直接忽略了她說的話。

「既然妳想報恩，我這裡正好有一件事情，要找妳去做。」明明算是有求於人，但是薛行衣這架勢，反倒是像人家求著他似的。

「公子請講。」那女子殷切地看著薛行衣。

薛行衣雖然是從外地來的，但是看這談吐和穿衣打扮，一看就知道不是一般人家的公子，不然她們這麼多人，怎麼可能這麼巴巴地過來，就為一個報恩。

真要說起來，出藥方子的是酒老爹，出力的是近衛軍，真要找恩人，先找的也該是他們，這些姑娘不過是看中了薛行衣的身分地位和美貌，這才特意找上門來。

「既然妳們都是青樓的姑娘，想必有不少相熟的客人吧。」薛行衣看著她們，說道。

這樣的話這麼直白地說出來，多少是有些失禮，偏偏薛行衣的態度這麼的理直氣壯，好似她們若是生氣，反倒是她們的不是了。

白衣女子是點頭也不是，不點頭也不是。

「妳這是在數有多少個嗎？」薛行衣見沒人回答他這個問題，又見她們都微微低著頭，不知道在想些什麼，更是語出驚人。

這麼重口味的話，也就他能說得如此的淡然。

那白衣女子就是再淡定，聽到這樣的話，也無法做到面不改色，她紅著眼睛，緩緩抬起頭來，看著薛行衣道：「公子這是故意折辱小女子？」

薛行衣有些疑惑，自己剛剛那句話有什麼地方折辱到她了嗎？青樓女子，不是都靠恩客吃飯的嗎？還用上「折辱」這樣的詞，她們有什麼地方可以讓他花心思去折辱的，真的是有些莫名其妙！

所以他才不喜歡和女子打交道，若是每個女子都像阿秀那麼爽快索利，又有共同話語就好了；再不濟也得和王川兒差不多，雖然蠢了一點，但是不會說這些讓人不大明白的話。

「妳若是覺得我這話有什麼地方折辱到妳了，那妳便回去吧，免得我等一下的話更加折辱了妳。」薛行衣面無表情地看著那些女子。找上門來的是她們自己，現在說被折辱了的也是她，他倒是不懂，這青樓女子怎麼變得比一般女子都要做作了。

那白衣女子好不容易找到了薛行衣，怎麼甘心就這樣離開。

只見她微微側臉和後面的女子換了幾個眼色，然後輕輕啜泣了幾聲。「既然是恩公的事情，再困難，小女子也是願意去做的，我們雖說只是青樓女子，卻也是知道報恩的。」她故意將她們偉大的情操提升了一個高度。

只是就算她說的比唱的還要好聽，但聽在薛行衣的耳朵裡，也跟廢話沒有什麼差別。

「既然如此，那我想要問一下妳們，妳們的恩客中可有人得花柳病的？」薛行衣問道，他倒是沒有因為那白衣女子的廢話多而感到不悅。

在場的青樓女子，在聽到薛行衣問的這個問題的時候，臉色都白了；要是恩客得了花柳病，那就意味著她們身上也有了，薛行衣問這樣的問題，讓她們根本無從回答。

見她們目光都有些飄忽，薛行衣輕咳一聲。「我看著妳們每人面色都還算健康，想必也不會有那個毛病。」

他倒是難得腦子開竅了一下，發現自己問的那個問題不大對勁，及時用這個比較牽強的話語，將話題扭轉了過來。

「我只是想要問問，妳們可擔心自己的恩客中，會不會有人得了花柳病，繼而連累了妳們。」薛行衣難得說出了一句比較溫情的話，可惜配上他的語氣，溫情什麼的都只是浮雲。

「公子，我們自然是怕的。」原本站在白衣女子身後的一個黃衣女子站了出來，她雖然容貌不及那白衣女子，卻也自有一番韻味在其中。

薛行衣看了一眼那黃衣女子，繼續問道：「那妳們可有想過，改變這樣的狀況？」

「咱們的命輕賤得很，就是想過，也沒有法子。」總不能客人要歡好，她們直接拒絕吧，這樣不用得花柳病，樓裡的嬤嬤也會直接將她們亂棍打死了。

「我這裡有一個小東西，說不定可以改變妳們這樣的境況，妳們若是想要試試，就到我這邊來領取，以後若是接客，可以讓客人用上。」薛行衣說著，指指放在一邊的那幾個精緻的盒子。

女人都是喜歡精緻的物事的，她們自然也不例外，當她們看到那些雕工精緻美麗的盒子時，都忍不住往前走了幾步。

那白衣女子率先打開了盒子，讓她們比較失望的是，裡面並不是金銀珠寶，也不是胭脂水粉，而是幾個看起來怪怪的套子。

要說是套子也有些勉強，用手一摸，滑滑的，讓人覺得怪怪的。

「這個是？」那白衣女子有些不解，這個套子要怎麼使用？

「旁邊有使用說明。」薛行衣用手指指旁邊的一本小冊子。

若是相熟的人看見，就會發現這時的薛行衣，相比較平時，透著一股不自然。他雖然事事淡定，但是終究不過是個十多歲的未經人事的少年，這個時候，多少也會有些尷尬。

至於那本小冊子，是阿秀根據這裡的春宮圖，專門找人又添加了幾個步驟，讓人可以一目了然地就知道那羊腸套是如何使用。

薛行衣看了一遍，就覺得兩頰發燙了。他真的不明白，阿秀到底是從哪裡看到這些有的沒的。

「呀！」那白衣女子粗粗一看，便羞紅了臉頰，將那小冊子一把丟在了桌上。

這都是些什麼，未免也太淫亂了！

薛行衣只是淡淡地看了她一眼。

白衣女子臉上的紅暈便慢慢褪去了，這青樓出身的女子，誰沒有見過幾幅春宮圖，有些甚至連房間裡面的屏風，上面畫的都是這些玩意兒，這白衣女子演技如此浮誇，明顯就太做作了。

就是薛行衣這麼遲鈍的人，都能看出不對來。

「公子是想讓我們把這個拿給客人用？」白衣女子的臉色慢慢靜了下來，話語間也沒有了之前的嬌滴滴。

這樣的變化，反而讓薛行衣更加舒坦了些，一開始就這樣像個正常女子一樣說話，多好啊！

「自然也不會白白讓妳們做事，如果這個玩意兒推廣成功了，自然是有妳們的好處。」後面的是他想起了阿秀之前說的話，有錢能使鬼推磨，他才會說這麼一段話。

不然就他的性子，多半是叫人家幹白工，以往這些雜碎事情都是身邊的書僮會替他解決好的。

那白衣女子原本是打算用報恩的手段巴住薛行衣，誰知道他是個不吃軟的，既然如此，能掙些別的好處，那也是極好的！

而且這件事情，對於她們來講，基本上沒有任何的難度。

第一百零一章　突返京城

「聽說，那羅家大少爺死了。」阿秀一進藥鋪，就聽到這麼一個勁爆的消息，她微微怔愣了一下，心裡卻也沒有多少的驚訝。

只不過這麼一來，她就意識到，那之前來過的羅小姐想必今兒就不會過來了。

阿秀之前答應過她，今兒還特意帶上了羊腸套以及說明書。

「聽說那白家少爺也死了。」陸大夫正好進來，聽到帳房先生說的那話，便又補充了一句。

「陸大夫，你咋知道的啊？」帳房先生以為自己拿到的是第一手資料，正打算和大家分享，沒有想到，陸大夫竟然還知道別的他不知道的八卦。

「今兒一大早過來，路過白家就聽到裡面哭得撕心裂肺的，隨便問了一下就知道了，聽說是突然死掉的，都沒有什麼徵兆。」陸大夫眼中也帶著一絲可惜，那白家少爺也就花心了點，算不上大奸大惡之人，這麼平白無故就死了，多少讓人有些唏噓。

「有徵兆的。」阿秀突然開口道。

見他們將注意力都放到了她身上，她才幽幽說道：「他之前被羅家大少爺咬過。」

阿秀一開始還沒有意識到白家少爺是誰，後來腦中靈光一閃，就想了起來。那白家少爺應該就是那個之前被羅家大少爺羅斌咬了一口，變成落湯雞還不忘騷包的白衣男子；她只是沒有想到，他竟然真的沒有用藥。

「妳怎麼知道啊？」陸大夫問道，這阿秀不是才來青州的嗎？

「那天我看到羅家大少爺咬的啊，我還給了白家少爺藥，可惜他應該沒有當回事吧。」阿秀淡淡地說道。

陸大夫微微一愣。「剛剛我還聽去白家看診的大夫說，那白家大少爺就是個傻貨，這治病的藥就放在枕頭下面，人卻這麼死了，也不知道他是在想些什麼，沒有想到那藥竟然是妳給的啊！」

陸大夫沒有說的是，那個大夫當時還說了，給藥的人的醫術絕對比他們都要高明得多，至少他是開不出那麼好的方子來的。

那大夫還是回去以後考慮了很久，才將藥方研究透的，雖然那方子極為少見，但不得不說，那絕對是一個好方子；只是他萬萬沒有想到，那個被人這麼稱讚的人，竟然會是阿秀。

他當時還想著是哪位大能，有時間一定要去拜訪一下，現在知道是阿秀以後，心情就很複雜。在他看來，阿秀不過是師出名門的一個比較有天賦的小姑娘，但是現在……事實好像不只如此。

「我也沒有想到他會這麼傻。」阿秀並不知道陸大夫現在心中所想，只是就著之前的那個話題說道。之前就覺得那個人比較騷包，看人的眼神讓人有些討厭，但是也沒有想到他智商低成這樣，真把那藥當成訂情信物了不成?!

「唉，這也都是命。」陸大夫微微搖搖頭，今天的晨間八卦算是暫時結束了。

因為羅家大少爺羅斌和白家少爺都死了，他們平日裡的狐朋狗友都去弔唁了，一時間，這街上好似都冷清了不少，不過這麼一來，這藥鋪的生意倒是好了許多。

大部分的人都不知道白家少爺的死因，以為是平日裡縱慾過度導致的，不少男人便特地到藥鋪來配一些增強體質的藥，讓阿秀他們看了，很是哭笑不得。

而那些平日裡和白家少爺有過什麼的女子，都紛紛來把脈，怕自己也被傳染了什麼要不得的毛病，自然都是虛驚一場。

不過因為白家少爺和羅斌的同時死亡，讓青州一下子陷入了一種詭異的恐慌中。

面對死亡，每個人的想像力都很豐富，白家少爺和羅斌又都是風月場裡的能手，更讓人忍不住多想。

趁著這個特殊時期，阿秀比較隱晦地宣傳了一下她的羊腸套，當然她只是將薛行衣給推了出來，再加上那些青樓女子的宣傳，不出半月，這個羊腸套在整個青州竟然風靡起來了。

阿秀索性將那羊腸套拿到了薛家藥鋪裡面販賣，反正她一開始的目的就不是為了掙錢，只不過是為了減少花柳病的傳播。

她自認為能做到現在這個地步，已經可以功成身退了。

而薛行衣，不知道是突然開竅了還是怎麼的，打算和阿秀他們分開，繼續走回到他的西北方向，只不過行李還沒有收拾好，皇上的急詔就過來了。

皇上詔薛行衣和阿秀進宮，太皇太后病危。

阿秀估計自己是順帶的那個，但是既然被點名了，她也只好回去。

這歷練之路，能走到現在，也算是收益頗多。

路嬤嬤幫阿秀收拾著東西，心情有些複雜，雖然回到京城，能見到太后，她心裡也是有些開心，但是她總覺得心裡有些慌慌的，這次回京，好像不大會太平，希望她只是想多了。

王川兒原本還在憂傷，以後不能每天看到貌美如花的薛行衣了，現在聽到他會和他們一起回京，頓時就開心了，平日裡就是背書都有勁了。

阿秀看著她，也只是好笑。還好這王川兒還沒有開竅，不然的話，她就該煩惱了，畢竟要是真的喜歡上薛行衣這樣性子的人，受傷那是必然的。

「你可知，太皇太后的身體如何了？」薛行衣問道。

這次來傳詔的是沈東籬，之前太后帶著小皇帝微服私行，並沒有回宮，只不過是收到了宮裡來的急件，才會直接讓沈東籬帶著聖旨過來。

「我也不是很清楚，只說已經陷入了昏迷，皇上和太后娘娘已經先走一步，如今想必應該已到了京城。」沈東籬說道。

「哦。」薛行衣點點頭，眼睛微微下垂。他之前離開的時候，給太皇太后做了不少鞏固的治療，所以才能專心去歷練；可是這不到一年的時間，太皇太后的身子怎麼會一下子出了問題？

因為有皇命在身，一行人連夜趕路，原本應該是半個月工夫的路程，十天就走到了。

剛到了京城，城門口就已經有接應的人在那邊等著了，將薛行衣接上車就直接進了宮。

阿秀因為一路暈車，身子虛弱，便跟著顧靖翎回了鎮國將軍府。

看到了大半年沒有見到的顧家人，阿秀很是懷念。

特別是這次回來，裴胭的肚子都已經鼓得老大了；也難怪顧靖翎這次外出，沒有將顧一帶上，果然是用心良苦啊！

「哎喲，可憐見的，這孩子怎麼這麼憔悴。」顧夫人一看到阿秀的模樣，連忙憐惜地扶住她。只聽說他們被急詔回來，但是沒有想到阿秀看起來會這麼虛弱，這路上到底是遇到了什麼事啊！

「沒事，我就是暈車厲害了些。」阿秀捂著胸口，話說得有些艱難。

「那快點去休息休息，我叫人給妳準備了熱水，妳先去洗洗澡，睡個覺，等一下起來就好了，還好老太君在睡午覺，不然瞧見妳這可憐模樣，還不心疼死。」顧夫人說著，特意囑咐了身邊的嬤嬤，讓她帶著阿秀過去。

之前顧靖翎特地跑過去，她就隱隱猜到了什麼，現在看到自家兒子皺著眉頭，看著阿秀的模樣，她這個做娘的，哪裡還會不清楚。

這阿翎，雖然年紀不小了，但對女孩子上心，那可還是頭一回，顧夫人自然也是分外地上心。

「麻煩夫人了。」阿秀衝著顧夫人微微一笑，配上她蠟黃的臉色，著實可憐得緊。

「傻孩子。」顧夫人拍拍她的手，就叫人將她扶了進去。

等阿秀走了以後，顧夫人才似笑非笑地看了顧靖翎一眼。「你是不是有什麼話，應該和我說一下？」

顧靖翎看了一眼阿秀離開的方向，輕笑道：「我以為娘您應該老早就想到了。」
顧夫人聞言，輕睨了顧靖翎一眼，他倒是好，得了便宜還賣乖！
「我是想到了，但是這阿秀未必能想到吧，你們年輕人的事情，我可不想摻和進去。」
顧夫人笑咪咪地說道，心滿意足地看著顧靖翎的臉色微變。
她生的孩子，她自然是知道他的死穴在哪裡，敢和她耍小心眼兒，還嫩著呢！

薛行衣進宮的時候，就看到了一個面色蒼白的老人靜靜地躺在床上。
若不是她的氣色看起來比較差，薛行衣都有一種錯覺，太皇太后只不過是睡著了。
經過一番診斷，薛行衣發現，太皇太后的身子實在糟糕得很，他記得自己去歷練的時候，太皇太后的病情並沒有這麼嚴重；而且現在的問題是，太皇太后的身子變成這樣，好似不是因為腦疾，這讓薛行衣也有些百思不得其解了。
「皇祖母的身體如何？」小皇帝坐在一旁問道，臉上的焦色顯而易見。
他在滬州的事情還沒有完全解決，卻得到了皇祖母病重的消息，他和皇祖母的關係一向很是親近，自然是半刻也不願意停留；還好身邊帶了親近之人，將事情交給了他，自己就先和母后回來了。
不過就算回來了，他也沒有任何的辦法，御醫們也是完全束手無策，甚至連病因都找不出來。這次太皇太后是突然陷入昏迷的，昏迷前完全沒有任何的徵兆……
小皇帝下意識地就將希望寄託在了薛行衣身上，以前太皇太后的病都是由他來看的，這次，希望他也能有法子。

「太皇太后的病因還沒有找到，不過微臣定會盡力而為。」這個症狀，薛行衣並沒有見過，也不敢說什麼肯定的話。

「那便交給你了。」小皇帝憂心忡忡地看著太皇太后的側面，不過幾月沒見，她好似一下子蒼老了好多，這讓他心中多了一絲悲涼……

經過了一天的休息，阿秀身體終於恢復了不少，趁著沒有什麼事情，她就跑去找裴胭閒聊。

「顧大哥希望這個是男孩兒還是女孩兒？」阿秀摸摸她隆起的肚子，隨便找了一個話題。

「他說喜歡女孩兒，但是我想生個兒子。」裴胭說到孩子和顧一，臉上滿滿的都是暖暖的笑容。

「男女都好，只要健康。」阿秀乘機用手感受了一下裴胭的脈搏。

裴胭倒是不在意，由著阿秀把脈，自從她懷孕，幾乎每隔三、四天，顧一就會找大夫給她來瞧瞧，就怕她哪裡不舒服；婆婆也是個好的，裴胭嫁給顧一以後，幾乎沒有什麼煩惱。

「妳會不會覺得，妳這個肚子，太大了些？」阿秀問道，她總覺得脈搏有些奇怪，但是又說不上來哪裡奇怪。

「我娘和婆母都說了，這女人大肚子的月分都不大相同，有些人是一開始大得快，有些人是到了七、八個月以後才大得快，我估計就是第一種。」裴胭笑著說道。她剛開始也惶恐過，但是大家都這麼說，她也就釋然了，想必是她自己想得太多了。

「那就好，我瞧著妳脈搏挺強健有力的，想必沒有少吃補湯吧。」阿秀調侃道，剛剛一進門就聞到了一股雞湯味。

裴胭因為懷孕，並沒有繼續跟在顧瑾容身邊，所以阿秀還是特地到了顧一的家裡，才能見到人；至於顧一，顧靖翎回來了，他自然是跟隨在身邊，隨時候命了。

「我剛懷上的時候，身子不大好，家裡的長輩怕孩子保不住，所以一直讓我補著，只是也不知怎地，這喝下去的東西，全部長在了肚子上。」裴胭摸著肚子，笑得有些無奈。不過六個月的身孕，這肚子看著，和人家八、九個月的差不多了，裴胭也只能安慰自己，這孩子大，肯定好養活。

「雖說孩子要補，但是也不能太補了，到時候太大，可不好生。」阿秀擔憂道。

「我也曉得，只是這段日子，我要是不多吃點，老覺得餓得慌。」裴胭也有些不好意思，她原本並不是那麼貪吃的人，但是自從懷了孩子，看到什麼都想吃，家裡又都寵著她，只要她想得到，基本上都能吃到。

「平日裡有沒有多走動走動？」阿秀說。

「我那婆婆管得嚴，恨不得我每天都躺床上呢。」裴胭說這話，雖然瞧著好像有些埋怨，但是語氣中卻是歡喜。這女子出嫁，能遇到一個好婆婆，那絕對是比遇到一個好丈夫要難得多。自己的，既是婆婆，又是姑母，相比較別人，自然過得要舒坦很多。

「這老人家的話，也不能全聽，妳現在肚子那麼沈，等到足月，那還了得，現在多走動走動，免得以後生孩子沒有力氣。」阿秀很是嚴肅地看著裴胭，她把裴胭當作朋友，才會更加在乎她的身體。

「好，我聽妳的。」裴胭點頭說道，阿秀是大夫，懂的肯定也比一般人要多些。

「妳若是怕妳婆母不高興，妳就拿上妳的針線活計來找我，多走動走動，想必她也不會阻攔。」阿秀現在住在顧家，也算是他們的老東家了，讓裴胭去顧家，她自然沒有什麼好反對的；而且路也不算遠，就算走路也不過一盞茶的工夫。

「好，那妳可是不回薛家了？」裴胭說到這裡，下意識地挪了一下發沈的身子，眼中滿滿的都是八卦之光。

這顧十九除了身手靈活，還有一個特點，就是話多，什麼該說的、不該說的，不消一會兒，就全部說出來了，根本不用別人多問。

裴胭也有幸知道了，自家那個榆木腦袋的顧小將軍，對阿秀，好似有些別樣的情懷。

當然，這顧十九的原話不是這麼說的，那話要更加直白得多。

「現在還不是很清楚，得看薛家那邊。」阿秀說道。她之前不過是貪圖方便，所以直接進了顧家；不過若是薛家不主動來問的話，她就打算厚著臉皮在顧家住下去，畢竟自家阿爹和唐大夫也都在這裡。

「要是常住在顧家的話，老太君肯定高興得很。」裴胭笑著說道，只不過這笑容，在阿秀看來，好像還隱含著一些什麼別的。

「我出門的時候，還和她老人家說了，要帶妳回去瞧瞧，妳自從懷了孩子，都多久沒有去看她老人家了。」阿秀笑著調侃道。

「這話可就冤枉人了，我昨兒還特地去了呢，整個顧家，老太君最喜歡的人就是妳了，要我說啊，索性直接嫁給大少爺，正好不用搬出去了！」裴胭半是玩笑半是認真地看著阿秀說道。

阿秀沒有料到裴胭會突然說出這樣的話，一時間也不知道如何回答。

「我……」阿秀仔細想了一下以後，才說道：「我不大喜歡和自己的病人牽扯在一起。」這顧靖翎說起來，的確是阿秀的病人，但她在說完這句話的時候，心裡卻有些不安。

她以前從來沒有往這方面想過，如今被裴胭這麼一提，她不得不多想一些。

關於顧靖翎，她最早的時候，只覺得這個人有些幼稚，雖然平時做的事情好像都很成熟穩重，這些倒不令人討厭，但是也不是阿秀喜歡的類型。

可是，自從他帶著踏浪出現在她的視線中以後，好像有些東西在不知不覺中改變了……她對他的看法，好像也沒有最初的那麼單一了，他其實身上有很多好的地方……

顧靖翎雖然年紀不大，但是比薛行衣感性，比沈東籬穩重，比大部分同齡人更加有能力；這麼一想，他在阿秀心目中的形象，一下子就高大了好幾分。

阿秀自己也能感受到對他的態度變化，從一開始的有些不耐，到現在的隱隱欣賞……

「這話多奇怪啊！」裴胭在一旁說道，眼中閃過一絲賊笑。

瞧阿秀現在的態度，可是忍不住讓她多想一些呢，她對此喜聞樂見。

「阿秀啊，妳這麼說，該不會只是嫌棄大少爺命不好吧……」裴胭故意問道。

「怎麼可能，我不大相信那些東西。」阿秀搖搖頭，她因為還在糾結著之前的那個問題，並沒有發現裴胭說這句話的時候，語氣帶著一些怪異。

「那就好。」裴胭笑得很有深意。她就知道，總會有那麼一個人出現，不會在意那些有的沒的，只看重大少爺的人；還好，阿秀出現得不算太晚。

第一百零二章　千挑萬選

一大清早，阿秀就被一陣淒厲的慘叫聲驚醒，她第一次意識到，自家那頭蠢驢的叫聲是這麼的具有穿透力。她愣了有那麼一瞬間，緊接著一下子就從床上蹦了起來。

灰灰這是要生了?!

她剛開始一直以為，灰灰會在青州生崽，她連名字都想好了，大的叫大青，小的叫小青，中間的就叫二青，通俗簡單又方便。

偏偏，牠硬是沒有生，挺著一個大肚子跟著阿秀他們日夜兼程趕回了京城。

在路上的時候，阿秀因為自己身體的緣故都沒有精力去關注牠，沒有想到，這才剛回到京城沒有三日，牠竟然就要生了？難不成牠更加看好大京、二京、小京這樣的名字嗎？

等阿秀穿好衣服，胡思亂想著趕到馬廄，灰灰老早停止了哀號，正跪坐在地上舔著什麼。

阿秀走近一看，這前後不過一炷香不到的工夫，牠崽都下完了！

難道牠剛剛那聲嘶叫，只是為了告訴他們，牠要生了嗎？阿秀私以為，牠可能只是想要通知一下酒老爹而已。

「恭喜你啦。」阿秀摸摸踏浪的腦袋，牠脾氣很好地甩甩尾巴。

「灰灰生了啊！」酒老爹也過來了，想必也是被牠之前的動靜給引過來的。

灰灰看到酒老爹，眼睛一亮，很是殷勤地將原本藏在身子下面的小崽子們都叼了出來，很是整齊地排在酒老爹面前。

阿秀這才知道，這灰灰竟然一口氣生了三隻。一隻是灰色的，一隻是灰色中夾雜了白色，還有一隻則是白色，顏色從深到淺，讓人看著倒是有些喜感。

阿秀下意識地看了踏浪一眼，牠這個當父親的，說不定也是剛剛才看到自己的孩子。做驢做成這樣的，灰灰也算是獨一無二了。

「長得倒是挺喜人的。」酒老爹瞄了兩眼，隨口說道：「正好可以叫小灰、小白，和白加灰。」

灰灰只是依戀地舔舔他的手心，那副諂媚的模樣，完全看不出來牠平時是走高冷範兒的；至於那名字，阿秀覺得還不如她最開始想的呢！

雖然灰灰愛酒老爹愛得深沈，但是酒老爹對牠，頂多就是對家寵的態度，摸了幾下腦袋，當作安慰，就算是了事了。

最可憐的反而是踏浪，明明是牠當爹，但是媳婦兒不能親近，孩子也不能親近，也虧得牠心大，就顧著高興去了。

酒老爹大約是看到自己撿回來不過兩、三年的驢子都做娘了，自己養了十幾年的閨女還是孤家寡人，頓時有些感慨地說道：「也不知道我什麼時候才能做外祖父。」

阿秀一開始以為是自己聽錯了，再將酒老爹打量了一番，發現他並沒有開玩笑。

「您這是又受什麼刺激了？」阿秀問道。

自從和唐大夫一起住在了顧家，酒老爹已經很久沒有碰酒了；不過阿秀一直都覺得，自家阿爹的不靠譜，和那酒精，根本沒有半文錢的關係。

「想當年，灰灰進家門的時候，妳也有這麼高了啊。」酒老爹用手在自己腰那邊比劃了一下，灰灰進門的時候，阿秀大約是十歲，身高差不多正好到他的腰間。

當然這也是因為酒老爹太不負責，讓阿秀常年處於一種營養不良的狀態，不然也不會那麼矮。

「現在灰灰都生孩子了。」酒老爹微微搖頭，這日子過得可真快啊！

一眨眼，十年就過去了。

一眨眼，他們又遇到了！

「這幾年，我至少還長了個子，阿爹您自己呢？」阿秀毫不猶豫地反擊道：「還是一條老光棍！」

酒老爹聽到這，臉色微微一變，卻無從反駁。

事實上，阿秀說的是實話。

「阿秀啊，難道妳一直想要一個阿娘嗎？」酒老爹有些疑惑，明明他可以感覺到，阿秀並不大想要一個後娘的啊！他當年心裡還隱隱得意過，果然是父女同心。

「沒……」阿秀不知道為什麼，下意識的，腦海裡就浮現出那張傾國傾城的臉，連忙擺手；那樣的阿娘，實在是太可怕了。

她不想探究當年發生了什麼事情，她只想過著比較平靜的生活，有著屬於自己的小幸福。至於那人，既然現在已經是別人的娘了，那就繼續坐在那個位置上吧，她並不想改變什麼。說她膽小也好，懦弱也好，阿秀就是不想面對知道真相以後會發生的各種情況。

「我也是為了妳啊，妳看以前咱們那個村子裡的，家裡要是有了後娘，能有幾個能吃得飽飯的。」酒老爹很是語重心長地拍拍阿秀的肩膀，他也是有很努力地讓阿秀健康茁壯地成長呢！

「我就是沒有後娘，也沒見您讓我吃飽飯過。」阿秀很是無語地吐槽道。她到現在都不能理解，自家阿爹到底是哪來的自信，覺得自己在他的「照顧」下，活得很是多姿多采。

「呃……」酒老爹一時之間有些接不下去話了，用手抓抓腦袋，「嘿嘿」了兩聲，企圖就這麼忽悠過去。

「好了好了，這小崽子也看了，要是沒有什麼事情了，咱們都回去吧。」阿秀擺擺手，讓之前那個話題隨風而去了。

「好好。」酒老爹連忙識相地應道。

他突然想起了那個小小的阿秀，踩在小板凳上面，揮舞著大鐵鏟子在廚房努力做飯的身影，酒老爹心裡突然一陣發虛。做爹做到他這個分上，好像也挺不容易的了……

他自己也說不清楚，當時怎麼會覺得那麼小的阿秀會有能力照顧好自己？

可能是她的眼神，或是她的話……酒老爹已經完全回想不起來當時的感覺了，不過幸好，阿秀沒有因此而怨恨他。

他以後一定會好好做好一個好父親應該做的，不讓她再受任何的委屈；至於那人，他也不敢再想什麼了，有些事情發展到現在這樣的境地，要回去是不可能的了。

只能想著下輩子，如果有下輩子，他一定要強大自己，讓所有人都不能把他的心愛之人從他這裡搶走。

「阿秀啊，妳現在都已經過了十四歲的生辰了，是個大姑娘了，妳有沒有想過嫁什麼樣的人啊？」酒老爹問道，其實他更加想問的是，心中可有什麼心儀的對象。

自己這閨女，和一般人的不大一樣，旁人可能只想了一個大概，她肯定都已經想到了具體。只要是她瞧上的男子，他一定會做一個好爹爹，讓他們倆成親；等他們有了孩子，他給他們養養孩子，生活倒也愜意。

阿秀渾然不覺酒老爹已經想得那麼深遠了，她只是搖搖頭道：「我還沒有打算要嫁人。」她連癸水都還沒有來，嫁什麼人啊！

酒老爹只當是阿秀還沒有遇到合適的人，才會說這樣的話，表示很了然地點點頭。

他當年也是這樣的，一直以為沒有什麼人能夠配得上自己，但是在看到阿晚的第一眼，他就覺得，阿晚就是自己想要的那個妻子。

酒老爹覺得，阿秀現在不想成親，完全是因為見過的男人還太少。他也不想想，這整個京城，像阿秀這般，出過遠門，見過這麼多男人的女子，根本就沒有第二個了。

「聽說宮裡有不少年輕有為的御醫，有時間也可以和他們切磋一番。」酒老爹在一旁出餿主意。

「您覺得那些年輕御醫的醫術能比得上薛行衣嗎？」阿秀反問道。

雖然薛行衣脾氣不是很好，但是她也已經適應了，而且他並不歧視女子，光這點，很多男人都做不到。阿秀可不想和人家討論醫術上面的問題之前，要先就自己的性別和他們進行幾番的爭辯。

「可是薛行衣是妳的晚輩啊！」酒老爹說道，這明擺著就沒有戲了啊！

「阿爹，您不大適合幹這行，您還是喝您的小酒去吧，還是您想讓我和唐大夫去聊聊人生？」阿秀沒有好氣地說道。

酒老爹一聽到唐大夫的名字，人先直接一哆嗦，但是又不願意在阿秀面前顯露出他的怯意，便故意做出一副很豪邁的老爺兒們形象。「我和唐大夫有啥好聊的！」每次不都是自家老爹說，他只管點頭就好了嘛！

「聊聊您為什麼這麼迫不及待地想要把我嫁出去啊，是不是您瞧中了誰家的娘子，怕我給您使絆子！」阿秀故意說道，眼睛瞄向一側。

酒老爹心中一驚，下意識地往那邊看去，果然就看到一張熟悉的老臉，正涼颼颼地看著他。

看樣子，聊聊人生是在所難免的了。

太后坐在梳妝檯前，眼睛微微下垂，隨意地問道：「嬤嬤，您瞧著這次太皇太后的病是什麼緣故？」

既然回了京城，路嬤嬤自然也沒有道理再跟在阿秀身邊，而是跟著太后回了宮中。

「我瞧著這病情來勢洶洶的，一點徵兆都沒有，會不會是太皇太后的宮裡有什麼人動了手腳？」路嬤嬤站在她身後，慢慢地幫太后梳理著頭髮。

她們雖然是主僕，但是更多的時候，更像是親人。

相比較太皇太后，路嬤嬤現在更加在意的是太后的頭髮，雖然已經放輕了不少的力道，但是她隨便一梳，還是梳下來一大把的頭髮。她怕太后瞧見了感傷，每每這個時候都是先將那些髮絲悄悄藏在衣袖裡，之後再將掉下來的頭髮都放在一個香囊裡，現在已經有不小的一撮了。

「有什麼人能動手腳，讓旁人一點都察覺不出來呢？」太后纖細的手指輕輕拂過桌面。雖說太皇太后是那人的母親，自己在這宮中也虧了她的照拂，有時候覺得她是罪有應得，但是更多的時候，覺得她也不容易。

「這法子啊都是人想的，只要能想得到，哪裡會做不到。」路嬤嬤柔聲說道，只是眼中快速閃過一絲厲色。就好比當年，她也不敢相信，自己真的能毒死了先帝。但是要真的做起來的話，並不大費力，她只要抓準了先帝的喜好就可以了；人一旦下定了決心要對付一個人，那多少還是會有法子的。

都說最瞭解你的人，不是愛你的人，而是恨你入骨的人。

路嬤嬤直到現在，還很清楚地記得，先帝最喜愛的是哪道甜點，愛用的是哪個杯子。她以前也不是沒有打過太皇太后的主意，在她看來，這路家和唐家的傾覆，罪魁禍首雖然是先帝，但是子不教母之過，那個做母后的也不是什麼好貨色。

但是小姐在宮中，少不得要人照拂，後來先帝駕崩，太后又是個不愛打理事務的，路嬤嬤也就一直沒有動手；只是她不大明白，若是這太皇太后去了，對旁人有什麼好處呢？

「也是，如今當務之急還是請大夫，總能有法子的；對了，薛行衣那邊有什麼說法了嗎？」太后問道。薛行衣畢竟治療太皇太后有幾年了，而且還卓有成效，說不定有些旁人沒有的心得。

「他那邊也沒有什麼法子，薛行衣畢竟年紀小，依奴婢看啊，還是請比較德高望重的薛老太爺出馬比較好。」路嬤嬤說道。雖然這薛行衣的天賦是所有人都看在眼裡的，但是他畢竟還年輕，缺乏經驗。

「也好，明兒就讓人請進宮來。」太后點點頭。

「若是當年親家老太爺……」路嬤嬤說了一個頭，聲音一下子就沒了，她一時口快，失言了。

「妳說的沒有錯，不要說是老太爺，就是他……」太后喃喃道，說到這裡便是一陣急促的咳嗽聲。

路嬤嬤連忙給她順背，又吩咐了小宮女去準備溫水和養身丸。

路嬤嬤趁著宮裡沒有旁人在，跪蹲在太后面前，顫抖著聲音說道：「我的好小姐啊，您要好好保重自己啊！」

太后微微扯出一抹淡笑，安撫道：「奶娘妳不要太緊張，剛剛就是一時嗆了氣而已，不要這麼大驚小怪的。」

「小小姐還沒有成親，您可要好好的，這夫婿人選還要您把關呢。」路嬤嬤摸著太后泛著涼意的手，心中很是難過。

自家小姐，從小錦衣玉食長大，在最美好的年紀嫁給了最愛的男子；但是所有的美好都在遇到那個人的時候戛然而止，家破人亡，被迫承歡生子。到現在，身體竟衰敗到如此境地。

路嬤嬤只要一想到她可能要白髮人送黑髮人，眼淚都止不住要泛上來。她的小姐，明明是如此善良的一個人，為什麼要禁受這麼多非人的折磨？

「我自是曉得，嬤嬤妳最近可有留意，這京中可有什麼合適的少年才俊，如今太皇太后重病在床，宴席必定不能再操辦，不過小範圍的品詩會倒也無礙。」因為說到了阿秀，太后的精神又好了些，就是面色，也隱隱多了一絲紅暈。

「有好幾個不錯的，不過不少人家府裡頭事情太多，小小姐性子單純，又癡迷於醫術，選來選去，最後不過選定了十來人。」路嬤嬤說著，從懷裡掏出一本模樣精緻的小本子。

太后將小本子翻開，裡面是幾名男子的資訊，從長相、身高，到品行都有記錄。

「這個是王家的孩子？」太后指著某一個人說道。

「是啊，雖說不是嫡長子，但是聽說也是個好的。」路嬤嬤說道。

「這王家不好，那王羲遙野心太大，不是個安分的，阿秀嫁過去說不定怎麼受氣呢，而且妯娌之間的關係也太複雜！」太后搖搖頭，在這一頁上面畫了一個大大的叉。

「是。」路嬤嬤也跟著點點頭。

「怎麼薛行衣也在上頭？」太后指著又一頁說道：「他們倆輩分放在那兒呢！」

「這個是我糊塗了，忘記去掉了，我當時以為小小姐和薛行衣有了感情，就想著到時候真拆不散，那也不是沒有法子在一起。」路嬤嬤還有一點沒有說，主要也是因為那薛行衣的條件是數一數二的好，選的時候，下意識地就寫上了他。

「我以前瞧著吧，這京城的男子，個個都是長得一表人才的，怎麼到了如今，瞧著哪個都不順眼。」太后的手指輕點某一頁上面的頭像。「這個翰林首輔家的公子，年紀輕輕就是個書呆子，做人倒是實在，但是當家主母卻是個厲害的。」

言外之意，就是這個也不行。

「還有這個，模樣倒是長得不錯，但是聽說不過十六的年紀，通房已經收了三、四個了，看樣子是個不定性的。」

一個個看過去，一個個刪下去，看著本子越來越薄。

路嬤嬤忍不住提醒道：「現在可就只有最後兩個了啊！」

太后微微一怔，卻還是繼續往下翻去，下一個是沈東籬。

這個男子和阿秀是熟識，阿秀又對他有恩，而且人也比較有上進心，家裡又沒有長輩壓著，從各個方面來講，都是極好的。但是，因為家裡沒有當家主母，阿秀若是嫁過去，就要開始打理府中事務，她是歡喜行醫的，那樣會不會太壓抑她了？

「其實吧，我覺著，這顧小將軍是極好的。」路嬤嬤見太后陷入了沈思，便用手翻到了後面一頁。

這最後一頁，上面放的就是顧靖翎的畫像。和之前那些人相比，他也許不是最英俊貌美的，但是即使只是畫作，也能感受到那迎面而來的氣勢，他和前面那些人有著本質上的區別。而且之前那段時間，路嬤嬤看過他對阿秀的態度……

如果說顧小將軍對阿秀沒有半分感情，那路嬤嬤是萬萬不相信的。

「妳說阿翎啊。」太后看到最後那個人的長相，微微有些吃驚，她沒有想到，路嬤嬤會把他也列在上面。

「奶娘，當初妳不是也不贊成他嗎，畢竟命數這種東西太玄幻了，寧可信其有，不可信其無，我不願意拿阿秀去冒險。」太后沈吟道。

「小姐，我們何不再找位得道高僧算上一算呢，有些人是命硬，但是只要搭配得好，這命數就會變得極好；若是小小姐的生辰八字正好能合，那豈不是妙極！」路嬤嬤說道。若不是感覺到阿秀對顧靖翎也比別人多了一些特殊的感情，她是萬萬不會說這樣的話的。

「那就聽奶娘妳的。」太后微微點點頭，絕美臉蛋上的紅暈慢慢消退，整張臉透著蒼白，整個人一下子就顯得飄渺了起來。

「小姐，這時辰還早，您要不去休息一下，等睡醒了再想吧。」路嬤嬤的眼中有著止不住的心疼。

「好，是有些乏了，那高僧的事情，就麻煩奶娘妳了。」太后也知道自己最近身子不大好，也就不勉強自己了。

「奴婢都曉得的。」路嬤嬤扶著太后去軟榻上躺著，不過一會兒工夫，她就陷入了睡眠，只是她睡得極淺，長長的睫毛時不時地顫動幾下。

自從那件事情以後，她就沒有好好安睡過。

每每這個時候，她原本已經沈寂在心底的那絲恨意就會忍不住翻滾上來。

第一百零三章　分道揚鑣

太皇太后的病情一直沒有好轉，薛家甚至為此還開了家族會議，只要是薛家排得上號的，稍微有些眼熟的都來了。

但是醫術最好，以及天賦最高的薛老太爺和薛行衣都束手無策，旁人就更加沒有辦法了，只能乾坐著瞪眼，誰也不敢多說一句什麼。

見眾人一直不說話，薛行衣便開口提議道：「不如，找小師姑一起回來商量吧。」阿秀雖然年紀小，但是懂的卻不少。

之前召開家族會議的時候，有些人想到了阿秀，但是她畢竟不姓薛；沒有想到，這個時候，薛行衣會特意提起她來，特別是之前他還是和阿秀一同從江南方向趕回京城的，這由不得不讓人浮想聯翩。

薛老太爺就是想到這點，所以才故意不讓人叫阿秀回來的，他就當作沒有這號人，光是想想就覺得心塞得很；誰知道，這薛行衣偏偏還要在這個緊要關頭將人給提起來。

在場所有的人，都能感受到，薛老太爺身上的氣壓一下子就沈了下去。

這薛行衣平時很是得薛老太爺的寵，但是之前他擅自改變遊歷方向已經招了他的厭了，如今又說這樣的話……

「她能做什麼?!」薛老太爺沒有好氣地說道。

「祖父。」薛行衣加重了語氣。「小師姑雖然年紀小，但是懂的遠遠比您知道的要多得多。」若不是那段時間的相處，他也沒有想到，一個如此稚齡的女子竟然會懂得這麼多。

他以前雖然沒有說瞧不起女子，但是多少還是有些以身為男子為榮。如今，他卻覺得，任何一個人，不管年紀、性別，身上總有是值得學習的地方；聖人也說過「三人行，必有我師」，但是祖父卻從來不願意承認這點。

「小師姑、小師姑，現在你的眼裡除了小師姑，還有我這個祖父沒！」薛老太爺重重地拍了一下桌子，顯然是氣急了。

薛行衣差不多是他帶著長大的，他從小性子冷，薛家和他比較親近的也就只有他這個祖父了。作為正常人的心理，薛老太爺雖然這把年紀了，但是面對這樣的獨特對待，心裡多少是有些優越感的；現在，卻因為阿秀而改變了。他原本對阿秀就沒有多好的印象，如今因為薛行衣，那就更加差了不少。

在場的人看到薛老太爺發火，都紛紛低頭，努力做隱形人，就怕一不小心，戰火就蔓延到自己身上了。

「祖父，您到底在生氣些什麼？」薛行衣有些不懂地看著薛老太爺，就因為阿秀是女子，所以才這樣輕視她？

薛老太爺目光接觸到薛行衣充滿疑惑的眼神，心中的火氣更加高漲了些。

薛行衣跟著他十餘年，卻還不懂他在想什麼，倒是為了一個認識不過幾個月的女子，和他爭論。他現在的怒火已經從「阿秀懂什麼」，變成了「你的眼裡為什麼只有阿秀」。

這是一種正常的長輩對小輩的占有心理。

「祖父，也許您不相信，但是我不得不說，阿秀懂的比我、甚至比在座的大部分叔伯都要多得多。」薛行衣至少沒有再澆猛油，說阿秀比薛老太爺也要懂得多，不過這已經是極高的評價了。

原本默默圍觀的人，心裡都忍不住好奇，那阿秀到底懂些什麼，讓那麼冷面冷心的薛行衣這麼高看她。

「好好，既然你這麼高看她，我倒是要瞧瞧，她有什麼好法子。」薛老太爺重重地摔了一下杯蓋，衝著門口喊了一聲。「來人，去顧家將阿秀請過來。」

下人瞧著這個架勢，頭都不敢抬，低著頭弱弱地應了聲便連忙跑了出去。

那下人過去顧家請人的時候，阿秀正好和老太君在閒聊，老太君聽說是薛家來的人，只微微一抬眼，就差人將那下人留在了門外。

這薛家，前幾日怎麼不叫人來請，如今都過了五、六日了，才想到來顧府接人，未免也太瞧不起人了。阿秀怎麼說也算是那薛老頭兒的關門小弟子，而且又是顧家出去的姑娘，他就這個態度？

「聽說薛老頭兒也進了宮。」因為被那下人打斷了之前的話題，老太君索性就換了一個話題。

「大概是太皇太后的情況有什麼變化吧。」阿秀說道，她也沒有聽說什麼新的消息。

「多半是那糟老頭兒也沒有法子，這才想到妳這兒來。」老太君笑著說道。

「老太君您太抬舉我了，師父這麼多年的經驗都沒有法子的病，我哪裡來的法子啊。」阿秀連忙擺擺手。

當然這是場面話，實際上，以薛老太爺這麼頑固不化的脾氣，是絕對不可能來找她幫忙的。

老太君也想到了這點，頓時捂著嘴輕笑一聲，他這性子，倒是幾十年如一日呢！

「既然這樣，那我讓人回了，就說我還想再留妳多住幾天，而且妳爹爹也在府中，自然沒有什麼必要過去。」老太君說著衝著身旁的嬤嬤使了一個眼色。

那嬤嬤便笑著點頭出去了。

阿秀沒有反對，反正她對薛家的人也沒有多少的情誼在。

那頭下人戰戰兢兢地和薛老太爺回了話。

原本已經怒火上心頭的薛老太爺一聽阿秀竟然拒絕了，頓時一口氣堵在了胸口，要不是他早年補藥吃得多，這個時候說不定一下子就暈厥過去了。

他活了這麼大把的歲數，還沒有受過這樣的氣！

好不容易緩過來了，他心裡更是下定了決心，那樣目無尊長的弟子，他就當沒有收過好了；至於薛行衣，以後要多看著點，防著他去找阿秀。

他就不懂了，一個長相普通，性子又粗魯的女子，怎麼就上了薛行衣的心了？難不成他就好這口？

要不是薛老太爺還要些臉，他真是恨不得馬上將薛行衣屋子裡頭的下人都換成這種類型的。

而薛行衣聽說阿秀不過來，好看的眉頭微微皺了一下，他好似忽略了某些事情，其實他一開始就應該和阿秀一起回薛家的……

薛行衣用手輕輕按了一下自己的額角，難怪他一直覺得好像有什麼事情忘記做了。

第二日一大早，薛行衣打算自己直接去顧家，他想要和阿秀商討一下關於太皇太后的病情，只是還沒有出門，就被人給攔住了。

「行衣少爺啊，您也不要為難老奴了，這是老太爺吩咐的。」攔住薛行衣的是在他院子裡幹了十幾年活的老僕人。

「祖父讓你管著我不讓我出門？」薛行衣有些茫然，祖父最近這是怎麼了，做事都沒個緣由。

「老太爺說最近事比較多，讓少爺您留在自己院子裡，他隨時會來找您。」那老僕人自然不能說是知道了薛行衣要去顧家以後，才特地攔住他的吧。

老太爺說了，男子到了一定的年紀，多少會有些叛逆心理，你越是不讓他幹什麼，他越是要幹什麼，只是他一直都覺得，這行衣少爺的思維不能按照一般人來推理。

「那我去找祖父吧。」薛行衣轉了一個方向，往薛老太爺的院落走去。

老僕人一聽薛行衣是去找薛老太爺，自然是沒有理由再阻攔，高高興興地將人目送走了。

只是在旁人還沒有察覺的時候，薛行衣腳步一轉，直接從小院後門出了府。

那老僕人大概萬萬都不會想到，他心目中正直可靠的薛行衣少爺，竟然也是這麼一個說一套做一套的人。

薛行衣倒也不是故意騙他，只不過他想著，在找薛老太爺以前，應該先和阿秀進行一番商討會更加好。

至於薛老太爺為什麼要阻攔他出門，薛行衣只當是之前惹他老人家不高興了，這是變相的禁足。

他一向不是守規矩的人，這樣的事情做起來完全毫無壓力。

等到薛老太爺找人來請薛行衣過去，才發現人就這樣不見了。

薛老太爺聽看後門的僕人說了，薛行衣是出了府，往東大街走，他心裡恨得牙癢癢。這東大街還能有誰，自然是顧家！

好妳個阿秀，離間了他們祖孫之間的感情還不夠，還教會了他撒謊騙人。

要知道這薛行衣以往雖然話少，但是多是說到做到的。

薛老太爺只覺得這輩子沒有見一個女子這麼不順眼過。

而阿秀，原本還在顧家笑咪咪地和裴胭說著笑話，誰知鼻子一癢，直接打了兩個噴嚏。

「是不是誰在念著妳呢！」裴胭笑呵呵地看著阿秀，眼裡帶著明顯的揶揄。

他們這兒的說法，打一個噴嚏，是想；打兩個噴嚏，是念；但是在阿秀的認知中，打兩個噴嚏，是表示有人在背後罵你……

裴胭和阿秀正說笑著，就聽到下人來通傳，說是薛行衣來拜訪。

聽到這話，裴胭臉上的笑容就多了一些深意。

阿秀倒是直接問道：「可是一個人？」

那下人點頭。

阿秀頓時就有些了然，這一個人上門拜訪，那多半是要和她討論有關於醫術上面的事情，她自然是歡迎的。

相比較別的薛家人，薛行衣還是不錯的。

「阿秀啊，妳現在的年紀可不小了，這時常和薛少爺見面，要是招人非議了怎辦？」裴胭問道。

「那就讓人說去唄，走自己的路，這麼在意別人作甚！」阿秀臉上難得的多了一些囂張的笑容。

她並沒有想過要嫁人，特別是在現在衣食無憂的情況下。一個人就能過得很好，何必要變成兩個人呢！既然都沒有嫁人的打算，那她就更加不用擔心別人的看法了。

裴胭看著阿秀臉上的笑容，微微怔愣住了。

從來沒有像這一刻，裴胭這麼清楚地意識到，阿秀和自己不是一類人。阿秀超脫於世上大部分的女子，她不懂為什麼阿秀會有這樣的自信，女子不嫁人，那以後怎麼辦呢？

「我等一下再過來看妳。」阿秀衝著裴胭點點頭，便跟著下人往前面走去。

「如果妳不想嫁人，那小將軍怎麼辦呢？」裴胭在心裡喃喃道。

薛行衣等的地方是顧家的一處別廳，在阿秀來之前，他正低著頭，不知道在研究什麼。

「你這次來，是要和我說太皇太后的病情嗎？」阿秀打開門，讓外面的光照進來。

雖然已經入冬，京城更是已經下過了第一場雪，但是今天天氣不錯，外面的陽光都透著一絲暖意。

隨著陽光照射進來，整個屋子，好像一下子也溫暖了起來，就連原本薛行衣那看著很是清冷的側面，都好似鮮活了不少。

薛行衣回頭，衝著阿秀微微一點頭，臉上的表情並沒有多少變化。

「妳也聽說太皇太后的事情了。」原本該是一句疑問的話，偏偏薛行衣就能這麼直白地說成陳述句。

「妳對她的病情有什麼看法？」薛行衣繼續說道。

阿秀搖搖頭。「我只是聽說太皇太后陷入了昏迷，並不瞭解具體情況。」

薛行衣也不意外，示意阿秀過來看。

阿秀走近，這才發現他竟然將太皇太后的病例都一一寫在了紙上，包括脈象、症狀、最近的身體狀況等等，都寫得很詳細。關於宮中那些貴人的身體情況一向是要保密的，偏偏他就是有這個膽子，幹出這樣的事情來。

「飲食方面，有什麼異常嗎？」阿秀第一個猜想的就是投毒，不過這個難度可不小。

薛行衣搖搖頭。「太皇太后一向是自制的人，而且自從頭疾犯了以後，她吃的越發少了，幾乎每天就那麼一些，菜色變化也不大。」言外之意就是說，食物中投毒的機率幾乎不可能。

太皇太后身上也沒有什麼明顯的傷痕，就連針孔都沒有，所以這病因，就成了謎。

「那你有什麼猜想嗎？」阿秀問道，她覺得薛行衣不可能一點猜想都沒有。

薛行衣的神色微微凝重了些。「我懷疑會不會是湘南那邊的蠱術。」只是這方面他完全不擅長，而且前朝十分厭惡蠱術，那些人差不多都被趕盡殺絕了，這時隔幾百年，他也不知道如何探知。

阿秀聽到薛行衣說到蠱術，神色也變了一變，她沒有想到這裡竟然也有這樣的說法。在現代，她就看到不少書裡提到過，只不過她自己沒有見識過，只能抱著半信半疑的態度。

「小師姑妳也知道這個？」薛行衣看到阿秀的面色變化，心中一喜。

「我只是有聽說過，並不清楚。」阿秀微微搖頭。

薛行衣的眼中頓時多了一絲失望。

「不過你是從哪裡得知太皇太后中的是蠱術，因為沒有別的症狀？」阿秀問道，又想到了一個可能。「會不會是那天發生了什麼事情，宮人們隱瞞了下來？」畢竟太皇太后出了這樣的事情，若是宮人的失誤，他們難免會受到懲罰，人都是自私的，會有隱瞞也不意外。

「應該不會，太皇太后宮中的宮女、公公，外加嬤嬤、侍衛起碼有數十人，再加上巡邏的，不大可能不露出破綻來；而且太皇太后身邊的兩個老嬤嬤最是忠心，萬萬不可能會撒謊。」薛行衣對這點還是比較自信的。

這個年代，對僕人的忠心很是講究，當然人與人之間的信任也還沒有那麼脆弱。

「那會不會是忽略了什麼？」阿秀歪著腦袋想了一下，她總覺得太皇太后的病不是因為蠱術，那種東西過於玄幻，還不如比較現實地找緣由比較好。

「這個倒是沒有細問過，要不妳隨我進宮？」薛行衣提議道。

被阿秀剛剛這麼一說，他也覺得自己可能忽略了別的線索，畢竟現在病人不能說話，能問的也就周圍的這些人了，但是他之前一直將注意力都放在了病人身上，根本就沒有深究這些。

「我畢竟沒有被傳召，還是不去了，不過你可以仔細問問這段時間太皇太后有沒有做什麼奇怪的事情，小事情也好。」阿秀說。

她不像薛行衣，是有家族撐腰的人，就算最後沒有醫好，也頂多受點罰；但是她不一樣，她完全沒有後臺，她還怕連累了顧家，連累了酒老爹、唐大夫。也許醫治好了以後能夠得到無上的榮耀，但是她不是可以什麼都不管不顧的孤家寡人，她得考慮自己在乎的那些人。

「我讓皇上下旨去，如果是為了太皇太后，想必他肯定會答應的。」薛行衣笑著說道。這小皇帝和太皇太后的感情一向要好，如果是有什麼法子能夠醫治太皇太后，他肯定願意嘗試。

「薛行衣。」阿秀輕輕地喊了一聲他的名字，臉上的表情帶著一絲嚴肅。「我，並不願意進宮。」她擔心的東西，他不懂。

薛行衣怔怔地看著阿秀，臉上的笑容慢慢收了回去。

「我以為妳和一般的大夫不一樣。」

阿秀知道他在失望什麼，身為大夫，就該致力於研究各種不明的病症；但是這是他薛行衣認為的，而阿秀覺得，她先是一個普通人，之後才是大夫。

「我從來都是這樣子的，只是你之前把我想得太美好了。」阿秀淡淡地說道。像薛行衣這樣性子的人，未必能理解她的想法；但是不理解那又怎麼樣，她寧可當作不認識他這個人，也不會放棄自己的底線。

薛行衣站起來，衝著阿秀有些冷淡地說道：「既然如此，那我便告辭了。」

「我就不送了。」

「薛師父，您怎麼走了啊？」王川兒聽說薛行衣過來了，就屁顛屁顛地跑過去，頂了小丫鬟的名兒，特地送茶水過來，誰知道剛走到門口，就看到薛行衣一臉寒霜地大步離去。

「阿秀，這薛師父是怎麼了啊？」王川兒將茶點放到桌子上，有些好奇地看著阿秀，之前他們在一塊兒的時候，那氣氛都是挺好的啊！

「誰知道他呢。」阿秀有些無所謂地撇撇嘴，但是不可否認，她心裡多少有些失落，為失去這樣一個有共同話語的朋友。

「這薛師父人長得挺好的，就是脾氣太大，動不動就板著一張臉，怪嚇人的。」王川兒小聲吐槽道，心中還隱隱擔心會不會被已經走遠的薛行衣聽到。

阿秀只是淺笑，腦子裡卻忍不住思索著，這太皇太后到底是因為什麼原因才會導致昏迷。太皇太后原本就有頭風陳疾，若是因為身體別的毛病，誘發了她這個病，導致了昏迷，那也不是不可能……

第一百零四章　阿秀認祖

「奉天承運，皇帝詔曰……」有些陰柔的聲音充斥在顧府裡。

阿秀有些茫然地看著正在宣旨的劉公公，雖然他說的話意思很簡單，可是為什麼她有一種聽不懂的感覺。

為什麼小皇帝會召唐大夫進宮？

為什麼他會知道唐大夫懂醫術，甚至醫術很是高明的事情？

雖然他們曾經在瓊州遇到過，但是當時唐大夫並沒有在他面前表露過會醫術的事情。是誰？到底是誰將這件事情和小皇帝說了？

難道，是她……

阿秀腦中下意識地就閃過那張絕美的臉蛋，但是下一瞬間，就搖搖頭，應該不會是她；應該，大概不會……吧。

雖然和那人接觸不多，但是想到那天早上她看自家阿爹的眼神，阿秀覺得，她應該不是這麼冷酷的人，她對自家阿爹，還是有感情在的。

唐大夫是阿爹在意的人，阿秀相信，那人不會和小皇帝說的，畢竟一旦被旁人知道了，他要面臨的危機那就不是一點、兩點了。

「阿秀姑娘，太后娘娘說了，您若是得空的話，也可以進宮陪她說說話。」小六子笑得有些殷勤。雖然他是小皇帝身邊的第一太監，但是太后娘娘看中的人，自然也是懈怠不得的。

阿秀聽到他這話，面色更加難看了些。她下意識地看了一眼唐大夫，他因為一直陰沈著臉，倒也看不出有什麼憤怒的情緒；而自家阿爹，現在並沒有在這裡。

「六公公，不知我能不能多嘴問一句，這皇上是如何得知唐大夫會醫術的？」阿秀揚起一抹笑容，好似很是好奇的模樣。

小六子倒是不意外，笑著說道：「這個我也不是很清楚，好像是某位御醫和皇上提了一句，您也知道，我們皇上最是有孝心，自然是馬上就下旨來請人了。」

阿秀聽到這裡，暗暗鬆了一口氣，不知道為什麼，她心裡隱隱有些擔心，這件事情是那人說的。

就是唐大夫，在聽到小六子這麼回答以後，面色好似也沒有那麼暗沈了。

「原來是這樣，我還以為唐大夫的醫術，就是皇上都聽說了呢。」阿秀捂著臉微微一笑。「只是這太皇太后的病症是由我師父他們在診治，如今，這是……」

阿秀知道唐家和薛家以前是有糾葛的，而且算是世仇了，唐大夫就這麼出現在宮裡……那當年的事情，阿秀實在是不敢想像。

「雖說薛老太爺的醫術是頂頂高明的，但是這次太皇太后的情況實在是有些棘手，不然皇上也不會……」小六子說著嘆了一口氣，但凡有一線希望，皇上都會去試一試。

「原來如此，那麻煩六公公在一旁稍作休息，我去換身衣裳，正好和您一起進宮，雖說我的醫術上不了什麼檯面，但是也想去瞧瞧太皇太后，盡點棉薄之力。」阿秀說著，好似有些不大好意思地微微垂下頭，如今，她只希望唐大夫和薛老太爺不要撞上了。

「那是最好，唐大夫，你也準備一下，不要讓皇上久等了。」小六子對唐大夫的態度雖然有些倨傲，也不算過分。

唐大夫不過是顧家的一個小大夫，但是他好似和阿秀的關係很是不錯，阿秀又極受太后娘娘的歡喜，作為一個懂得察言觀色的太監，他自然知道什麼樣的態度才是正確的。

唐大夫只是點點頭，並沒有說話，相比較阿秀，他倒是淡定得很。

等小六子出了門，老太君和鎮國將軍的臉色都不大好看，他們都是知道實情的人，若是被旁人發覺，這當年的事情，顧家可是逃不了干係啊！

「不用太擔心，我如今都變成這副模樣了，那薛子清也未必能認得出我來。」唐大夫有些自嘲地笑笑。十一年前，他至少還算有些風度，如今，他不過是一個糟老頭罷了。他就是自己對著鏡子都想像不出自己當年的模樣了，更不用說是旁人。

老太君嘆了一口氣，雖說時間過去那麼久了，但是薛、唐兩家的恩怨那麼深，這薛子清又是個記仇的，說他真不記得他的長相了，老太君是不大相信的，只是事到如今，也不能不進宮。

誰能想到小皇帝的行動力這麼強，就是太后那邊可能都沒有收到消息，不然，也不會這麼猝不及防；難不成，他們顧家命中注定有此一劫？

「顧家嫂子……」唐大夫第一次這麼叫老太君。「當年的事情還是要謝謝妳。」若不是她，他現在哪裡還有命，看到阿秀他們。

「我不過是為了晨妹妹，她至少沒有看錯人，你只管進宮，不管結果怎麼樣，我們顧家都受著。」當年她既然敢做那樣的決定，就已經料到會有這麼一天。

唐大夫微微嘆了一口氣。

阿秀從他們的對話中，差不多能夠猜想到當年的事情，她雖然心中擔心等一下進宮的事情，但是，現在卻是一個非常好的時機。

「我先去收拾一下醫藥箱吧。」唐大夫說著，和老太君微微行了一個禮，就往門外走去。

阿秀也藉此先告辭。

唐大夫的步伐很快，阿秀隻身大步跟在後頭，見他馬上要走進自己的院落，阿秀開口喊道：「祖父！」

唐大夫的身子一下子僵在了原地，但是很快的，他又大步往前走了起來，步伐較之前，更大更急。

阿秀忍不住小跑著跟在後頭，聲音又加重了些地喚道：「爺爺！」她就不相信，這次他還能當作沒有聽到。

果然，唐大夫的步伐這次是真的停了下來。

他面色微沈，轉過頭來，看著阿秀，問道：「妳叫誰爺爺？」雖然他臉上還是沒有什麼表情，但是內心卻是各種起伏。

阿秀，她真的知道了？雖然她之前有說過，知道自己姓唐，但是畢竟沒有說破，他只當她不過隨口一說；但是現在，唐大夫知道，有些事情，已經瞞不住了。

「我叫的是您，您也應該知道，我就是您的孫女。」阿秀仰著腦袋，看著唐大夫，說得很是肯定。

若不是足夠肯定，她自然不會這樣就說出來；若不是遇到今天這樣的情況，她也不會就這麼說破，有時候，大家假裝對方不知道，這樣可能會更加好。但是，在現在這樣的情況下，阿秀不能再假裝不知道了，因為，她要保護他！

唐大夫嘴唇微微顫抖著，嘴上卻還是不願意承認。「阿秀，妳不要隨便亂說，我不是妳爺爺。」要否認這個事實，唐大夫說得也很是艱難，明明他就是她的爺爺，明明他就這麼渴望，阿秀能叫他一聲「爺爺」。

「您明明就是，我阿爹已經都告訴我了！」阿秀一點兒都不心虛地將責任全部推到了酒老爹身上。

聽到阿秀這麼說，唐大夫的臉色頓時有些難看了。他雖然渴望認阿秀這個孫女，但是他更加惱火的是自己那個兒子，竟然這麼不管不顧地將事情和阿秀說了。

阿秀還那麼小，要是她心裡接受不了怎麼辦？要是她追究起當年的事情，那又該怎麼辦！那孽子，存心是要氣死他不成！

見唐大夫臉上一陣黑、一陣紅的，阿秀心裡默默為自家阿爹默哀了一下下；反正他老坑自己，自己偶爾坑一下阿爹也沒事吧……

「爺爺。」阿秀見唐大夫這次沒有再反對，心中鬆了一口氣，暗暗一陣驚喜。

唐大夫有些疲憊地嘆了一口氣，問道：「妳阿爹都和妳說了什麼？」

如果對方不是阿秀的話，唐大夫也許不會這麼輕易就相信；但是因為對方是他內心最為重視的孫女，她說的話，唐大夫才沒有過度地深究。

「當年唐家和薛家的恩怨，我也都知道了，還有當年唐家的滅門……」阿秀說到這裡停了一下，下意識地去看唐大夫的表情，發現他臉色不是很好，就不再說下去了。

關於自己親娘的事情，她還是當作不知道吧……

「妳阿爹連這個都和妳說了？」唐大夫覺得自己腦袋上的青筋在不斷地抽動著，那孽子，腦袋是被驢踢了嗎，難道不知道什麼該說，什麼不該說嗎？

「這個不能和我說嗎？」阿秀用很是無辜茫然加好奇的眼神看著唐大夫，她原本就長得甜美，這麼一來，就顯得更是可憐兮兮。

唐大夫看著她和亡妻有七、八分相似的面孔，心中一軟，她不過是個孩子，有什麼重話，也要留到那個孽子身上說去。

「沒有，只是覺得之前的日子委屈妳了。」唐大夫的目光一下子柔和了下來，語氣也是溫和了不少。

阿秀聞言，知道唐大夫算是接受現實了。

又說了幾句，順便商量了一番到時候的應對法子，他們這才各自回了房間。雖然沒有得出具體的什麼方法，但是也只能先這麼著了。

只是等她換好衣服出了房門，就看到一身狼狽，滿臉哀怨的酒老爹。

阿秀拍拍胸口，後退了一步，問道：「阿爹，您站在這裡作甚？」冷不防看到這張大鬍子臉，她還被嚇了一下下。

「妳剛剛和唐大夫說了什麼？」酒老爹幽幽地說道。

剛剛他正在院子裡曬太陽，就被唐大夫拿著竹竿敲著跑了一路，自從十歲以後，他就再也沒有被這樣對待過，這麼狼狽地跑了好一會兒，他才知道是因為阿秀的緣故。

雖然阿秀說的那些事情是沒有錯，但是，這分明就不是他說出去的啊！自家老爹根本就不聽自己的解釋，要不是他腿腳俐落，現在可能都被打掉一層皮了。

「您是說我和爺爺嗎？」阿秀笑咪咪地看著酒老爹說道。她看他這架勢，就知道是被唐大夫收拾過了，雖然他是自家阿爹，但是看著他挨揍，阿秀覺得有一種莫名的爽感。

「妳怎麼知道，他是妳爺爺，我可沒有和妳說過！」酒老爹黑著一張臉說道。

「我自然是什麼都知道的啊，唐軍師！」阿秀看著酒老爹，笑得一臉的高深莫測。

有些事情，她不說，並不代表她不知道！這個真相，她原本並不打算和酒老爹說破，但是既然他自己跑過來了，那她也就實話實說了。他們就錯在，太不把自己放在眼裡了。

酒老爹聽到這話，頓時後退兩步，臉色都直接變了，聲音帶著一絲結巴。「妳、妳怎麼知道的？」他當時明明有進行一番喬裝打扮，阿秀怎麼可能會認得出來?!

他自認為，自己有沒有鬍子，還是有很大的區別的，至少在年齡上，看起來可以相差二十歲！

「我可是您女兒，您覺得您刮掉鬍子，我就聞不到您身上那股酒味了？」阿秀沒有好氣地說道。雖然事實上，如果不是提前看過他鬍子下面的容貌，她還真的是認不出來，但是有些事情，可不能這麼直白地就說出來。

酒老爹聞言，一臉的難以置信。那時他明明已經好久沒有喝酒了，沒有道理身上還有酒味啊！他身上的衣服都不知道換過多少遍了。

「妳可不要忽悠我。」酒老爹半信半疑地看著阿秀，難不成阿秀的鼻子比狗還要敏銳？雖說學醫的人，平日裡藥材聞得多了，這鼻子對氣味就比較敏感，但是也沒有厲害到這種地步啊！

「我忽悠您作甚，至於唐大夫是我爺爺的事情，也的確是您自己告訴我的。」阿秀見酒老爹一臉的不相信，笑著說道：「您可能不知道，您晚上特別愛說夢話。」

對於說夢話這點，當事人自己肯定不可能知道，所以酒老爹聽到阿秀這麼一說，眼中頓時充滿了驚疑。

他以前應該沒有這個毛病啊！但是現在……酒老爹自己也不敢確定了。

他開始懷疑，難不成真的是自己說漏了嘴？不然，也實在有些難以解釋，阿秀會什麼會清楚這些。

「您就不要懷疑了，不然您以為我為什麼會知道呢？」阿秀衝著酒老爹嘿嘿一笑。

酒老爹心中頓時一陣懊悔，他不該睡覺的時候就放鬆警惕，他現在算是相信了阿秀的說辭。

「我沒有說什麼別的奇怪的話吧……」酒老爹膽戰心驚地看著阿秀問道。說出這個真相還不算什麼，他就怕自己真的說夢話，把她親娘的身分也說了，那可如何了得！

他哪裡知道，阿秀老早將那些事情都猜到了。

「別的奇怪的話，比如呢？」阿秀故意問道。

「沒什麼，沒什麼！」酒老爹連連擺手，他覺得阿秀應該不知道，不然她不可能這麼平靜。

「阿爹您是不是有什麼事情瞞著我啊？」阿秀問道：「您說您不告訴我唐大夫就是我爺爺，難不成我親娘也在我身邊？」阿秀故意這麼說，就是為了讓酒老爹覺得，她不知道那件事情。

「妳胡說些什麼呢！」聽到阿秀這麼說，酒老爹的情緒一下子就激動了些，不過還好他及時控制住了。「妳阿娘十一年前就過世了，這點是肯定的。」酒老爹很是使勁地點點頭，就怕阿秀不相信。

「好吧，我以為阿娘也還在人世。」阿秀故意做出一副失望的樣子。

「不要想這些有的沒的，阿娘能給的，阿爹不是照樣能給妳。」酒老爹信誓旦旦地看著阿秀。

「阿爹，您確定您這話是摸著良心講的？」阿秀有些無語地看著酒老爹，他就連一個當爹的責任都沒有盡到，更不用說是身兼母職了。

「好了好了，這時辰也差不多了，妳快點過去吧，不要讓人等了。」被阿秀這麼一問，酒老爹臉上頓時有些掛不住了。誰讓他發現，這話，自己還真的沒法摸著良心講。

「嗯。」聽到酒老爹這麼講，阿秀就想到了等一下要面臨的巨大問題，臉上的笑容一下子就沒有了。

酒老爹看到阿秀眼中的沈重，安慰道：「不要太擔心了，妳爺爺，他多少會有些應對的法子的。」自家老爹，這些能耐還是有的。

「好。」阿秀點點頭，不管怎麼樣，她會努力保護好爺爺的！

「那就過去吧，我在這裡等著你們回來。」酒老爹拍拍阿秀的肩膀。

阿秀應了一聲。

走到大門口，小六子老早就等在了那邊，唐大夫也已經揹著醫藥箱，站在了一旁。

「實在不好意思，讓你們久等了。」阿秀衝著他們笑笑。

小六子倒是不在意，笑著說道：「女子嘛，花些時間打扮是正常的。」若這人不是阿秀，小六子的態度也不會這麼的和善，這宮中的人，最是擅長看人說話了。

在眾人有些擔憂的眼神中，阿秀和唐大夫坐上了宮裡的馬車。

等到了宮中，阿秀和唐大夫下車，跟著小六子步行。

「六公公，不知我師父可在宮中？」阿秀問道。她琢磨著，自己可以把人給引出來，只要不要讓他看到唐大夫就好了。

「薛老太爺自然是在宮中，自從太皇太后鳳體違和，他也有好幾日沒有好好休息了。」小六子說道。

「師父現在還在太皇太后的宮裡嗎？」阿秀繼續問道。她以前怎麼就沒有發現，自己那便宜師父是一個這麼盡責的人！不過對方是太皇太后，也容不得他怠慢。

「這個就不清楚了，不過往常這個時候，應該是在的，正好唐大夫過去，可以商量一下病情，多個人，多個法子。」

「六公公說的是。」阿秀笑得有些勉強，心想，難不成他們的見面是不可避免的了？

「好了，太皇太后的寢宮就在前頭，你們進去吧，這個時候，皇上該在書房，我得去旁邊候著了。」小六子說道，隱隱表現出了，他在皇上心目中不可取代的地位。

阿秀自然樂得奉承他。「六公公最是得皇上的器重，剛剛實在是麻煩六公公了。」

小六子聞言，心情頓時就好了，笑咪咪地和阿秀告別，離開了。

阿秀見小六子走遠了，才壓著聲音和唐大夫說道：「我先進去吧，要是他人在，我先將人忽悠走了，您再進去？」

「阿秀，妳過來了啊？」路嬤嬤一出來，就看到阿秀有些鬼鬼祟祟地跟唐大夫在說些什麼。

阿秀被這突然出現的聲音嚇了一大跳，等看到來人是路嬤嬤，這才微微鬆了一口氣。

「嬤嬤，您怎麼在這裡？」阿秀問道。

「太后剛剛身子有些不適，便讓我將薛老太爺請過去瞧一瞧了。」路嬤嬤往唐大夫的位置看了一眼。之前小皇帝下旨，她們是後來才收到消息的。太后自然是知道其中的問題，便讓人將薛老太爺和薛行衣都請了過去，她則等在這裡，將情況和他們說。

阿秀聽到這裡，頓時鬆了一口氣，沒想到她原本擔心的事情，這麼簡單就被解決了。

「太后娘娘身子沒事吧？」阿秀關心地問道，她沒有忘記，那次無意間碰到的脈象。

「沒什麼大事，可能是最近睡得不是很好。」聽到阿秀關心太后，路嬤嬤的臉上露出一絲笑容。

「那可要好好調養。」

「我會轉告娘娘的，你們趕快進去吧。」路嬤嬤笑著招呼他們進去。

阿秀衝著路嬤嬤微微頷首，便拉著唐大夫走了進去。

第一百零五章　治或不治

阿秀和唐大夫走進去，就看到幾位老嬤嬤站在一旁，見他們進來，便微微頷首，輕聲指引著他們過去。

「太皇太后一直沒有醒來過嗎？」阿秀輕聲問道。

那老嬤嬤點點頭，神色間帶著一絲無奈。這都快一個月了，若不是一直用珍貴的藥材吊著命，太皇太后她……

唐大夫用手輕輕握住太皇太后的手，面對仇人的娘，他以為自己會憤怒，事實上，他只覺得有些悲哀。

「太皇太后先前是不是犯過病？」唐大夫微微眯了眯眼睛，她舌暗苔膩，脈沈滑緩，大約是昏迷得久了，身體一下子就衰敗了。

「先前是有犯過一次，但是吃了薛家少爺留下來的藥，便好了，只是這次，冷不防就這麼倒了。」

那天晚上太皇太后還好好的，心情也很好，晚膳之後還用了一碗燕窩羹，誰知道早上去請早的時候，人就昏迷不醒了；叫了御醫過來看，卻不知道是什麼緣由，配了藥也沒有用，如今只能這樣吊著。她們這些老人，瞧著太皇太后越來越虛弱，心中更是萬分心疼。

唐大夫垂眼，這個病症，他以前有見過一次。當初是在軍營的時候，一個老炊事兵，原本身子就不好，還愛吃肉，吃肥肉，某日一下子就倒了。一檢查，是血瘀證。

這病一般是因為年老體衰、氣血虧虛、內風或逆亂的氣血上沖腦部所致，平時比較少見，而且醫書上並沒有具體的記載；若不是當年他有遇到過相似的病人，他也不會專門去研究，只是……現在的情況是，他並不適合出這樣的頭。

「不知薛家老太爺是如何診斷的。」唐大夫開口問道。既然不能出頭，他就找一個和別人差不多的說法。

「說是腦疾。」旁邊的一個老嬤嬤說道。心想他這麼問，言外之意就是說自己沒有什麼看法。

「草民也是這樣的看法，太皇太后這次是由於之前陳疾突發，導致氣血上沖所致。」唐大夫低著頭說道。

「那你有什麼法子嗎？」老嬤嬤問道。如今太后身子不適，皇上忙於國事，後宮又沒有別的女人，也只有她們守在一旁了。

「恕草民才疏學淺，如此病症，實在是無從下手。」唐大夫微微俯下身說道。

阿秀有些詫異地看了一眼唐大夫，他竟然這麼直白地說自己不會?!就他剛剛的模樣，阿秀以為，他是有一點想法的。

「既然如此，那我們就這麼回了皇上。」那老嬤嬤雖然有些失望，也不大意外，最近至少有十餘名大夫說這樣的話了，聽得多了，自然也就習慣了。

「草民惶恐。」

「皇上日理萬機，想必也沒有時間來接見你了，你就自己出宮去吧。」既然沒有什麼作用，那些老嬤嬤對唐大夫的態度也就冷淡了許多，找了小宮女，就打算將人送出宮去了。

「我去送送唐大夫吧。」阿秀見她們要將他送出去，連忙上前說道。

「那妳便去吧。」老嬤嬤對阿秀明顯也沒有什麼興趣，不過這阿秀畢竟是太后的心頭好，她們對她自然是比較客氣。

「爺爺，您剛剛是不是看出什麼苗頭來了？」阿秀輕聲問道。

唐大夫看了一下四周，見沒有人注意，這才輕聲說道：「太皇太后那是血瘀證。」

阿秀先是一愣，緊接著才反應過來，這是腦出血，一般都是因為高血壓引起的。

阿秀想起之前給太皇太后看病的時候有了解到，她平日比較喜歡甜食，雖然身材不算過於豐腴，但是這個年紀，得高血壓的概率可不小。

中醫上沒有高血壓這種說法，所以之前阿秀也沒有太在意；如今想來，應該是那天太皇太后因為心情比較好，多吃了一些甜食，過分飽食，這才引發的腦出血。

「那您可是有什麼法子？」阿秀問道。

「等我回顧家，我將方子交與妳。」唐大夫輕聲說道，頓了一下，才繼續說道：「雖然不屑於攀附他們，但是，如果能勝過那薛家，也是一件不錯的事情。」

唐大夫本身並不大願意救治太皇太后，畢竟他們中間還夾雜著一段血海深仇。但是，他也不是什麼都不分的人，罪魁禍首是先帝，太皇太后頂多是幫凶，這治和不治，都不過在他一念之間。若是醫治好了她，能夠給阿秀謀取足夠大的福利，他倒也不會吝嗇。

只是這個病症，即使治好了，那後遺症也不小。太皇太后昏迷的時間過於長久，身子內部都敗壞了，就算救回來，也沒有多少時日了。

「其實，您若是不想救治，也沒有關係。」阿秀輕聲說道。她猜到了當年的事情，如果唐大夫不願意救治，那也是在情理之中。

唐大夫微微一愣，他沒有想到阿秀會說這樣的話，一時間，他竟不知道說什麼……

「大夫，還是要以救治病人為本分。」唐大夫說，他並不希望阿秀過於執著於當年的事情，他自己的確是無法釋懷，但是他不想阿秀因為那些事情，被蒙蔽了眼睛。作為長輩，他只希望阿秀能開開心心地長大。

「我覺得，我們先是人，後是大夫，做人自然是要敢愛敢恨，這和做大夫並不衝突。」阿秀看著唐大夫，說得很是認真。

這就是她的待人處世之道。她從來就不覺得，做了大夫，就要什麼人都救治；大夫也是有喜怒哀樂的，大夫也是人，是人就會有自己的慾望。

「既然如此，那便隨妳的意願。」唐大夫說道。對於阿秀說的，他明明覺得有些地方好像不大對，但是一時之間竟也無法反駁。

「您先回去，我等一下就回去。」阿秀拉拉唐大夫的衣袖，帶著一種小女兒的撒嬌。

看到阿秀如此，唐大夫只覺得自己的心都要化了，頓時只覺得，只要是阿秀說的，那必然是正確的。

「好，那妳自己小心點。」唐大夫囑咐了幾句，便跟著等在一旁的宮人出了宮。

等阿秀回宮，薛家祖孫正好回來。

阿秀暗自慶幸，還好唐大夫已經回去了，不然就真的撞上了。

薛行衣看到阿秀，臉色並不是很好看，他並沒有忘記之前的事情。

薛行衣見阿秀若無其事地走近，忍不住開口道：「妳不是說不願意進宮嗎？」明明是她的錯，他卻更加沈不住氣，他本不是這樣的人！

「太后娘娘召我進宮的。」阿秀顯得很是無辜，言外之意就是說，進宮不是她自己的本意。

薛行衣冷哼一聲。

薛老太爺聽著他們的對話，心中一陣膽戰心驚，自家這孫子，難不成真的對阿秀有意？不然，怎麼會有這麼明顯的情緒波動！

「阿秀，妳打算何時回薛家？」薛老太爺擺出一副做長輩的架勢，有些居高臨下地問道。

他可沒有忘記，當初阿秀拒絕回薛家的事情，他倒是要看看，當著他的面，她打算怎麼回答。不過薛老太爺明顯太高估自己在阿秀心目中的地位了，即使他是阿秀名義上的師父，但是她也未必會給他什麼面子。

「我想在阿爹身邊。」阿秀很是直白地拒絕了薛老太爺的問話。薛家根本就沒有真心待她的人，她在那邊生活也不自由，她又沒有病，當然不會自己去找不痛快！

薛老太爺聽到阿秀這麼說，整張老臉頓時就不是那麼好看了，輕哼一聲，就不再看向阿秀。

真是給臉不要臉！要不是剛剛去了太后那邊，他才不會特地問她這件事情，偏偏她還是個不識相的！

「師父那麼多弟子，少我一個應該也不少吧。」阿秀故意笑咪咪地說道。

薛老太爺自然是不少她那麼一個弟子，但是他身居高位久了，一般只有他拒絕別人，哪有別人拒絕他的，阿秀剛剛的行為，已經嚴重觸犯到薛老太爺的底線。

「既然妳不願意回來，那便不用回來了。」薛老太爺冷著聲音說道。她不願意回薛家，那就永遠不要回來了，也省得他老覺得不順眼。

「既然師父這麼說，那我就恭敬不如從命了。」阿秀臉上的笑容更加歡快了些。

薛老太爺聽到阿秀這麼說，臉色就更加難看了幾分。

他和薛行衣，不愧是祖孫，現在的表情也是十分的相似。

阿秀一個人，幾句話就讓薛家兩祖孫不痛快，這也算是一種本事了！

將薛家兩祖孫都弄得不痛快了，拍拍屁股，直接閃人。

既然她是太后召進來的，現在這兒沒有她什麼事情了，自然就可以走人了。

至於那太皇太后，阿秀還是剛剛的想法，若是唐大夫心裡的確想要救治，那就救治，不然的話，就這樣順其自然吧。就當年的恩怨，他們唐家人並沒有這個義務去救這個人。

等阿秀跑遠了，薛老太爺才寒著臉帶著薛行衣進了太皇太后的寢宮。

「你現在知道她的為人了吧。」薛老太爺沈著聲音說道。不尊重師長，小小年紀，性子就這麼狂傲，身為女子，更是不懂得三從四德。

「嗯。」薛行衣有些敷衍地輕輕應了一聲，腦袋微微下垂，他在想，阿秀到這裡來是因為什麼？

雖然阿秀說的是，太后召她入宮，但是她卻出現在太皇太后的寢宮，這是不是意味著，其實她心裡也是希望來看一下的？當初她那麼義正辭嚴地拒絕他，也不過是一時的嘴硬？

薛行衣覺得，阿秀不過是嘴硬心軟，他覺得自己心裡的某一處，好似舒坦了不少，不知道是因為幫她找到了一個好的理由，還是為自己找了一個合理的藉口。

「你不要不放在心上，我活那麼大把的年紀，見過的女子可比你多得多，她這樣的，小小年紀，如此囂張，注定是不會有什麼大成就的。」薛老太爺眼中帶著一絲不屑，雖然現在宮中的貴人好似比較歡喜她，但是這貴人的恩寵最是多變，真正有保障的，還是一身的醫術。

在薛老太爺看來，阿秀無非就是投機取巧，仗著自己是女子的身分，和宮中的貴人套近乎。

「祖父，阿秀她是您的弟子，她的成就和薛家，是息息相關的。」薛行衣看著薛老太爺，說道。

在外人看來，阿秀是薛家的弟子，她如果有什麼成就，那也是薛家的光榮，若是她得罪了人，那薛家也會被連累。

這麼簡單的道理，他都知道，為什麼祖父會看不透呢！

或者說是，不願意看透。

薛行衣他不會理解，薛老太爺心中的想法，他不是看不透那麼簡單的道理，他是故意忽略了這點。

在薛老太爺從小的教育中，女子就該是主持家務的，阿秀這樣突兀的存在，已經有些推翻了薛老太爺以往的認知；而且阿秀表現出來的對醫術上面的天賦，讓薛老太爺隱隱產生了一種危機感，所以他迫切地想要見到她受挫，要驗證自己的想法是沒有錯的。

女子，是做不得什麼大事的！

但是，偏偏阿秀卻沒有如他的願，這讓薛老太爺心中更是不舒坦。

長此以往，他的心態上就有些扭曲了。明明是一條線上的螞蚱，他卻是恨不得見她落水，即使這可能會對他本身造成一定的傷害。

「那又如何，我們薛家這麼大的家業，可不是靠她一個女子成就的。」薛老太爺很是無所謂地說道。

薛家那麼多年的家底，都是一代一代的人積累上去的，可不是一個女子就能改變的。

他卻不知道，千里之堤毀於蟻穴，他這麼不盼著阿秀好，若是阿秀真的惹出什麼事情來，那第一個跟著倒楣的絕對是薛家。

畢竟在旁人看來，除了酒老爹這個親爹，和她關係最近的就是他這個便宜師父了。

薛行衣怔怔地看著薛老太爺，第一次，他覺得面前的這個老人顯得有些陌生。

從小，他就是在薛老太爺的教導下長大的。在他心目中，薛老太爺就是他學習的對象，是他想要超越的目標；但是現在，他卻覺得，有什麼東西好像改變了。

「好了，你也不要老想著她了，現在當務之急還是太皇太后的病情。」薛老太爺說著，率先走了進去。

薛行衣看著他的背影，眼中閃過一絲淡淡的憂傷，也跟了進去。

薛老太爺之前就知道，今天會有別的大夫過來，他便隨口問了一句。「剛剛那個大夫，可有下什麼診斷？」雖然覺得對方能醫治的機率幾乎為零，但是他還是習慣性地問了一下。

「唐大夫說跟您的看法差不多。」旁邊的老嬤嬤說道。

這薛老太爺和薛行衣畢竟是醫治太皇太后最久，也是最有可能醫治好太皇太后的人，所以她們的態度較之別人，更是親切了不少。

「唐大夫？」薛老太爺微微一愣，那個大夫，姓唐？京城姓唐的人不少，但是姓唐，又懂醫術的，那著實可不多；只是當年，唐家已經被燒得一乾二淨，他搖搖頭，自己果然是想得太多。

「那大夫可有寫什麼方子？」薛老太爺繼續問道。

老嬤嬤搖搖頭。

「那大夫說是沒法子，就走了，虧得皇上這麼重視他，親自下的旨意。」那老嬤嬤說起這件事情，還有些忿忿不平。若是有些本事也就算了，偏偏是個連方子都開不了的人，這落差未免也太大了。

「說是沒有法子嗎？」薛老太爺免不了一番深思。

之前的那些大夫，不管怎麼著，多少也是會留下一個方子；但是這個大夫，卻是直接說不會，這樣反而讓他有了一絲欣賞，至少知道不胡亂開方子，也免得病患抱希望。

「這個大夫是哪裡請來的啊？」薛老太爺雖然知道近來會有其他大夫來診治太皇太后，卻是不知道對方的來歷，因為沒有留方子，他忍不住就起了好奇心。

「聽說是從鎮國將軍府請來的。」老嬤嬤說道。她其實也不是特別清楚，只不過無意間有聽到了一些。

鎮國將軍府？薛老太爺忍不住想到了阿秀，她也是從那邊出來的，想到對方和阿秀來自同一個地方，他頓時覺得什麼興趣都沒有了，連個方子都沒有留下，想必是真的沒有什麼實力吧。

反倒是薛行衣，他之前就有見過唐大夫，雖然沒有看唐大夫治過病人，但是他之前有見他整理藥材，那熟稔的手法，肯定不是一般人；若是出了宮，有機會定要去拜訪一番的，說不定能有一些新的發現。

「太皇太后剛剛可有什麼變化？」薛老太爺將唐大夫的事情拋在腦後，轉而問起了太皇太后的病情，雖然他們不過離開一小會兒。

「還是老樣子，一直沒有變化。」那老嬤嬤說著又是一陣長長的嘆氣。

薛老太爺眉頭微微皺起，這個問題，著實棘手。

第一百零六章　唐家的事

阿秀到了太后寢宮門口，才有些遲鈍地反應過來，心情頓時有些複雜。

「阿秀來了啊。」路嬤嬤遠遠地就看見了阿秀，衝著她揮手，又朝一旁的宮女吩咐道：「快去御膳房，將那剛做好的百花芙蓉糕、蜜汁杏脯都端過來，還有一直燉著的燕窩，差不多也可以拿過來了。」

「是。」那小宮女急急忙忙地下去了。

在寢宮裡頭的太后聽到路嬤嬤的聲音，連忙輕聲對著身邊的嬤嬤道：「將我梳妝檯上的胭脂盒拿過來。」她要再補點胭脂，今兒的面色、氣色不是那麼好看。

「是，娘娘。」那嬤嬤說話間，便拿了胭脂盒過來，在太后臉上淺淺地添了一層。

「這麼一點，夠了嗎？」太后拿起身邊的小鏡子，對著鏡子打量了一番，好像還是太蒼白了。

「再添上一些吧。」她不想讓阿秀看出一絲異樣來。

「娘娘，您現在就很美麗了。」旁邊的嬤嬤打趣道：「這魚兒看了，怕是也要羞得沈下去了。」

太后一聽，還想說什麼，卻見阿秀已經跟著路嬤嬤進來了，連忙將胭脂盒往身後一塞，她笑盈盈地從軟榻上坐了起來，衝著阿秀輕輕揮手。

「阿秀來了啊，快點過來，讓哀家瞧瞧。」雖說她一直有關注阿秀的動態，但是畢竟不是親眼所見，距離上次見面，已經有不短的時日了，她自然是想念得緊。

「參見太后娘娘。」阿秀掩下自己眼中的彆扭，衝著太后微微行禮。

「不用多禮，快坐這邊。」太后自然捨不得阿秀行禮，連忙起身，將她拉到身邊來。

阿秀好似又長高了些，手軟軟的，涼涼的。

「這天氣日漸轉涼，妳可不能貪了涼。」太后說著，讓宮人去取了她的披風來。

阿秀心中忍不住就是一陣不自在，雖然她知道太后對自己的好是出於真心，但是她卻還是有些難以接受。

太后將披風給阿秀披上，拉著阿秀的手，笑咪咪地說道：「前兒下頭送上來幾對金絲祥雲繡花鞋，我瞧著大小正好適合妳，今兒妳剛好在，可以試試。」

路嬤嬤在太后說之前，就已經將那些鞋子都拿了過來。

都是剛做好的鞋子，不說做工，就是那款式，都是最近京城最為流行的。上面繡的，也是現在京城的貴女，最為喜歡的花樣，用的絲線，更是平日少見珍貴的。

太后說的是下頭送上來的，實際上卻是她專門吩咐下去，剛剛做起來的，不然就她的年紀，可穿不得樣式這麼年輕的繡花鞋。

而且她現在畢竟處在這個位置上，平時說話打扮更是要穩重，粉色、桃色這樣的鞋子，自然是不會穿的。

「我瞧著，這個顏色是極好的。」路嬤嬤從中拿出一雙嫩黃色的，樣子很是清新，上面銀線纏繞，穿在十三、四歲的女孩子身上，更是顯得俏皮生動。

「這鞋子，未免太花俏了……」阿秀看了一眼，上面繡了不少的圖案，若是她的心理年齡再小上十幾歲，說不定就會喜歡。

「哪裡花俏了，這京城的貴女，最是喜歡這種了。」路嬤嬤在一旁說道，她可是專門去打聽過的。

阿秀聞言，忍不住看了太后一眼，其實這繡鞋，是專門為她做的吧……只是太后越是這樣對她好，她心裡就越是不自在。如果太后對自己不聞不問，甚至冷言冷語，自己說不定還會好受些，這樣就能很直接地討厭她；偏偏太后處處要對自己好，而且還總是用那種愛憐的眼神看著自己。她自認為不是外貌協會的，但是面對太后這樣的容貌，她想心硬都有些難。

「這色配娘娘倒是極好的。」阿秀說著，用手指了指一雙暗紅色的鞋子，上面用金銀線繡了富貴的牡丹花，顯得很是大氣。

「阿秀的眼光自然是極好的。」太后聽到阿秀那麼說，直接將那雙鞋子拿了過來，笑著說：「我看著也十分的歡喜。」她原本對這個顏色並沒有什麼特殊的喜愛，只因為阿秀的這句話，她瞧著這雙鞋子，自然是萬分的中意。

「我瞧著也是極好，娘娘您何不試試？」路嬤嬤見太后有些躍躍欲試，卻又不好表現出來的模樣，直接給了她一個臺階，讓她可以順勢下來。

太后一聽，眼睛一亮，笑著說道：「那我便試試。」

「正好。」路嬤嬤伺候太后將鞋子換上，太后的腳不大不小，不過因為修長，顯得很是好看，雖然還穿了襪子，但是也能看出腳的形狀很是美好。

「那就這樣穿著吧。」太后將原本的鞋子往旁邊輕輕一踢，就打算直接不要了。

路嬤嬤瞧見她那個小動作，只是捂著嘴，輕輕笑著。

「阿秀不如試試這一雙？」太后聽阿秀說，那個嫩黃色太花俏了，就選了一個青草綠的，上面繡著精緻的小花，相比較那雙嫩黃色的，這雙顯得更加普通些。

這鞋上的布瞧著普通，卻是很難得的雲緞，摸起來很是柔滑。這一年一共不過幾十疋的產量，普通人家便是連見都沒有見過，一般權貴人家得了，多是用來給小孩子做貼身的衣物，哪有用來做鞋子這麼浪費的。

「好。」阿秀看了一眼，這個綠色的算是最為普通的一雙了，便點點頭。

太后見阿秀點頭，眼中頓時閃過一絲喜色。

路嬤嬤瞧著她們相處融洽，臉上閃過一絲欣慰。

阿秀的腳比太后的腳要小上一些，穿上那青草綠的繡鞋，稍微走了兩步，大小正好。

太后見狀，暗暗鬆了一口氣。阿秀這個年紀，腳還在長，她雖然之前有觀察過阿秀的腳的大小，特地吩咐工匠按照這個大小做的鞋子，但是也怕隔了一段時間再穿，大小就不對了。

「我穿著顏色就顯得輕佻了，妳這個年紀穿正好，還有這桃色、粉色、嫩黃色，妳記得都帶上，自己若是不喜歡，就送給交好的小姊妹，我記得顧家那小丫頭，跟妳不錯呢。」太后說道。

「多謝娘娘。」阿秀連忙道謝。

「妳不用這麼拘謹。」太后輕輕拍拍阿秀的手，閒聊起來。

「剛剛唐大夫給太皇太后診了一下脈，不知道情況如何？」

若是按照正常的程序，阿秀剛進來，太后先問的應該是太皇太后的情況，偏偏她一開始卻是讓阿秀先挑鞋子。這讓阿秀也有些弄不明白了，太后對太皇太后的感情，到底是哪樣的。

「唐大夫說，沒有醫治的法子。」阿秀說道，她自然不會將其中的隱情說出來。

「這樣啊……」太后的眼中閃過一絲淺淺的遺憾，若是那人都這麼說了，那想必是真的沒有法子了吧……雖說心裡有些難過，但是有些事情，也不是她能控制的，這生老病死，本來就是人之常情。

「聽說娘娘身子也有所不適，不知是哪裡不舒服？」阿秀趁著太后正握著她的手，微微一個扭動，就握住了太后的手腕。

「我不過是睡眠不佳罷了。」察覺到阿秀的動作，太后身子一僵，將手往後面一縮，阿秀原本就沒有用多少的力道，這麼一來，自然是脫離了她的牽握。

雖然不過短短的一瞬間，但是阿秀還是察覺出了不少的問題，太后的心脈很虛，五臟六腑似乎都處在衰竭的狀態；明明不過三十出頭的年紀，但是那脈象，卻好似五、六十歲的老人，這讓她不多想都不行。

「娘娘近年來，身子虛得很厲害？」阿秀忍不住問道。她覺得自己不該起這個頭，但是嘴巴卻比心裡的想法快上一步。

太后聽到阿秀這麼說，心中一驚，連忙笑道：「妳瞧我哪裡像身子不好的人，不過是這幾年睡眠不是很好，所以有些不大舒服罷了。」

太后畢竟不是學醫的，一下子能想到的，也不過只有這麼微弱的一個藉口。

若只是睡眠不好，心脈怎麼會受損得這麼厲害？不過她睡眠不好，也的確不是假的。

「這睡眠不好，問題可大可小，不知娘娘平日裡可有熏香的習慣？」阿秀問道。

「我不大喜歡那些奇奇怪怪的味道。」太后輕輕捂了一下嘴巴。

她年輕的時候，也不是不喜歡這些玩意兒，畢竟是女子，多少是有些喜歡的；特別是還在唐家的時候，他會用各種藥材給自己調製各種香料，就為了哄她開心。

後來到了宮裡，她的熏香中被人下了藥，差點就沒了命，從此以後，她就不用熏香了；倒不是說她怕死，只是不願意用自己的死，成全了別人的慾望。

「我這裡有個方子，用這些藥材製成的熏香，可以改善睡眠。」阿秀說。

阿秀告訴自己，只因為收了人家的鞋子，就當作是禮尚往來。

「我去拿紙筆。」一路嬤嬤在旁邊聽著，立馬主動將紙筆拿了過來。

別人開的方子，太后未必會聽，但是這是阿秀寫的，就算她心裡再不喜歡這個東西，也會乖乖聽話的。

以往若是別的大夫開了什麼藥，太后都是很隨意，有時候心情好才會喝上兩口，所以身子一直不見好；如今，若是阿秀願意幫她好好調養的話……

路嬤嬤想到這，心中忍不住起了一些期盼。

「娘娘，要不您讓阿秀瞧瞧，我瞧著阿秀的醫術是極好的。」路嬤嬤說著，很是期待地看著太后。

太后聞言，卻是皺了一下眉頭，有些不贊同地掃了路嬤嬤一眼，她現在的情況，怎麼能讓阿秀知道。

「嬤嬤妳這是糊塗了，不過是一個小小的失眠症，哪裡需要細看。」

路嬤嬤聞言，心中一痛，她是打定了主意，由著身子這樣衰敗下去。她怎麼不想想，她走了，自己是痛快了，那留下來的人呢?!若是阿秀將來知道真相，心情會如何？

「雖說只是失眠症，但也不是小毛病，太后娘娘何不讓民女瞧上一瞧。」阿秀說著，微微一頓。「還是說，娘娘不相信民女的醫術？」

「妳的醫術，我自然是相信的，只是我最是不耐看病診脈，妳給我開個安神的方子就好。」太后笑得有些勉強，左手輕輕撫上自己的右手手腕。她已經很久沒有讓人診脈了，她不想讓旁人知道她現在的身體情況；能在自己的身子完全敗壞前，找到阿秀，她已經覺得很欣慰了，不管還能活多久，她都不會再覺得遺憾！

在太后娘娘的寢宮又坐了一會兒，吃完了路嬤嬤準備的糕點，阿秀抱著從太后那邊拿來的一大堆的東西，在路嬤嬤的護送下就這麼出了宮。

回到了顧家，一下了馬車，阿秀就將東西隨手往王川兒身上一放，自己則跑去找唐大夫了。

關於太皇太后那個病的治療方法，她心裡有些好奇，現在回來了，她自然要好好去問上一問。

唐大夫好似一早就知道阿秀會過來，一看到她，也不多說什麼，用手示意她聞聞放在桌上的那包藥材。

阿秀雖然心中有些疑惑，但是還是乖乖拿了起來，裡面有半夏、茯苓、陳皮等藥材的味道。

「妳再看看這個，認識嗎？」唐大夫說著，遞給阿秀一個小藥丸。

阿秀先聞了一下，又根據它的顏色、質地，眼睛突然大亮，笑著說道：「這個是蘇合香丸？」這個蘇合香是一種樹的樹脂，並不多見，用做藥材的也比較少，阿秀以前只有在醫書裡面看到過一次，這還是現實當中第一次接觸。

唐大夫滿意地點點頭。

阿秀能認出來，唐大夫有些意外，更多的卻是驚喜，她比自己想像的還要懂得多。

「妳可知它有什麼用途？」唐大夫問道。

阿秀微微沈吟了一番，然後才說道：「我之前只在醫書上面看到過一次，若是太皇太后的確是血瘀證，那倒是用得上，只是這東西劑量把握比較難，稍微多了，對肺部的影響可不小。」

「不錯，所以還要配上別的藥材。」唐大夫說著又指指之前那包讓阿秀聞過的藥材包。

「妳剛剛已經聞過了，不知道有什麼想法？」

阿秀將剛剛聞到的氣味在腦海裡都過了一遍，又一一對應上藥材名，以及它們各自的作用，理順了以後，她才發現，這竟然是一個極好的辛溫開竅、豁痰熄風的方子。

那蘇合香丸用來辛溫開竅；之後的半夏、茯苓、陳皮、竹茹燥濕化痰；菖蒲、膽南星豁痰熄風；枳實降氣以利風痰下行；天麻、鉤藤平肝熄風；赤芍、水蛭活血逐瘀。

阿秀將心裡想到的和唐大夫說了一遍，見他臉上表情很是柔和，隱隱中帶著一絲滿意，她心裡忍不住鬆了一口氣。

唐大夫畢竟學醫那麼多年，在開方上面，自然是比她有經驗得多；若是說優勢，阿秀更多的只是有創新精神罷了。

「只是那黃耆、川芎不知是何用意？」阿秀想起還有那兩味被自己忽略的藥材。

「太皇太后面白肢涼，陽虛症狀突出，所以又加了黃耆、川芎以益氣活血。」唐大夫摸著鬍子說道。

這個方子是他自己慢慢研究出來的，阿秀能根據那藥材，將這其中的藥理都梳理清楚，已經很是難得，特別是她現在的年紀放在這裡，更是不容易。

「這個方子，我現在便交與妳，用或者不用，全看妳自己。」唐大夫說。他並不想再去皇宮，自己的存在本來就是一個漏洞，他不能讓當年的那些人，知道自己還活著，不管怎麼樣，他勢必要低調做人。

但是阿秀不一樣，她可以按照自己的心意來選擇。若是治好了太皇太后，對於阿秀來講，肯定是有不小的好處，只是他心裡要說一點兒都不介懷，那肯定是假的。

但是若是不醫治，那又和身為大夫應該懸壺濟世的理念有所衝突，就是他自己遇到這樣的問題，他都要糾結上一番。

阿秀現在不過十三、四歲的年紀，心智都未必成熟，不知道她又會有什麼樣的選擇。

「好。」阿秀點點頭，並不說用或者不用，她倒不是太糾結，船到橋頭自然直。

「既然妳阿爹已經將妳的身世和妳說了，那有些東西我也就不用再藏著掖著了，雖然我自己也學藝不精，但是唐家有些東西，還是能教給妳的。」唐大夫說著，從懷裡掏出一本小本子。

這本本子很薄，而且上面還有被火燒過的痕跡，封面已經殘缺不齊了，看這個厚度，頂多不過十幾二十頁。

「這個是我們唐家的秘技，如今我將它教給妳，雖說沒有指望靠它光復我們唐家，但是也希望妳能用它救治更多的人。」唐大夫在說這句話的時候，神色間帶著一絲疲倦。

當年的唐家，光是弟子就有千百人，不管是哪裡，說起醫藥世家，誰人不提唐家；而如今，整個唐家就只剩下他們三個。他和酒老爹還是見不得光的，整個唐家，竟然得靠一個小姑娘……

「阿秀知道。」阿秀很是鄭重地接過那本本子，不管怎麼樣，她都會努力的，努力重振唐家；雖然她只是一個外來者，但是她對酒老爹、唐大夫卻有著很深厚的感情。

在阿秀看來，她就是唐秀，唐秀就是她。這十幾年來，已經讓她完全融合進了這個世界，而酒老爹和唐大夫，就是她最親近的人。

唐大夫猶豫了一下，問道：「妳阿爹，和妳說了多少事情？」

那逆子死活不承認自己說漏了嘴，但是他還是更加相信阿秀的說辭。他現在比較擔心的是，她知道多少？別的倒是沒有什麼，只有那事……

「差不多都知道了。」阿秀咬咬嘴唇說道。她不過自己猜到了一部分，但是具體的，她並不清楚，還是得從他們這邊獲得。

「妳也不小了，有些事情也該讓妳知道了。」唐大夫重重地嘆了一口氣。

阿秀心中一驚，下意識地抬頭看了唐大夫一眼，馬上又低下了頭，她怕他看出什麼不對來。

「我們唐家，到現在為止，有三百多年的歷史了，經歷了兩個朝代。妳看過薛家的那本藥史，想必也知道，最早的時候，薛、唐兩家師出一門，只不過後來有了分歧，就分開了。」唐大夫很是感慨地說道。

「在這之前，唐家都是壓薛家一頭，雖然人人都知曉唐家和薛家，但是真要說起來，唐家還是要超越薛家一些的，至少薛家的方子不過三百多個，而唐家保存的藥方卻有五百多個，雖然十一年前的那場大火，已經讓全部毀於一旦了。」

說到這裡，唐大夫的眼中就閃過一絲心痛。那些藥方，若是留下來，對百姓來講，是多麼大的一個寶藏，偏偏為了那人的一己之私，全部毀了。

他從十一年前就想著將當年唐家的方子重新找齊回來，只是他畢竟精力有限，到現在也不過找回了兩百多個，還有大半，沒有弄好。

阿秀聽到這裡，心裡也閃過一絲肉痛，不管是現在還是將來，那些藥方都是前人留下來，讓後人受惠的。

「當年唐家被滅門的緣由，對外是說，唐家窩藏了外族逆賊，但是實際上……」唐大夫停下了話頭。「妳只要知道，這絕對是誣衊。」唐大夫說到這裡，臉上露出一絲深惡痛絕。

唐家一向最是忠誠，一旦起了戰事，唐家都是第一個站出來的，不爭不搶，最後卻落得這樣一個下場，不光是要了他們的性命，也奪走了他們的驕傲。

這是唐大夫最為不能容忍的。那些為了這個天下，嘔心瀝血的唐家先人，若是知道最後會這樣一個結果，怕是也安息不了。

「我知道。」阿秀很是慎重地點點頭。她自然是知曉那個緣由，只是她沒有想到，當年的唐家，竟然是被扣了這樣一個罪名。

若是說她之前還有一些猶豫，那麼現在，她已經堅定了想法，那個方子是個好方子，好方子自然也要用在好的人身上。

「妳雖然姓唐，但是若非必要，還是不要和人說，免得被人深究。」唐大夫神色蒼涼，明明是身為驕傲的唐家人，卻不能對外承認，還有什麼比這個讓人覺得更加的悲痛。

「不。」阿秀拒絕道：「我姓唐，我要光明正大地告訴別人，我是唐秀，這沒有什麼見不得人的！」阿秀說得很是堅定，不管怎麼樣，她都以自己是唐家人而感到自豪。

別人深究起來那又如何，她沒有什麼把柄可以讓他們抓的，當年的事情，但凡是個明白人，都知道不過是莫須有的罪名罷了。

她這不是逞一時的意氣，她也是有考慮過的，唐家的事情，已經隨著先帝的駕崩慢慢消散了，既然如此，她又何必畏畏縮縮做人！

唐大夫微微一愣，眼中閃過一絲恍惚，他這麼大年紀的人了，竟然還比不上一個小姑娘有勇氣。看到阿秀散發著堅定意志的小臉，唐大夫臉上也露出了一絲欣慰的笑容。

「好，好，妳說的對極了！」唐大夫看著阿秀連連點頭。

唐家有這樣的一個後人，將來有望了！

第一百零七章　不好預感

「太皇太后還沒有醒過來。」老太君有些感慨地說道。這人都昏迷這麼久了，這關，想必是扛不過去了。

「嗯。」阿秀抱著懷裡的暖爐，隨口應道。

這薛家，最近的情況可不大好，薛老太爺一直在宮裡沒有出來，薛行衣自然也在，因為太皇太后的緣故，薛家現在可是人心惶惶。

到了現在，太皇太后都是由薛家人在負責，若是她一不小心去了，那薛家之前所擁有的恩寵，可未必還會有。

恩寵不在倒也不算大問題，就怕還會吃上一罪。小皇帝和太皇太后的感情很深，太皇太后若是有什麼意外，第一個被遷怒的就是薛家了。

「這個冬天特別冷。」老太君往外面看了一眼，若有所思。

「對啊，去年這個時候還沒有這麼冷，最近大家都不樂意出門了。」阿秀有些懶洋洋地打了一個哈欠。前些日子還有人找她去看病，但是這段時日，老是下雪，她也就空閒下來了。

「最近太后好像一直沒有召妳進宮。」老太君手指微微敲擊著桌面，太后的來歷她是清楚的，這兩人之間的關係，她自然也是知曉的。

「想必她有事情吧。」阿秀不甚在意地把玩著懷裡的暖爐。她多少有些在掩飾自己的心情，阿秀自己也覺得奇怪，明明她內心排斥和太后親近，但是有時候卻又忍不住想到她，這樣的心情，她自己也有些理不清。

「太后性子極好，妳若是願意和她親近，便多和她相處相處。」老太君說道。畢竟是有那樣的關係在其中，不管怎麼樣，太后都不會害了她。

「太后娘娘畢竟是宮中的貴人，相處起來頗是拘謹。」阿秀說道。

老太君只是微微嘆氣，也不多說什麼。

「那濱州如今鬧了災，阿翎去了也有小半月了，不知情況如何了。」老太君見阿秀對太后並不是特別感興趣，便索性換了一個話題。

太后身分放在那邊，也不是她們能隨便議論的，免得被有心人聽了去，反而遭了罪。

「顧將軍，吉人自有天相。」阿秀想起昨日收到的信函，顧靖翎還托人給她送來了濱州特有的藥材，想必應該是沒有什麼大的事情。

「聽說阿翎特地讓人給妳帶了信件，可有說什麼情況？」老太君笑咪咪地看著阿秀，他果然是長大了啊，知道喜歡女孩子了。

阿秀微微一愣，聽老太君這話的意思，好似他只給自己帶了信件……

「他說濱州的雪下得極大，河流都結了很厚的冰，那邊物資比較匱乏，不過並沒有什麼大問題。」阿秀將信裡的內容說給老太君聽。

顧靖翎還有在信裡提到那濱州的雪景，說有機會可以帶她過去看；不過阿秀只當是朋友之間的客氣話，她哪裡曉得，這已經是顧靖翎能講的、尺度最為大的情話了。
阿秀雖然心裡隱隱察覺到了一些，卻沒有深入去想。
「這次濱州雪災，朝廷只撥了十萬擔糧食過去……」老太君又是重重的一聲嘆息。顧靖翎這次到濱州去救災，但是那貪官的膽子可大得很，他不過帶了幾百的近衛，哪裡能管得著全面。
「老太君是怕那些官員會層層貪污？」阿秀問道。
這樣的事情不管在什麼時候，都不少見。
「若是以往倒也還好，但是這次……」老太君頓了一下，才繼續說道：「我就怕阿翎吃虧。」
一般地方，若是有朝廷派過去的京官在，多半會收斂一些；但是那濱州，民風很是刁悍，而且如今情況比較特殊，就怕有些人，要錢不要命，老太君現在就怕會槓上！
「看他信中所寫，想必是沒有什麼大的問題。」阿秀寬慰道。
「我也希望，只是這京城今年就比往年冷上不少，那濱州原本就寒氣重，如今不知道怎麼樣了。」老太君心中擔憂。
她不是那種時時刻刻牽掛著孩子的長輩，但是不知怎地，這次她總覺得心裡慌慌的；特別是最近幾日，她早上起床，眼皮子跳得很是厲害，都說左眼跳災、右眼跳財，她這次偏偏跳的都是左眼。
阿秀見老太君眉眼間帶著愁緒，便提議道：「老太君若是不放心，不如找人去探探，我們先籌集一些糧食，可以順便帶過去。」

她原本還不覺得，但是被老太君這麼一說，心裡也有些不大對勁，總覺得好像會發生什麼事情似的。

「那就照妳說的。」老太君說著，又讓旁邊的下人找了顧夫人，這些事情，還是要她插手，畢竟現在這鎮國將軍府，是由她在管理。

顧夫人見阿秀是在關心顧靖翎的事情，笑得很有深意，讓人去寫了請帖，將那些貴女、夫人都請到府上來。

顧家雖然不窮，但是一下子也拿不出幾十萬擔的糧食來，那些高門女眷們，平日裡都享福享慣了，也該讓她們出點力了。

她們出錢也不是沒有好處的，至少百姓們都記住了她們的美名，她們自然都是心甘情願的。

而且這次籌糧還有阿秀的分，不少夫人看在她的面子上，比往常又多捐了不少。

顧夫人瞧著這態勢，看阿秀自然是越看越順眼，自己那兒子的眼光，當真是不錯！

日子一下子就過去了……

「阿秀，最近幾日，我總覺得肚子下墜得厲害，妳說我這肚子是不是大得過分了些？」

不知怎地，阿秀作夢突然夢到裴胭正托著肚子和她說話，她突然一下子從睡夢中驚醒了過來，她突然想起來了，自己忽略了什麼事情！

「阿秀，阿秀！」阿秀正打算繼續睡下，明天再去找裴胭的時候，她的房門就被敲得直響。

聽聲音，應該是顧十九。

這次濱州之行，顧靖翎帶走了近衛軍除了顧十九和顧一以外的所有人。

「有什麼事情嗎？」這大半夜的，顧十九又是男子，會這麼來敲她的房門，肯定不會是什麼小事。

阿秀連忙一邊快速套上外衫，一邊去開門。

「大嫂要生了，妳快點跟我去看看。」顧十九口中的大嫂，自然是裘胭。

顧一這個時候正在產房外頭焦急地等著，他特意跑過來找阿秀。

「不是還不到日子嗎？」阿秀算了一下時間，也才八個月多些，還有一個多月才到足月。

她也發現了，最近裘胭的狀態不是很好，懷孕對於她來講，負擔有些重了，特別是她的肚子較一般的孕婦要大上不少。

「產婆來了嗎？」阿秀問道。她畢竟不是婦產科的，生孩子這種事情可能還不如這裡的產婆更加有經驗。

「產婆一早就進去了，可是孩子一直下不來，大哥也是慌了，這才讓我來找妳。」不然這生孩子的事情，也不會來找阿秀這個未婚女子。

阿秀將鞋子穿好，果斷地說道：「我和你過去看看。」

她一直都覺得裘胭的脈象有些奇怪，但是一直沒有太在意。剛剛突然作夢夢到了她，阿秀這才意識到，裴胭這次懷的，可能不止一個孩子。

而且之前裴胭也說過，感覺肚子裡的孩子好像在打架一般，若是只有一個孩子，必然不可能會是這樣。

但是偏偏當時阿秀沒有太在意，顧一和裴胭兩家，祖上都沒有生雙胞胎的先例，她就沒有往這邊想，現在想來，自己還是太疏忽了。

阿秀心裡有些自責。在現代，生孩子都是一件相當危險的事情，更不用說是現在了，如果真的是雙胞胎，那其中的危險就更加不用說了。

「往這邊走，我打著燈，妳小心不要摔倒了。」顧十九在一旁叮囑道，看阿秀緊緊地跟著他的步伐，腳步才大了起來。

他剛剛不過是在產房外頭站了一小會兒，就被裴胭的喊叫聲嚇壞了，他知道生孩子不容易，但是沒有想到會這麼的可怕。

阿秀一進門，就聽到了一聲尖叫聲，她聽出來，這是裴胭的聲音。

「你怎麼將阿秀小姐帶過來了！」顧一的娘看到阿秀，頓時有些責怪地看了顧十九一眼。在她看來，阿秀也算是她的半個主子了，自己兒媳婦生孩子，哪有煩勞阿秀的道理。

而且女人生孩子都是這樣的，看著驚險，但是每個女人都是要經歷的。這倒不是顧一的娘不疼裴胭，主要也是她自己是過來人，沒有將生孩子當回事！

「顧伯母，我來瞧瞧裴姊姊。」阿秀笑著說道，眼睛卻忍不住往內室看去。

「阿秀小姐，妳還沒有出嫁，這產房可不好進去。」顧母瞧出她的意思，連忙將人攔住。她是顧夫人身邊的親近之人，自然知道顧夫人心裡所想，阿秀以後說不定就是府裡的少夫人了，怎麼能讓她進產房，這未婚女子進產房是相當不吉利的事情。

「顧伯母，我是大夫，不用計較這些。」阿秀努力讓自己的語氣有說服力，但是耳邊聽著裴胭的呼痛聲，阿秀也有些不淡定了。

「話可不能這麼講。」顧母將人一攔，很是嚴肅地看著阿秀說道：「而且產房裡有京城最為有名的產婆候著呢，不會出問題的，女人啊，都是要經歷這個的，等到第二胎的時候就會輕鬆不少了。」

顧母怕阿秀不相信，還不忘拿自己做例子。「我當年生老大的時候，他個子太大，我可是疼了三天三夜才把他生下來，妳看我現在還不是好好的？」

顧母話都說到這個分上了，阿秀若是再強行進去，就有些不識相了，但是她現在也不願意走開，便跟著她等在了門外。

「阿秀來了嗎？」顧一急急忙忙地跑過來，看到阿秀，他就想將人拉到產房去。

現在這個時候，他都完全忘記了男女授受不親這件事情了，他現在只知道，自己的妻子正在裡面受苦，他想緩解她的痛苦，他想要找人去解救她。他現在能夠求助的，只有阿秀了。

「老大，你這是在幹麼！」顧母一把將顧一的手拍掉。

先不說阿秀還是未婚女子，這樣拉拉扯扯的有礙風化，阿秀以後說不定就是他的主母，他這樣的行徑，要是被有心人記下了，可是一個極大的隱患。

顧一因為顧母的動作，微微愣了下，也意識到了自己拉阿秀的動作實在不大好。

「失禮了。」顧一忙道。

「沒事。」阿秀擺擺手。她倒是覺得沒什麼，能這麼掛心自己的妻子，顧一還是很好的，畢竟這個年代，女子多數是不被重視的，像他們這樣有感情再成親的，更是少數。

顧母有些怪罪地斜了顧一一眼。「這胭兒產子，大家都擔心，但是也不能沒了分寸。」

顧一低著頭不說話。

顧母也心疼兒子、兒媳，聲音放柔了不少。「女人啊，誰都得經歷這一關，這看著雖然驚險，但是大家不都熬過來了，而且胭兒是個堅強的孩子，你要相信她。」

顧一點點頭，只是臉上還帶著極為少見的惶恐，他從來沒有見過哭得這麼淒慘的裴胭，那一瞬間，他甚至在想，這次生了孩子，下次就不生了，他不想再經歷這樣的情景。

「顧伯母，產房我不大適合進去，您能不能進去問一下那產婆，裴胭肚子裡，是一個，還是兩個孩子。」阿秀在一旁說道。

這一說，原本稍微有些穩定下來的場面一下子又混亂了起來。

「妳說什麼，胭兒肚子裡有兩個孩子？」顧一好不容易有些放鬆下來的心，一下子又吊了起來。

顧靖翎和顧瑾容也是雙生子，當年顧夫人為了生他們，一條命差點就去了，當時還是唐家的人送來了一顆保命丹，這才將命保住了。只是還是傷了身子，所以十幾年後才有了顧家的小少爺。

現在裴胭身邊，只有兩個產婆，雖然都是極有經驗的老人，但是遇到這樣的情況，未必會有法子；而且如今唐家老早沒了，那保命丹更加不用說了。

顧母臉上也一下子驚慌了不少，急問道：「阿秀小姐，妳怎麼會突然說這個？」畢竟之前大夫檢查，也沒有誰說過，裴胭懷的是雙生子。

她肚子是比一般人大，但是和懷兩個的比，又好像小了不少。顧母也是想著自己當年一口氣生下了差不多九斤重的顧一，就以為裴胭的情況和她差不多；偏偏阿秀現在這麼一說，她越想越是有那個可能！

「我之前就覺得裴胭的脈象有些不對，但是又說不上來，現在想來是因為懷的是雙生子；而且她的肚子較一般人來講，實在是大得太多了，她平日裡也常在走動，若是只有一個孩子，不該有這麼大的肚子。」阿秀說。

「這可如何是好？」顧母搓著手左右走了兩步，便大步走進了產房。

產房裡，裴胭正咬著牙齒努力使勁，旁邊那兩個產婆都忙碌著，她們臉上也冒了不少的汗，這裡面的情況，不大好啊！

「王阿婆，我們家媳婦兒如何？」顧母走過去問道。

那王阿婆擦了一把額頭上的汗，神色有些凝重。「這都快三、五個時辰了，孩子腦袋也隱隱能看到了，可就是下不來。」

顧母聽到這話，面色也是極其難看。

「那您給瞧瞧，這肚子裡是一個，還是兩個？」顧母問道。

那王阿婆一聽，心中一驚，她原本是看在鎮國將軍府的面上才特地過來的，要是早知道是雙生子，她可不願意過來；畢竟生雙生子過於驚險，要是有什麼意外，受損的可是她的名聲，她在京城能有現在的名聲，也是不容易的。但是現在人都來了，她只能盼著孩子好生一點，總不能半路逃跑了，那以後哪裡還會有人敢找她去接生。

王阿婆用手在裴胭高高隆起的肚子上摸了幾把，臉色就更加難看了。

「的確是雙生子。」

這麼一來，在場的人的心情，一下子就沈重了起來。

第一次生孩子就是雙生子，而且那兩個孩子，胎位不是很正，這要平安生下來，可是一項大工程。

「王阿婆，我家媳婦兒就交給您了，要是母子平安，到時候肯定給您包個大紅包。」顧母現在能做的，也就只有這些了。

那王阿婆聽到這話，卻沒有往日的欣喜，她現在只求著中途不要出什麼意外，要是可以，她寧可不要那份紅包。她剛剛進來的時候，可是見過這家的兒子的，長得那麼結實、那麼黑，她就怕要是一個不對勁，自己直接被他給撕了。

「我盡力而為吧。」

顧母聽到王阿婆這話，心一下子就往下沈了。

這些產婆平日裡最是會說些討喜的話，如今竟然會說出這樣的話，那其中的意味……如此一來，她也不敢出去了，她要在一旁看著，免得中途出什麼事情。

「啊！」裴胭又是一陣叫痛聲，她覺得自己已經痛得快沒有感覺了，偏偏每當她覺得快麻木的時候，又是一陣強烈的陣痛。

「胭兒。」顧母連忙走到她身邊，儘量安撫道：「孩子快出來了，妳加把勁，馬上就過去了。」

裴胭整個人好像是從水裡撈出來一般，頭髮、面孔全部濕得一塌糊塗。她覺得自己渾身都沒有什麼力氣，但是聽到婆婆這麼說，她還是努力地使著勁，這是她和顧一的第一個孩子，她一定會把他安全生下來的。

顧母看到裴胭這麼艱難的模樣，都不敢和她說，肚子裡的是兩個孩子，而不是一個，她怕裴胭的心理壓力太大，反而不好。

「娘，孩子、孩子有出來了嗎？」裴胭覺得自己身上的能量在快速地流失著，眼皮子也不住地往下掉，雖然很疼，但是還是忍不住想要昏睡過去。

「胭兒，孩子快出來了，妳不要睡著。」顧母看到裴胭的模樣，心中大驚，用手使勁捏了一把裴胭的手。

裴胭聽到顧母的話，微微又清醒了些。

「娘，我好累。」她小時候陪著顧瑾容練武，也不是沒有流過血，但是從來沒有這麼累過。

「胭兒，妳再堅持一下，都看到孩子的頭了。」顧母的眼淚一下子就出來了，但是怕裴胭瞧見，硬是忍住了。

「顧家媽媽。」另一個產婆走了過來，看了一眼裴胭，原本白裡透紅的臉，現在已經比外面的雪還要白了。

「怎麼了？」顧母心中不安。

「這羊水都快乾了，要是孩子再不下來，大人、孩子都危險。」那產婆放小了聲音說道。

其實她現在就算用正常的音量說話，裴胭也未必會聽得到。

「這、這可怎麼辦？」顧母讓人過來和裴胭說話，自己則跟那產婆到一旁去說話。

「現在就要看妳了，要保大還是保小？」那產婆對著顧母一陣擠眉弄眼。「現在肚子裡可是有兩個啊。」她言外之意，就是說用裴胭一個，換兩個孩子，其實還是划算的。

「而且，她現在生孩子，傷了身子，以後的話，未必還懷得上。」那產婆放低了聲音，細著嗓子說道。

這顧母若是一般的婆母，說不定就聽了她的話；但是這裴胭不光是她的兒媳婦兒，還是她的外甥女，她看著她長大，顧母怎麼忍心看著她這麼年輕就沒了性命。

「我去和我兒子商量一下。」

「好好，那可得快點，若是晚了，那大人、孩子可是一個都保不住。」那產婆叮囑道。這樣的抉擇的確比較難，不過在她看來，最後的結果肯定是保孩子。

這媳婦兒沒了，還能再娶，而且看這家人的條件，也不怕討不到媳婦兒；雖然這麼漂亮的一個小娘子年紀輕輕就走了比較可惜，但是誰叫這都是命呢！

、

顧母看著這產婆的嘴臉，心中一陣厭煩，但是卻也不能做什麼，急急忙忙地走了出去。

「娘，胭兒怎麼樣了？」顧一看到自己娘親出來，連忙迎了上去；若不是男子不能進產房，他真是恨不得自己陪在她身邊。

裴胭一向膽小，他剛剛聽著她呼痛的聲音，心疼得要命，等她生了孩子，他一定會加倍對她好的。

「老大，你媳婦兒肚子裡的確有兩個孩子，只是胎位不正……」

顧母的話不用說完，顧一就明白了過來，臉色一下子變得蒼白，握住了顧母的手。

「娘，孩子雖然重要，但是胭兒才是最重要的。」他就怕娘因為孩子，要犧牲裴胭，畢竟他以前也不是沒有見過這樣的事情。

「那產婆說了，若是保大，以後胭兒，可能不能生孩子了。」顧母的心情也很是沈重，這兒媳婦兒重要，孫子也很重要啊，顧家的血脈不能在這裡斷了，不然她不就成了一個罪人了嗎?!

「就算沒有孩子，我也要胭兒。」顧一說著就要往裡頭走，他要自己和她們說，他要保大，他要他的胭兒；至於孩子，他有好多戰友留下來的孩子，他可以去領養幾個回來，就當作自己的孩子。

「老大。」顧母想要抓住顧一，但是又覺得不忍心，一時之間，反而不知道怎麼辦了。

阿秀聽到他們的對話，就知道現在情況已經到了相當糟糕的地步。她出聲道：「顧大哥，你先不要急，你若是相信我，現在先去我屋子裡，幫我把我的藥箱拿過來，我進去看看。」

顧一因為阿秀的話，微微一頓，但是他卻沒有立刻行動，而是看向自己娘親，他怕她還攔著。

「我不攔，我不攔還不成嘛！」顧母跺了一下腳，這人命關天的時候，她就算再迂腐，也知道變通了。

以後若是壞了那阿秀小姐的命理，就拿她這條老命去抵好了，她活了這麼大把年紀了，也不算虧了。

——未完，待續，請看文創風282《飯桶小醫女》5完結篇

輕巧討喜・笑裡藏情／郁雨竹

2015年1月陸續出版

姊兒的心計

我不淑女，他算魯莽！

文創風 262 1

初到陌生環境的魏清莛和弟弟被關在一個廢棄小院裡謀生存，
有人「穿」過來立刻身分加級大富貴，她卻「穿」得好心酸，
娘病死，爹不疼，爺姥不愛就算了，
姨娘還落井下石，給的飯菜還有毒，
幸好偷偷摸摸溜進來一個少年，硬說他是自己未來的老公，
跟她約好長大後要退親，還塞給她幾個饅頭。
這麼多人想害她，她肯定要活得更好了……

文創風 263 2

母親過世前留下的一塊玉，
竟能讓她「看到」玉石上飄浮的靈氣，讓她賭石賺了不少銀兩，
沒想到訂下她秘密親事的居然也是憑著這塊玉。
後來碰巧還救了她那個有等於沒有一樣的未婚夫，
哎，她根本就不想嫁人，偏偏救他時揹著他下山，
順便也救了的四皇子等人完全目擊了這件事，這女子的閨譽啊……

文創風 264 3

一開始他的確打定主意不娶她，打算另外幫她找個會讀書的夫君，
偏偏現在哪個書生敢娶她啊，嫁不出去的可能性大增，
實話是他也看不起那些老鼠膽的書生，怎麼配得上女英雄？
看來只有他這個將軍敢娶她、配得上她了……
他可不是喜歡她喔，他只是有點心疼而已喔！

文創風 265 4 完

別以為她不知道，上自皇上、下至身邊伺候的小廝和丫鬟，
都偷偷覺得他們這對夫妻少了心眼、人情世故不太懂，
等著看她嫁入平南王府任家去，兩人的婚後生活有多「精彩」！
她可真心不這麼認為，嫁給這個直愣愣的將軍，還真是門好婚事，
平南王府老太妃不待見， 這婆婆也省得伺候了，
三不五時扮男裝，跟夫婿溜出府去賭賭玉石大賺私房錢，
她啊可會盤算了，兩人過得比誰都和和又美美……

這……未婚夫能吃嗎？她覺得吃飽可比嫁人還要緊吶！

村姑也要出頭天　相夫教子賺大錢／天然宅

飯桶小醫女 4

國家圖書館出版品預行編目資料

飯桶小醫女 / 蘇芫著. --
初版. -- 臺北市 : 狗屋, 2015.03
冊 ; 公分. --（文創風）
ISBN 978-986-328-434-5（第4冊：平裝）. --

857.7　　104001128

著作者	蘇芫
編輯	王佳薇
校對	沈毓萍　馮佳美
發行所	狗屋出版社有限公司
地址	台北市104中山區龍江路71巷15號1樓
電話	02-2776-5889～0
發行字號	局版台業字845號
法律顧問	蕭雄淋律師
總經銷	知遠文化事業有限公司
電話	02-2664-8800
初版	2015年3月
國際書碼	ISBN-13　978-986-328-434-5
原著書名	《医秀》，由起點女生網（http://www.qdmm.com/）授權出版

定價250元

狗屋劃撥帳號：19001626

網址：love.doghouse.com.tw　E-mail：love@doghouse.com.tw